U0148187

蒙古国文学经典 小说卷

照日格图 译

达·纳楚克道尔基 等著

内蒙古出版集团

内蒙古人民出版社

图书在版编目（CIP）数据

蒙古国文学经典.小说卷/(蒙)达·纳楚克道尔基等著；照日格图译.—呼和浩特：内蒙古人民出版社，2016.5

（蒙古国文学经典译丛）

ISBN 978-7-204-14140-1

Ⅰ.①蒙…Ⅱ.①达…②照…Ⅲ.①中篇小说—小说集—蒙古—现代②短篇小说—小说集—蒙古—现代Ⅳ.①I311.15

中国版本图书馆CIP数据核字(2016)第143217号

蒙古国文学经典　小说卷

作　　者	[蒙]达·纳楚克道尔基等
译　　者	照日格图
责任编辑	郝乐　于汇洋
封面设计	苏德佈仁
出版发行	内蒙古人民出版社
地　　址	呼和浩特市新城区中山东路8号波士名人国际B座5楼
印　　刷	内蒙古爱信达教育印务有限责任公司
开　　本	680×960　1/16
印　　张	14.75
字　　数	210千
版　　次	2016年6月第1版
印　　次	2016年6月第1次印刷
印　　数	1—4000册
书　　号	ISBN 978-7-204-14140-1/I·2736
定　　价	29.00元

图书营销部联系电话：(0471) 3946298　3946267
如发现印装质量问题，请与我社联系，联系电话：(0471) 3946120

序

　　提起蒙古国文学，我国读者并不陌生。从二十世纪五十年代开始，达·纳楚克道尔基、琛·达木丁苏荣、乔·齐米德、宾·仁钦、洛岱丹巴等蒙古国诗人和小说家的代表作被翻译到国内来，广泛受到我国读者的青睐和喜爱。蒙古国文学在我国的译介，可以分作三个阶段，这三个阶段分别体现出中蒙两国文学翻译和文化交流的时代特征。

　　二十世纪五六十年代，是蒙古人民共和国现代文学被集中译介到中国来的第一个阶段，也是中蒙建交平稳发展的美好时期。当时，翻译蒙古文学主要有根据蒙古文原著翻译和根据俄译本转译两种途径。霍尔查、陶·漠南、诺敏等一些蒙古族翻译家根据蒙古文原作，翻译了达·纳楚克道尔基的《我的祖国》、琛·达木丁苏荣的《白发苍苍的母亲》等名诗和歌剧《三座山》。代表性译本有伊·霍尔查、陶·漠南译的《我的祖国——蒙古人民共和国诗集》（上海新文艺出版社，1955年）。特别要提到的是，毕业于北京大学东语系的内蒙古大学教授陈乃雄先生一人翻译了洛德依当巴（洛岱丹巴）的小说《我们的学校》（作家出版社，1955年）、达·塔尔瓦的小说《达米伦一家》（作家出版社，1956年）、焦吉等著《红旗勋章》（作家出版社，1957年）、达西登德布的小说《光明之路》（作家出版社，1961年）、仁亲（宾·仁钦）的

1

长篇小说"曙光三部曲"的第三部《在战斗中成长的祖国》（人民文学出版社，1962 年）等多部蒙古国文学作品，为中蒙两国人民的文化交流做出了贡献。

包括丰子恺先生在内的一些翻译家则是根据俄文译本转译了当时蒙古人民共和国的文学作品。其代表性译本有丰子恺译的《蒙古短篇小说集》（文化生活出版社，1953 年）和于平、熊源平译的《太阳照耀着自由的蒙古》（上海文艺联合出版社，1954 年）等。因为是从俄文转译的，所以从小说作者的名字开始就带有明显的转译痕迹和问题。

二十世纪八十年代，洛岱丹巴的《清澈的塔米尔河》等一部分优秀蒙古小说被翻译成中文介绍给国内汉语读者。但是因为翻译者的水平和对蒙古文化的理解不够深入，译本未能达到期望值，在国内读者中的反响比较平淡。

众所周知，二十世纪八十年代中后期开始的蒙古国社会转型和思想变化直接引起各种文学思潮的涌现和创作方法的多样化，打破了原来单一的社会主义文艺思想和现实主义创作方法的格局，从而蒙古国文学进入一种摆脱单一模式、向多样化发展的趋势，我国评论界和翻译界一时很难用一种标准概括和准确定位蒙古国文学的境况。进入二十一世纪，蒙古国的文学呈现出多元、繁荣的态势，经过社会变革、苍苍岁月的老作家们写出了更具历史厚重感和思想深度的作品，新锐的青年作家们写出了与时俱进的艺术性很高的作品。随着中蒙两国文化交流的深入发展，面对蒙古国文学的繁荣，国内一批青年翻译家把眼光转向了蒙古国文学的译介。其中，特别要提到的是，哈森、朵日娜等青年翻译家对蒙古国现代诗歌的翻译和本书译者照日格图对蒙古国现代小说的翻译都已经引起了我国文学界的关注。哈森翻译的蒙古国著名诗人巴·拉哈巴苏荣的诗集产生了良好的反响，并获得了首届朵日纳文学奖。而照日格图翻译的僧·额尔德尼的小说在《读者》杂志发表之后在读者中产生了广泛影响。我认为，照日格图的翻译代表了国内翻译蒙古国小说的最新水平。

我多年前曾经重新翻译过达·纳楚克道尔基的《我的祖国》，并在一篇文章中说过："外国文学的介绍和研究，其最主要的基础和前提就是高质量的文学翻译，而且文学翻译的版本不应该是孤本，这样读者和研究者才能在比较不同翻译版本的过程中找到参照点，也就能更好地理解一部外国文学作品。我认为这些都是在东方文学研究中蒙古现代文学不受重视的最主要的原因。如果不提供高质量的文学翻译，东方文学的研究者们就无法了解蒙古现代文学的情况，其结果只能给蒙古文学留个空白。"从达·纳楚克道尔基的《我的祖国》开始，到《清澈的塔米尔河》，我们也积累了不少经验，翻译的质量也在逐步提高。其中，关键是对文学作品的理解和对蒙古文化的深度把握。譬如，达·纳楚克道尔基小说《大地的女儿》的一段话中有"зүрхний дотор зул барих"的说法，有一篇译文将其翻译成"掌灯"，而作家实际表达的意思是"照亮我的内心"。这种翻译失误实际上就是未能深入理解蒙古文化深层内涵而导致的。在小说翻译中，精确的翻译不仅仅涉及故事情节的准确表达，而且还涉及小说文化语境的正确理解。把蒙古国现代小说准确移植为符合国内读者阅读习惯的翻译精品，不是一件容易的事情。因此，我不仅欣赏照日格图的勤奋，还敬佩他的勇气。说实话，像我这样在蒙古国文学教学研究第一线工作的人，反而在翻译蒙古国文学方面做的工作寥寥无几，确实有一种名不副实的不作为的感觉。

　　照日格图编选和翻译了代表蒙古国现代小说不同发展阶段的 15 位作家的 26 部小说，具体作品内容读者一读便知，不需要我赘言。蒙古国的小说创作在几十年的发展中取得了重大成就。出版了几百部长篇小说，这个比例对人口不到三百万的蒙古国来说是相当高的，其中《清澈的塔米尔河》《动荡的岁月》等已经成为百读不厌的经典。早期蒙古国长篇小说主要反映蒙古人民革命和历史题材、经济建设等方面的内容，而社会转型后，作家们更多地关注人性和社会乃至人类的普世性命题。同样，蒙古国的中篇小说和短篇小说也随着时代的发展，关注的视野越来越广泛，除了反映时代和社会发展，更多地关注人性、生活、环境生态。照日格图翻译过的僧·额尔德尼的小说，因为解剖人的内心、窥探人类灵魂深处并富有抒情性而深受广大读者喜爱。而近二三十年成长起来的青年作家们则从选题到表现手法上都进行了更加大胆的探索，写出现代性十足的作品。而且小说创作的场景也从过去草原牧区的游牧生活逐渐转向都市蒙古人的日常生活和内心世界，表现和反映全球化和城市化进程中蒙古人的所做所思。在积极探索创作方法的同时，蒙古国青年作家们没有忘记在现代性语境下对传统文化进行审视和反思。譬如，本书收入的程·宝音扎雅的《红鸟的呼唤》讲述了大城市中不断搬家、居无定所的当代蒙古青年的都市游牧生活。而同一作者的《目连救母新传》则是把蒙古文学传统和新的国际性语境巧妙地结合在一起。目连救母故事在蒙古人中的流传源远流长，而这篇小说把一个蒙古女人生的黑人儿童在蒙古社会的遭遇和目连救母故事联系起来进行了深刻的反思。

外国文学的译介，不仅需要大量的翻译，而且需要反复的翻译和不断的提高。在我国，很多外国文学名著不止有一种译本。如海明威的《老人与海》就有几十种译本，这一方面说明了我国读者对《老人与海》的喜爱和需要，另一方面也展示了我国翻译家们对《老人与海》的翻译成绩。同样的道理，国内读者对蒙古国文学，尤其是二十世纪八九十年代以来的蒙古国文学比较陌生，在很大程度上与文学译介有关系。除了二十世纪五六十年代集中译介蒙古国文学外，几十年来中国文学界对蒙古国文学的译介是比较滞后的，而近二三十年的蒙古国文学，别说一般读者，就是专门研究国外文学的学者都是比较生疏的。其实，蒙古国现当代文学中有不少优秀的、能够引起中国读者共鸣的好作品，这需要我们的翻译家去做更多的工作，把蒙古国文学高质量地译介给爱好世界各国各民族优秀文学的中国读者。

我希望蒙古国现代文学翻译的队伍茁壮成长，希望有更多的人加入到照日格图等翻译家的队伍中来，共同把蒙古国现代文学精品高质量地翻译给国内喜欢蒙古国文学的广大读者。

文学翻译和文化交流不是简单的事情，它是绝对能促进中蒙两国友好关系长久健康发展的重要途径。

陈岗龙

2016 年 5 月 8 日星期日

于北京大学燕北园

（作者陈岗龙系北京大学教授、博士生导师、诗人、翻译家）

目录
contents

序

达 · 纳楚克道尔基

2 // 幽暗的峭壁

宾 · 仁钦

7 // 跳伞者布尼亚

东 · 那木德格

14 // 等待牺牲者

19 // 一条狗的两次死亡

僧 · 额尔德尼

23 // 月光曲

29 // 送往天堂的发条车

31 // 太阳鹤

沙 · 旺策来

37 // 花宝如

道 · 嘎日玛

54 // 狼窟

61 // 公牛犊

桑 · 普日布

66 // 影子在狂舞

齐 · 嘎拉桑

86 // 角色

97 // 天仙女

目录
contents

巴·道格米德
恶魔 // 102
死囚无战友 // 110

道·岑德扎布
秘方 // 118
痣 // 121

苏·吉尔嘎拉赛罕
长子 // 126

贡·阿尤日扎那
猫人的影子 // 147
黑键旋律 // 152

罗·乌力吉特古斯
小偷 // 158
遗产 // 164

程·宝音扎雅
红鸟的呼唤 // 177
目连救母新传 // 214

普·巴图胡雅格
不同寻常的眼泪 // 220
青铜心脏 // 223

译后记

达·纳楚克道尔基

　　蒙古国现代文学奠基人、大作家达·纳楚克道尔基（1906—1937），出生于今蒙古国中央省巴彦德勒格尔县一个穷苦的台吉家庭。先后赴俄罗斯和德国学习，开始接触优秀的西方文化。他是蒙古国作家协会第一批秘书长之一。纳楚克道尔基的主要作品有《祖国》《四季》等诗歌，《伙钦呼》《正月与悲泪》《燕白》《牧野佳人》《幽暗的峭壁》等短篇小说和《三座山》等歌剧。纳楚克道尔基亦是一位卓有成就的翻译家，译介普希金等人的作品。

幽暗的峭壁

达·纳楚克道尔基

夏日昼长夜短，清晨八点，太阳便已高悬。我从梦中醒来，立即点上一支香烟悠闲地吸起来。忙中享闲稍事休息，今日诸事已入脑海。抽出枕下的日记本，其中一页用化学铅笔写下的几个字似有似无，我用唾沫蘸湿，仔细观瞧，只见日记本上写着："八月三十日，周六，幽暗的峭壁。妮娜。"我无法猜测字中缘由，亦不知因何写下，仔细再读，读到最后一个字，妮娜这位老情人的名字闪现于脑海，我们相互依偎，闲坐于榆树下的时光映入脑海，近在咫尺，让我动心，进而想起古与今、远与近的诸事，心中伤感，如梦似幻，我不觉睡去，直至烟灰落于胸，才从梦中清醒，转又追忆日记上那几个字的含义。

如果首先从这个人名入手，这位妮娜想必应是一位年青漂亮的女生。七年前我与她如胶似漆，此后二人隔山隔海，爱着的心渐渐遭了冷却。后来不得亲爱的妮娜之去向，寻觅无果，徘徊至今。

不想今早无意翻看日记，在谜一般的几个字中竟有她的芳名，我的心突然亮了起来。略思便知那几个字定是她的临别赠言，但无法猜透其义。如今想来，妮娜并非寻常女子，她博学多才，写下这几个字必当意义深远。若猜中字意，寻她或许有路。想到这里，我差人端来一碗奶茶，喝过之后卧榻继续冥想日记中的那几个字的含义。家厨深感诧异，疑惑不解地问道："唉，当家的，怎么了，身体不适？"

"没有，没有大碍。"

"唉，不是我害怕，是您的脸色看起来很差。"

"无碍，兴许是累了。"

我转过身去，用被子蒙住头继续思考。家厨"唉"一声长叹，出了门。

近一个小时冥思苦想，我终于理出一个头绪：八月三十日周六是我们相约的日子。幽暗的峭壁应是一个地名，或许是我们曾经相约的地点。再想一遍，不出于此，翻看皇历，八月三十日周六正是今日。我匆忙起床，差厨子备马。他瞪大了眼睛，嘴里絮叨着："当家的这是怎么了？"他出了门，在屋外朝我喊道："哎，马已备好！"我迅速拿起马鞭，三步并作两步出得屋来，翻身上马，却不知道去向何处，"幽暗的峭壁"位于何方？我在马背上低头看着坐骑的双耳，出神许久。厨子在一旁又问道："哎，当家的怎么不走了，可曾忘记什么？"我那匹马站了许久或许四肢已发麻，加之本是一匹烈性马，已变得躁动不安，我稍松缰绳它便奔向西南。我冥想了一阵子，信马由缰。我左观右瞧，不知不觉已走了几十里，来到一处不见人烟的荒野之地。我口渴难耐，彷徨无助，马儿浑身已被汗水湿透，却无倦意，迎风驰骋，越过几道丘陵，翻过几块荆棘丛生的盐碱地，视线所及，不见一物。远处乌云汇集，雨兆明显。身至这片不毛之地，着实令人扫兴，我不由自主地哀叹着。四周秋风瑟瑟，令人心生感伤。寻找妮娜的愿景，难道已如梦似幻地迷失于荒野？此时我的坐骑竖起耳朵，鼻息变得急促。我环视四周，却见一个物影在移动。无论如何，为了一探究竟我打马靠近，未等分清是狼是狐，它早已逃远。我打马追赶，发现那物既非狼也非狐，是一只狗。那狗绕来转去，频频摇尾，示意我们向西行。它看似是家犬抑或是猎狗，定会带我们走出这不毛之地，我便一路尾随其后。离开盐碱地，越过一座丘陵，地势变得不同，前方是草木葱郁的杭爱，举目眺望，西北处高山巍峨，山下大河奔腾。那狗停下了脚步，绕过一道山梁便望见一座破旧不堪的蒙古包。

包外灌木丛生，不见一只牛羊。一男子走出包来，将狗召唤至身边。

我在荒野颠簸半日，身心如数月长途跋涉般疲惫不堪，见到人家犹如见到了妮娜，心中喜悦无比，绊马进包。男子亦进了屋，单腿盘坐于东北角。我在西北角找皮垫盘单腿坐下，互致问候。男子三十余岁，身穿单薄的皮衣，系熟皮腰带，言语声调异于常人。有一人在蒙古包东南角盖翻毛皮袍而躺，只露出了白发苍苍的头。男子递给我嵌在火炭上的铜茶壶和一块盛在方木盘里的旱獭肉。那茶如巷子里的污泥水般混浊，肉亦发出阵阵腐臭味。无奈我已饥渴难耐，只好食用。吃饱喝足，我想起妮娜所说的"幽暗的峭壁"，忙问在何处。

"我一辈子生活在此，加之又是猎人，谙熟附近的一山一水（此时我心生喜悦），却未闻有此地名。"我听了立刻灰心丧气、心灰意冷，不知要去往哪里。

世间之大，有谁知哪里是"幽暗的峭壁"？纵然寻遍八方，用尽千年百年也可能与此失之交臂。为了妮娜，我已身心俱疲。想到这里，我便沉下了脸，一时无语。不曾想身旁的老妪颤悠悠地起了身，朝西墙上的佛像跪拜磕头。男子觉得奇怪，嘴里直呼"奶奶"。我亦奇怪，以为她这是睡前礼佛，立即准备启程。不曾想那老妪从供品那里拿起一物递给男子说："孩子，这是祖传之物，这孩子所说的地方或许存在（此时我立刻来了兴致，变得耳聪目明起来）。此稀罕物来自一个名叫灰暗峭壁的地方。"

男子看了一眼奶奶便说："您老糊涂了吗？可不要叫这位来客迷了路。"说完便把那东西放在桌上。我拿起它来，发觉很重，不觉脱手落地，被摔成了两半儿，原来是一块沾满污垢的石头。我反复端详，以为凡物，放回桌上。此时，夕阳照进蒙古包西脚，一分为二的石头发出光芒，叫我心生好感。发现此石纹路奇特，并非凡物。我求得其中一半，揣入怀中，愉快地启程。我素来喜欢万物，谙熟石类，拿了石头便去探源。过了几个小时，我到了那巍峨的山脚下，艰难地蹚过横在前面的大河，进入隘口一路向上，到了一处树木丛生、满是泥泞、人迹罕至的地方，除了天空中偶尔飞过的一只乌鸦，再无他物。

日落西山，夜幕四合，我已分辨不清山石的分布。所有石头都自山上滚到山下，我便一路向上，不知不觉已置身于深山老林。白昼云集的云彩此时才下起雨来，树枝在狂风中摇曳，伴着轰隆隆的雷声。每走一步，皆是沟壑与泥泞，奇怪的声音四处回荡，处处噼啪作响，叫人毛骨悚然。白天我还在判断要走的方向，如今置身此地已分不清东西南北。

我早已忘了此行的目的和使命，只顾保全性命。我虽笃信科学，也受过良好的教育，但此时心中尽是千奇百怪的魑魅魍魉和虚实难辨的地狱世界。暴雨倾盆，雷电大作，地势越发险峻，让人恐怖至极。如今已前行无望，后退又无路可寻。我四处挣扎，但这里处处是悬崖峭壁，让人心生畏惧。此处虽与"幽暗的峭壁"无异，可妮娜又怎能居住于此？所以我只能下了马席地而坐，在万分惊恐中等待日出。马儿突然受惊，嘶鸣声回响于悬崖峭壁。我知有猛兽靠近，早已魂不附体。许久后醒来，发现自己竟然依偎着他人，竟不知睡与醒，宅中或野外。慌忙起身，发现情人妮娜就站在我的身边，她美玉般的面庞照亮了幽暗的峭壁。

"亲爱的，我虽悟出了你写于日记中的字句，却不知何处寻你，后来我想到我的坐骑原本就是你父亲的爱驹，这才找到了你。"

"大人不畏艰险，闯入这幽暗的峭壁来找我，值得托付此生。"妮娜说毕，两人紧紧相拥深深接吻。

> 置身峭壁多绝望
> 玉面美人自思量
> 诗词歌赋诉衷肠
> 犹如妮娜居心上

1930 年

5

宾·仁钦

　　蒙古国著名学者、语言学家、作家宾·仁钦(1905—1977)，出生于今蒙古国阿拉坦宝力格市，1924—1927年在列宁格勒市东方学院学习，1956年凭借论文《蒙古语书面语法》获得匈牙利科学院博士学位。蒙古国科学院院士宾·仁钦通晓蒙古、俄、捷克、波兰、英、德、世界语等多种语言。他的主要作品有长篇小说"曙光三部曲"(1951—1955)、《大象勇士扎鲁岱》(1964)、《翠雀花》(1944)、《泄密的信件》、《跳伞者布尼亚》(1957)、《阿诺夫人》(1959)等。由他编剧的电影《朝克图台吉》于1945年获得蒙古国国家奖。

跳伞者布尼亚

宾·仁钦

清朝乾隆十年①，奉命驻乌里雅苏台②的将军想要欣赏阿巴岱汗建造的额尔德尼召③，趁着在夏日美景中举行的跳鬼会④去了那里。

附近的蒙古王公、布衣百姓都来参加跳鬼会，庙里异常热闹，到处是帐篷。穿上节日盛装的男人们脸色红润、臂膊宽大、身体强壮，女人们身姿妙曼、脸庞美丽，皆骑着梳理了鬃毛、配有精致鞍辔的马儿在辽阔的草原上驰骋。清朝大将军看到这些，心想：善于骑马、身强力壮的蒙古人的历史比我们满族还要悠久，也更喜欢自由，若不用计谋便会不好管理，乾隆爷此刻正在实行的黄教政策十分正确。他在额尔德尼召闲逛，看跳鬼会用的面具如此精致，暗暗佩服蒙古匠人的高超手艺。

这位将军参加过镇压西部各盟和旗的战事，身体精瘦，善于骑马，习惯少睡早起。太阳还没有升起时，他便从喇嘛们专门为他布置的屋子里走了出来，呼吸着原野上带着花香的新鲜空气。定睛看着额尔德尼召

---

① 乾隆十年：公元 1745 年。全书注解均为译者所加。
② 乌里雅苏台：蒙古国扎布汗省省府，位于首都乌兰巴托西 984 公里处。
③ 额尔德尼召：蒙古国著名古寺庙，位于首都乌兰巴托以西的哈拉和林，距市区 400 公里。由阿巴岱汗（1534—1586）建造于 1586 年。
④ 跳鬼会：一种宗教仪式，戴着面具跳舞。

寺庙群，突然看到大庙顶上有东西在移动。说那物是鸟，比鸟要大；要说是人，有谁会这么早爬上大庙呢？他仔细一看，还真是个人。

他是何人，在做什么？将军再仔细观察，发现那人从庙顶跳了下来，头顶打开了个伞状物，他顺着微风在伞下手舞足蹈，像秋日晴天里吐丝移动的蜘蛛。他靠伞的拉环控制方向，飞了许久，便不见了。

过了一会儿，将军借着清晨的阳光清清楚楚地看见那人又上了房顶。清朝大将军等了许久，也未见此人跳下。此时前来陪同的军官来向他敬礼，将军点点头算作回礼，随后便进了屋。他越发好奇，苦思冥想，不知道此人想干什么，他一定要出来看看。

第二天早上，那个跳伞者又从庙顶跳下。那人可能觉得大家都在熟睡，没有人会看见，所以他跳了四次才回去。将军远远地望着他，很奇怪。此时跳鬼会已结束，将军打算打道回府，庙内负责人前来备宴送行，他把近两天的所见所闻说与他们听。

身材肥胖、满脸横肉、习惯了指挥人的老喇嘛听后便说："不知是哪位小沙弥在此取闹？待我查清缘由，再向您禀报这位不遵戒律的家伙会得到怎样的下场。"

布尼亚只感到母亲温柔的手在抚摸他的后背。他觉得自己浑身僵硬，腰部疼痛难忍。他缓缓睁开眼睛，惊奇地发现自己正枕着右手，左手放在身上，以"卧狮"的姿势躺在荒郊野外。抚摸他后背的不是母亲，而是一条毛发蓬松的狗。小沙弥动了一下，那狗过来舔了一下他的脸，又退回去蹲坐在那里，它用尾巴拍打着地面，眼睛盯着布尼亚，像是在说："你快起来啊！"

布尼亚认出那条狗是自己每天喂它一些食物的小花狗。他想要坐起来，可他浑身酸痛、口干舌燥、头痛欲裂。他闭上眼睛躺了一会儿，再睁开眼看了看，此地像是喇嘛们的墓地。天空飘着几朵云彩，微风吹来，给小伙子灼热难忍的肌肤带来了些许的凉爽。

布尼亚心乱如麻，不知自己怎么到了这墓地？为何这里的大地和蓝天是苍黄色？他在原地躺了许久，事情的来龙去脉在他的脑中渐渐开始变得清晰。

大将军打道回府之后的第二天，他在太阳还没升起时便带了降落伞，扣好拉环，慢慢地控制方向和速度，飞到了比上次更远的地方。他无比激动，叠了伞后，再一次赤脚跑向庙院。他想起自己看到一个小沙弥在灰条菜间展开裂裟飞翔的小雕塑，于是他便偷来喇嘛的应用之物和包裹经文用的旧粗布，利用师父旧伞的图纸进行改良，在伞面上凿了一个洞，让空气流通，然后越改越大，起初从二层的房顶上跳下来训练，等夜深人静时反复改进，渐渐地可以从矮一点的大殿上跳下来，再后来变得可以从最高的庙顶上跳下来。想到这些，他闭上眼睛，接着想大将军打道回府的第二天发生的事。前一次的飞行让他无比激动，他爬上庙顶往下一看，看到几位身强力壮的管堂正藏在台阶墙壁外。他觉得大事不妙，便像吐丝飞翔的蜘蛛一样手舞足蹈地飞起来，希望可以飞到墙壁之外。此时寺庙的台阶上响起了脚步声。

天啊，他们是来抓我的吧。风儿你救救我，让我落到墙壁之外吧。此时有人抓住了他的脚，嘴里大喊着："抓住他，抓住他！"接着他就被拽了下来。

"你这不成器的东西，这是在干啥？"脸上长着雀斑的胖管堂跑得气喘吁吁，紧紧地抱住了布尼亚。几个管堂跑过来拽开他的降落伞，把他押到了掌堂师那里。

"完了！"布尼亚的心跳加速，被人押着来到掌堂师那里。平时早睡晚起的掌堂师此时早已起了床，坐在屋里转动着法轮。看到布尼亚后，他便破口大骂道："你这没有用的东西，这是在干啥？你给寺院惹了麻烦，让我们在大将军面前丢尽了颜面，今天非要让你好好尝尝棍子的滋味，警示众徒。"掌堂师差徒弟去了住持那里，声称要上交这不守规矩的沙弥和他的犯罪工具。徒弟回话说，住持想看看布尼亚是怎么飞起来的，叫他去寺庙那里。

在布尼亚跳伞的那座庙前聚集了好多寺中有头衔的喇嘛们，布尼亚因为害怕而心跳加速，他惊恐地跪在住持面前。住持说："布尼亚，你在我们眼前飞一下，让大家看看是哪个恶魔教了你这些本事！"布尼亚浑身颤抖地爬上庙顶，在准备降落伞时，恐惧让他感到思维有些混乱。从房顶上看那些带有头衔，穿着深红色袈裟的喇嘛们，小得就像麻雀。掌堂师示意起跳时，布尼亚暗暗地祈祷降落伞可以像鲲鹏的羽翼，能把他带到七山之外。

降落伞打开时，布尼亚被拉上天空。趁着清晨的微风，他用拉环控制自己的飞行，飞过坐在绿草上的住持头顶时，布尼亚清清楚楚地看到他的光头犹如铜勺。喇嘛们开始指指点点、交头接耳，等他落到塔林的墙角时，喇嘛们迅速地跑了过来。

就这样，掌堂师吹号示意："将这位违背王道人伦的小沙弥布尼亚重打一百，降落伞没收烧毁。"强壮的管堂们开始在他后背上打棍子。

大家用惊恐的眼神看着布尼亚挨打，细棍落到布尼亚后背时他不禁叫着："我的天，我的天！"数数的管堂数到"十、十一……十五、十六"时布尼亚已听不到他的声音。

现在躺在喇嘛们的坟地，他们一定觉得我死了。这样一想，他准备抬起头，后背像挨了刀子一样疼，这锥心的疼痛让他发出了凄惨的呻吟声，丧家的小花狗摇着尾巴过来舔了舔他干裂的嘴唇。

他想要坐起来，但挨了棍子的身子疼痛难忍，他再一次失去了知觉。等他醒来时，那条小花狗也已不知去向。他觉得孤单至极，想要痛痛快快地哭出来，但他发现挨棍子时嗓子早已喊哑，现在根本发不出一点声音。

他舔了舔干裂的嘴唇，微微地张了张嘴，后背像被烙铁烧过一样。他浑身发热，头部像戴了钢盔，双鬓像被榔头砸着那样疼痛。他心里想念着妈妈，此时他想着和母亲在一起躺在那间小破屋的情形：那年，母亲说不应该送儿子去当喇嘛；母亲用手温柔地抚摸着他的后背，从脚往上抚摸时，他身上的疼痛轻了好多，浑身变得轻松，就像在降落伞下遨游天空。"妈妈，妈妈！"临死之前布尼亚这样呼唤。他听到了去世多年的母亲正在耳边呼唤着他：“儿子，来吧，来！”“妈妈，我在这里呢！”他发出这样奇怪的声音，一蹬腿便没有了知觉。

　　蒙古国十八年①，我与德国蒙古学家艾利赫·海涅什②赴西部省调研。听闻俄罗斯老人策旺在乌里雅苏台城格萨尔庙建立了地方博物馆，我们赠送了他当时经书院的木牌。在博物馆的一隅，发现那里有乌里雅苏台历任官员的档案，随意翻阅，看到乾隆十年的档案里记载着额尔德尼召的小沙弥用降落伞飞翔被殴打致死的事。在欧洲，德国人奥托·李林塔尔③首次用滑翔机试飞，小沙弥布尼亚用自己设计的降落伞飞行，比他早了好多年。档案里还记载了当时掌管者向乌里雅苏台大将军汇报小沙弥受到的惩罚，读来叫人难过。我们称之为парашют的东西其实就是降落伞，内蒙古同胞用自己的语言翻译过来使用时，倍感惬意。旧时有多少富有才华的人生不逢时，像可怜的布尼亚那样未展露才华便招来杀身之祸，想来叫人难过！

　　我的笔记本里这样写着：“二十九年前，我在格萨尔庙博物馆里看到乌里雅苏台大将军的旧档案，里面记录了在乾隆十年，一位叫布尼亚的小沙弥用降落伞滑翔被殴打致死的事。”我于 1957 年 8 月将它写成了歌剧。因为 1955 年我和捷克斯洛伐克学者鲍哈④赴乌里雅苏台时，策旺老人建立的博物馆已不复存在，格萨尔庙也不复存在，藏在其中的旧档案也早已七零八落。近几年修建的地方陈列室中也没有旧档案，蒙古族这位跳伞者逐渐淡出了人们的视野，为了让后人能记住他，我写了这篇小说。旧档案皆由喇嘛们写成，如实地记录了这位十五六岁男孩的每一句口供，还记录了他怎样挨棍子，怎样死去等细节。至今我还记得，

① 蒙古国十八年：公元 1939 年。
② 艾利赫·海涅什（1880—1966）：德国著名的汉学家、蒙古学家和满学家。
③ 奥托·李林塔尔（1848—1896）：德国工程师和滑翔飞行家，世界航空先驱者之一。他最早设计和制造出实用的滑翔机，人称“滑翔机之父”。
④ 鲍哈（1906—1986）：捷克斯洛伐克著名蒙古学家，著有《突厥语及其文学》《蒙古之行一万三千公里》等，译有《蒙古秘史》和宾·仁钦的“曙光三部曲”。

俄罗斯的策旺老人在儿时从父老乡亲那里听说那个男孩还没有断气就被扔到了荒郊野外。只是年代久远，档案中的具体供词我已记不得了。

1957 年

东·那木德格

蒙古国国家奖获得者、作家、功勋艺术家东·那木德格（1911—1984），出生于今前杭爱省塔尔嘎特县的一个牧民家庭。1925—1929年赴德国学习，1964年毕业于高尔基文学院。他从1935年开始创作，著有剧本《奋斗》（1936）、《生命和生活的价值》（1936）、《新路》（1937）、《狼群》（1939）《哈拉哈河》（1940）、《新房子里》（1966）、《学者发言》（1975）等多部，诗歌作品《图拉河》（1942）、《明亮的夜晚》（1944）、《夜雨》（1945），长篇小说《时代的风波》（1961），短篇小说《嘎玛姑娘》（1959）、《等待牺牲者》（1962）、《一条狗的两次死亡》（1983）等。他的长篇小说《时代的风波》于1962年获蒙古国国家奖。他于1971年荣获蒙古国"功勋艺术家"称号，1982年再次获蒙古国国家奖。

等待牺牲者

东·那木德格

　　1939 年秋天，一位军官开着破旧不堪的汽车穿过茫茫戈壁，去找一个名叫尼玛的老人。军官寻找的是在哈拉哈河战役①中立了赫赫战功，却没能给他的家庭带来荣誉和快乐的一位小军人。

　　坐在蒙古包右侧的男人五十岁出头，名叫扎米扬，他有宽阔的脸庞、宽厚的胸怀，鬓角早已花白。他长长地叹了口气说："可怜的人，母亲生下我们兄弟三个人……"说到这里，他极力地克制着自己不让眼泪流下来，接着说道："二弟那年就……现在小弟也……虽说他是为国捐躯，可已战死沙场，对于我们活着的人来说，这也算不得什么骄傲、快乐。"说着眼泪不住地流了下来。坐在他身边的是一个身材丰腴、皮肤黝黑的女人，丰满的身体似乎要撑破那件蓝色的粗布蒙古袍。她说道："嗯，谁说不是呢！人生在世，也太难了。"说完用她那双被晒得黑乎乎、被牛奶泡得软乎乎的手捂住脸，"嘤嘤"地哭了起来。

　　一个脑袋很大，看起来还没有完全填饱肚子的孩子站在火撑子②旁

---

① 哈拉哈河战役：1939 年 5 月 4 日至 9 月 16 日，在内蒙古呼伦贝尔新巴尔虎左旗境内诺门罕布日德地区及蒙古国哈拉哈河中下游两岸爆发的边境战争，即日本、伪满洲国与苏联、蒙古人民共和国的大规模军事冲突事件，亦被称为诺门罕战役。
② 火撑子(тулга)：把三块或以上的石头用三个或以上的项圈围起来的用来支锅做饭的开放式炉灶。

边，瞪大眼睛看着哀伤的父母。孩子身上仅有的那条裤子是用给母亲做袍子剩下的布料缝制的。尼玛老人坐在蒙古包的最里面。三年前，老人让大儿子为他举办了八十大寿的喜宴，最为牺牲的英雄难过的人应该是他。老人耳朵有些聋，眼睛又不大好，军官刚进来时以为是他的小儿子回来了，他又认真看了一遍，才闭上眼微微动了动嘴唇，恢复了之前的坐姿。在听到儿媳的哭泣声后，老人才慢慢地睁开眼睛看了看。

现在，他已分不清儿子和儿媳是哭还是在笑。

"孩子们，到底发生了什么事啊，你们竟然笑得这么开心？"老人问道。包里的人收了声，空气瞬间安静下来。

其实，别人说话时老人从未这样插过嘴。夫妻二人担心老人猜出事情的大概而受到打击。他们害怕父亲知道此事。几个月前，老人托人给小儿子捎了一封信，信上说："你去参军不都有五年了吗？我死估计是早晚的事。活到现在，我自己都觉得是个累赘，现在唯一放心不下的就是你。如果我临走时见不到你一面，那我在阴曹地府里会饱尝骨肉分离之苦，所以我还坚强地活着。今年你务必回来，你要让我安心，不要让我在临死时留下遗憾！"

扎米扬刚提及此事，他的女人便重复了好几次示意他不要说，让坐在门口的军官好不心疼。老人似乎也察觉到了什么，他用他那失去朝气且布满血丝的眼睛仔细观察着蒙古包内发生的一切。

"我说，你们都在聊些什么呀，难道是我问错了吗？"老人的话语里饱含着抱怨。

扎米扬站起来，凑到老人耳边说："爸爸，他说弟弟今年回不来啦。"

"为什么？"老人盯着大儿子惊讶地问。

"哈拉哈河战役上他立功升了职，有好多事要做，这才特意派这位军官前来。"大儿子说。

"哦。"老人微笑了一下，然后严肃地说道，"我说，那到底什么时候能回来？"

"他捎话来，说明年的这时候才能回来。"

老人皱着眉头想了想，说："一年时间也不短啊，我还能不能活到那时候？"接着问大儿子，"今天是几月几日？"

"九月十五日。"扎米扬答道。

这当然是扎米扬随意的答复。

"九月十五日。"老人在嘴里重复了一遍，接着说，"好吧，那我坚持到那时候好了。明年这时候必须叫他回来。"老人好像能够控制自己的生死似的，这话说得霸气十足。

从那天起，老人一天天地数日子，逢人便自豪地说他的小儿子是英雄，如今升了职，忙得要命才没空回来。大儿子和儿媳也顺着老人的意思，只是每次提及弟弟都心痛难忍。说出去的话是泼出的水，他们只能一步一步地圆谎，大声对老人说："是啊，今年回不来，明年才能回来。"然后再小声地跟别人解释事情的来龙去脉。

就这样，周围的人都知道了这是怎么一回事。人们常常怀念英雄在世时的所作所为，又心疼那位等待中的老人。时间一长这件事就变了味儿，人们不再觉得老人可怜，甚至还有人把他当成老糊涂，在他背后嘲笑不止。

老人依然坚信儿子能回来。一想到儿子为国参战成为英雄，这不是凡人所为，老人便倍感自豪，独自在家的时候也夸个不停。他还把传说中的英雄和他的儿子混为一谈，给那些嘲笑他的人增添了笑料。

他依然很健康，每天早起晚睡，在草场上放牧，举起驱牛棍赶牛羊的声音异常洪亮。应该是愉快的心情给了老人健康的体魄。

儿子和儿媳虽然高兴，可后悔当初对父亲撒了这谎。

世间所有的记忆都会被时间淡化，当然也包括儿子和儿媳善意的谎言。

谁也不能阻止如流水的时光。大家为生活而忙碌，一天天一月月就那么悄悄流逝，转眼又到了凉爽的秋天。老人度日如年地生活着！现在他有些行动不便，捣酸马奶时也得使出全身的力气才可以。老人像眺望远处的蜃景一样，用手遮住阳光，看着锅里的奶皮子①。显然，他记忆里的九月十五日临近了。

儿子和儿媳早就想好了怎样应付。有一天扎米扬去找牛时，谎称自己要去省城打听弟弟的消息。回来后他告诉父亲，弟弟成了飞行员，正在很远很远的地方加紧训练。老人立刻拍手叫好，他觉得开飞机并非凡人之举，所以小儿子也不是凡人。

"弟弟今年恐怕又回不来了。"扎米扬说。老人听了，大喊了一声后险些晕倒，强忍着问道："那什么时候能回来？"扎米扬说明年，然后拿出从小孩子的作业本里撕下来的一张纸，说："这是弟弟捎来的信。"他读信的时候自然也撒谎迎合着老人，最后扎米扬大声读道："亲爱的父亲，明年的这个时候我一定回家，您老一定要保重身体。"

老人听到最后喜笑颜开，说："赶紧给他回信，就说我能坚持到明年！"

扎米扬平时守口如瓶，可还是跟左邻右舍说了他是怎样安慰父亲的。周遭的人觉得老人既可怜又可敬。有一个整日酒瓶不离身的家伙想看笑话，故意去找老人。老人见有人来，他自然又夸了一遍他的小儿子，说他正在学习开飞机，飞机就是传说里的鲲鹏，这下给那个醉鬼添足了笑料。

又一年过去了。老人专属日历里的夏天结束时，他和往年一样开始注意酸马奶和奶皮子。大家不那么在乎老人的一举一动了。扎米扬和妻子可以在老人面前大声聊起应对之策，走到老人耳边说："父亲，你不要着急，弟弟今年或许还回不来！"

"为什么？"老人惊讶道。

"人生在世难免碰上各种各样的事啦。"

"今年必须回来！"老人生气了，扭过脸去。

他呵斥扎米扬后，再也没吱声。大儿子的一席话伤了老人的心，他

---

① 奶皮子：牛、马、羊和骆驼鲜乳入锅慢火微煮，待其表面凝结一层蜡脂肪，用筷子挑起后在通风处晾干即为奶皮子。一般而言，秋冬的鲜奶做奶皮子最佳，春夏鲜奶不适合做奶皮子。

一心盼着小儿子如约而至。

那一整天老人没说一句话，一次次低头叹气。儿子和儿媳也很尴尬，可又觉得不能再这么一直骗下去，他们商量好，至少目前暂时不迎合老人。

老人整晚都没有合眼。第二天他起了个大早，拿起放在蒙古包东边毡壁上的破旧牛粪筐，坐在上面望着遥远的天涯。按照老人的日历，这一天是九月一日，他坚信这一天儿子一定回来。儿媳挤完牛奶劝老人进包喝早茶，却被老人给轰走了。

儿媳匆忙进了包，和自己的男人商量着。他们觉得这没什么，过一会儿老人便会好了。

老人还坐在那里一动不动。他想，儿子一定会回来，首先过来跟我见面，扶我起来，让我进包。进了包，我必须把这些年的委屈毫无保留地说给大儿子和儿媳听。太阳高悬时老人觉得儿子应该在中午回来；太阳偏西时老人觉得儿子今晚肯定回来。对，不应该是早晨和中午，晚上回来正好。

天擦黑了。老人彻底失望了，他蜷缩在那里。大儿子和儿媳两人商定，这次不再骗老人了。

夜里，老人摸黑进了包躺下。他坚信小儿子会回来，侧耳倾听着外面的一举一动，或许他早忘了自己耳背这回事儿。大儿子和儿媳也放下了悬着的心，说爸爸真的老糊涂了，他怎么可以这么糊涂？两人聊着聊着便进入了梦乡。

老人的耳边响起了嗡嗡声，他坐了起来。这是一场梦。老人一天没进食，耳鸣更严重了。梦还在继续：他走出蒙古包，发现现在根本不是黑夜，是阳光明媚的白日。一只大鸟穿过稀薄的云层飞下来。老人想，这大概就是人们说的飞机吧。小儿子从"大鸟"上走下来，他一点都没变，长相比以前更加俊朗，身上的制服闪着耀眼的光芒。这一辈子，老人从未如此开心。梦结束了，老人也停止了呼吸。

1962 年

一条狗的两次死亡

东·那木德格

1948 年，我的个人生活并不很如意。这和我所从事的文艺创作之路受到的非议息息相关。非议并没有让我的创作欲望受挫。近年来的所见所闻丝毫没有懈怠我的精神，反而让我更深刻地了解了生活的本质。个人的经历和认知是创作的主要途径，这一点毋庸置疑。

我现在要写的不是文艺理论，而是亲身经历的一场悲剧。可是如果不先交代一下我当时的生活状况，总觉得还缺点什么。

秋天的清爽接近尾声，寒冬袭来时，住所让我犯了愁。幸好我近亲的一个弟弟在少年报社工作，他有房屋指标，等房子盖好了我们可以住在那儿。在哪儿盖呢？那时候我是国家大剧院图书馆的主任，和演职人员住在一起。房子选在国家中央出版社后面的大院里，那里挤着十几户人家，东北角有三座家门朝西的土房。我们只能在一个最差的位置盖房子。房子挨着院子的大门，离东南边的公共厕所不远，院子里的人喜欢把脏水往那里倒，在冬天，没过多久便会结一层厚厚的冰。

我不嫌弃这里，能有个住处就很不错了。院门那边一天到晚都有人进进出出，不用担心外面的柴火和煤块被人偷了去。再说房子周围的环境这么差，好多人都懒得过来。当时我也不想呼朋唤友、聊天度日，我有不少的活儿要干。屋里屋外的活儿都由我一个人负责，另外，我还得做两个人的一日三餐。取暖的火墙是按照我的想法做的，散热特别好，省了不少柴火。白天我在白炽灯下阅读和写作，很少拉开窗帘。我不觉得当时有什么不好，反而觉得自己彼时更深刻地懂得了怎样生活，明白了生活的道理。

好了，言归正传。一天，阳光明媚，我出门买食材回来，看到大院西边的角落里有一个十几岁的孩子，手里拿着细棍好像正在等着什么。我觉得奇怪，便走到大门那里，看到一个中年男人，身上穿着并不合身的褐色大衣，手里拿着长棍也在那儿等着。院里有人喊："轰出去！对对！"我抬起头，看到一条黄色的母狗穿梭在住户中间，像是在展示它的勃勃朝气。它追着一条很久没有吃饱的蒙古犬。显然，这些人是想结束这条黑狗的命。黑狗跑出大院，手持棍棒的人们立刻追上去，把它打倒在地，棍棒相加，貌似已经要了它的命。

看到这些，除了可怜之外，我还想到了神话故事、历史中的类似片段以及人们平时所做的残忍之举。那条狗可怜地躺在我家东南边的脏水冰面上，黑色的毛遮住了它的眼睛，冰面上有一摊红红的血。那个手持细棍的小孩是谁？这么小就学会了把一条狗打死，长大之后可怎么办？想到这些，我看不到未来的美好。

好了，不说这些了。大自然塑造万物本是为了让它们生活，有时也会逼它们走上绝路。换句话说，城里的狗太多了，消灭其中的一部分也无可厚非。幸运的是，大自然也给了它丰厚的恩赐。

或许这条狗还没有死到临头。日暮西山时我出来解手，看到这可怜的东西在用沾满鲜血的鼻子艰难地呼吸。我心疼至极，真想说："哦，可怜的东西，你死吧，死吧，死了要比现在好受些。"第二天一起床我便去看那条狗。这狗换了个姿势蜷缩在冰面上，身上落了厚厚的霜，身下的冰面在它的体温下已被融化，凹了下去。它在瑟瑟发抖，想必身子正在发烧。我还是觉得对这条狗而言，死去是最好的归宿。我看到住在东北方向那一排房子的最北边那家的女人端来一盆热乎乎的泔水放在它的前面。她是好几个孩子的母亲，这是她母爱的延续。狗现在还没有精力理会这些。下班回来，我看到它前面的盆子空空如也。

一连几天那个女人都在给这只狗喂食，我当然也没闲着。有一天我下班回来，那只狗不见了，只有它躺了几天的冰面凹槽。我看到它蜷缩在那位妇人家门的左边。见它已能够去报答恩人，我打心眼儿里高兴。过了几天，那狗挪了个地方，躺在大门的右边，开始注意每一个过往的人。我仔细一看，才发现狗的左眼已被人打瞎，只会翻白眼，左边的大牙也被打掉了好几颗。它给恩人看家护院得充分利用自己剩下的这些本事。它的聪慧和忠诚让我非常惊讶。

又过了几天，这条狗已痊愈，它不再蜷缩着身子，它把头靠在伸出去的两条前腿上，用它仅剩的一只眼睛冷冷地观察着周围的一切。我也在观察它的一举一动。身体一恢复，狗的秉性也变了。陌生人去她家就变得不那么容易，堆在她家外面的几根木材和煤堆也成了它的领地。不知是因为我在它危难之时给过它一些狗食的原因，还是因为进来出去彼此已熟悉，它对我倒还不错。

冬去春来时，大院里的人开始议论纷纷，大家都说这条狗患有狂犬病。我虽极力否定，他们根本不听我的。狂犬病通过唾液抵达神经系统，与它的伤残根本无关。救过它一命的那个女人也轻信了这个谣言，让她到了请人杀狗的地步。我能够救它的唯一方法是将它关进自己的屋子，不让它出门。可一来我不是这条狗的主人，二来它也习惯了风餐露宿的生活。再说，这房子也不是我的。如果弟弟不让住了，别说是狗，我自己都没地方去。关于这条狗，我唯一能做的就是保持沉默。

不久，院子里来了两个人，手里拿着棍子问："疯狗在哪儿？"大院里当然少不了指引的人。两个男人来到门口时，那条狗与他们展开了拼死的搏斗。微弱的力量终归还是无济于事。大家围上来，嘴里喊着："打！揍！真棒！"叫喊声铸成了那条狗的结局，我看到他们用铁丝勒住了狗脖子，从我家旁边走过。那条狗就那么消失了。

1983 年 2 月

僧·额尔德尼

　　蒙古国著名作家僧·额尔德尼（1929—2000），出生于肯特省宾都里县一户牧民家。1939年、1955年分别毕业于苏赫巴托军官学校、蒙古国国立大学医学院。曾任蒙古国作协书记等职。自1948年开始创作，主要作品有短篇小说《爱心》（1955）、《暴风雪中》（1956），长篇小说《生活的轨道》（1984）、《来世相逢》（1993）和电影文学《金帐》《不能承受的苦难》《戈壁之眼》等。他的作品被翻译成德、英、法等多种文字。他于1965年获蒙古国国家奖。

月光曲

僧·额尔德尼

我收到一封信。信里说道："多年以前，您还是一名年轻的医生时，我是一个精神科的病人。或许您还在奇怪为什么我要回忆那段悲苦的岁月。我想委托您办一件事，我从小就喜欢文学，也相信作家的描述能力，相信您一定能帮得到我。我知道对于整日忙碌的您来说这似乎有些难。别人不知道我要找谁，只有您知道他是怎么拯救我的。依托您精湛的医术，我得以在芸芸众生中又一次健康地生活着。我努力回忆那个曾经给予我帮助的人，可一无所获。我想，他曾经为了我一定备受煎熬，最后才导致不幸。您还记得他吗？他叫布达。我醒来很久后才知道原来他每天为我拉琴。他去世两年后我才康复。我试图想起他的样子，可没有任何进展，往事如云朵中的太阳，时隐时现。我想知道布达当时的情况，所以才决定找您。或许他没给您留下任何印象，但我知道作家都善于观察生活。如果您能唤起我失忆多年的那段时光，尤其是布达的样子，就能了却我一大心事。在我的记忆深处，一直萦绕着他的琴声。我相信您有能力让这断断续续的琴声变得完美。给您添麻烦了，深鞠躬。乌日娜。"

放下信后，我年轻时的那些往事一一浮出了记忆的水面。原来她相信作家可以用文字再现一个人的回忆，甚至可以让记忆中的曲子重新演奏。我真的可以吗？这位布达，我倒还想起过，可已完全不记得将他的曲子断断续续地放入脑海里的女人——乌日娜。读了信，我伤感地想，为何年轻时那些美好的往事都被我忘记了？为了再现乌日娜心中那首美妙的曲子，我才决定写下这篇略显伤感的小说。

那年夏天，我百无聊赖地坐在精神疾病医院的医生办公室。医院"π"形的房子很陈旧，透过窗户能看到在外面放风的病人，他们正胡乱地聊着什么。前面院子里有锅炉房，不知什么时候在煤渣堆旁冒出来一头毛驴，正在那儿肆意地叫着，声音异常刺耳。我沉浸在自己的心事里。毛驴叫起来可真难听，若是在呼唤伴侣，足可见思念之深。同属马科，毛驴叫起来真难听，如果像马的嘶鸣那么动听，找到自己的伴侣也许就不会那么难了吧？同样都是呼朋引伴，马儿叫起来婉转悦耳，可毛驴叫起来却让人心生厌烦……

这时办公室的门缓缓被推开，有人清了清嗓子，问道："可以进来吗？"

进来的是一位皮肤白皙、个头不高的小伙子，三十岁左右的样子。他头发稀少，上面涂了发乳，整齐地斜分着，身上的那件灰色西服大了一些，衣兜里露出了粉红色手绢的一角，这一身装束显得他很活泼。他手里拿着琴盒脱了漆的小提琴，用睿智、天真的眼神看着我，像是在表达敬意，又像是在寻求帮助。

"过来坐吧，有什么事？"我满不在乎地说，想让彼此变得亲近一些。

他有些胆怯，嘴角微微上翘，坐在椅子边上。他的手指像女人的手指，又细又长，在琴盒上来回摸索着，像在抚摸着琴盒里的琴弦。他或许是一位演奏家吧，若是来探望病人，一饭一蔬都比这小提琴更合适。

"你想见哪位病人？"我随便问了一句。他并不回答我，从窗户望出去，看着遥远的山头。我猜想，他的内心里一定演奏着无比忧伤的曲子，这样的旋律萦绕着他，让他迷失了方向。他在用眼神和遥远的山头对话。

"我想见见乌日娜，可以吗？"他依然是哀求的语气。

"见见当然可以，不过得给我一个充分的理由。病人现在正处于危险期，你是她的家属吗？"我很严肃地问道。

"不，我们认识，我们曾经……"

"她都住院三年了……"

"当时我正在留学，没能及时赶回来……"他的语速很快，像是在忏悔，"以前我和乌日娜都是歌剧院的乐队成员。后来我才听说她病了，在这个医院。她得的什么病？有救吗？"

"我不知道该怎么回答你，她患了严重的精神分裂症。她的性格你应该很了解啊，没发现之前有什么异常吗？"

"异常？也没有啊。她就是多愁善感，总是让人捉摸不透。不过这也算不得异常吧，这样的人比比皆是。不过她特别美……心里总有美好的旋律，真美。"可能是因为他没说出我需要的"异常"，只说了些溢美之词，说完之后不安地看着我。

美？估计你也是玩弄她的男人之一吧，肯定又说她是因为情感不顺才疯掉的。这样一想，我竟然有些难过，用嘲讽的口吻说："现在来看她？"

他直勾勾地看着我说："对，我来看望她。我们曾经那么好，现在我不知道怎么帮她，就把琴带过来了。"

了解了大概，我叫护士把乌日娜带到办公室来。他是要做个试验，证明音乐对精神分裂症的作用吗？几分钟后乌日娜被带进来了。她现在完全昏迷，眼睛都不会眨一下，几乎像个植物人。她让人喂食了很长时间，后来连眼睛都不眨了，脸都像个面具，一点都不像活着的人。不过还能看得出她曾经是个美人。不知是护士可怜她还是故意戏弄她，帮她梳理了头发，还涂了口红。她曾经是远近闻名的大眼睛美人，如今长睫毛下的眼睛眨也不眨一下，像一幅静态的图画，可还是能看得出她的眼神背后隐藏着聪慧，如冬日冰层下的泉水。她像被什么东西给吓到了，瞪着大眼睛。阳光下，透过她的瞳孔可以看到她内心无限的困苦正在寻找一处释放的渠道。她的眼神叫人害怕，还带着些许的美。患病之前，她的这双眼睛一定有无穷的魔力，叫他们心潮澎湃，不禁迷上她。如果正如他人所说，她的内心演奏着什么美妙的曲子，一定会通过那双迷人的眼睛散发出来，扣动人们的心弦，叫人欲罢不能。我需要了解乌日娜患病时的精神状态，她的亲戚只告诉我，是一场不幸的爱情让她沦落到了现在的地步。一场糟糕的恋爱的确可以带来精神疾病，这双美丽的大眼睛和她内心的旋律有着怎样千丝万缕的联系？人类的内心是一个精细的世界，谁都无法读懂、读透。

乌日娜呆滞的目光吓坏了小伙子，他安静地待在那里，如坐针毡，嘴里不停地嘟囔着什么。

"您不用怕，她根本无法认识您。您还是为她拉一支曲子吧。"我安慰他说。

"可怜的人儿，她怎么变成这样了？"小伙子险些哭出来，他打开那脱了漆的琴盒，拿出一把破旧的小提琴。煤渣堆那边的毛驴又开始叫了，我示意护士赶紧轰走它。

小伙子微微侧头，把小提琴放在肩上，微闭双眼。演奏家似乎都喜欢坐在椅子边上，静默片刻之后他开始拉琴。他拉的是贝多芬的成名曲《月光曲》。窗外的病人也不再喧闹，静静聆听着天籁般的曲子。

曲子从窗户静静地流淌到外面潮湿的空气中去，它融进中午灼热的阳光，叫醒了微微的凉风，呼唤了智慧与记忆。月光曲，月光……洁白的月光下江水泛着银光，微微的波澜中闪烁着点点星光。有谁在这万籁俱寂中叹息一声，在倒映月光的江水里唤来了朝思暮想的恋人，她满含笑意的眼眸，在远处若隐若现。伴着星光和江水，听得见却无法触及的现实叫人心碎。贝多芬站在多瑙河畔，在月下看着银白的江水想起了自己年轻时的恋人朱丽叶塔迷人的眼眸，无法圆满的爱情化作这首震惊世界的《月光曲》，激荡人们心灵直至今日。泛着银光的江水、眼眸，美丽的眼眸……

乌日娜的眼神中闪现了一缕感悟的光芒，无奈被世俗的重重迷雾折了回去，《月光曲》美妙的旋律，点点滴滴地滋润她的内心，让她缓缓地摆脱重重束缚。我们看见乌日娜脖颈的脉搏在慢慢加速，枯枝般僵硬的手指也开始动弹。我想，在她心里珍藏了许多年的那首曲子一定能够找到通往记忆的隧道，让她的内心感知点点滴滴，修复她早已断了弦的记忆交响乐。

似乎是为了验证我的想象，片刻后乌日娜的感动凝聚成一滴热泪，从眼角流出，流向脸颊。拉琴的人看着她的眼睛，完成最后一个悲伤的音符之后，在琴弦上飞舞的手指停在半空中。她流泪了！尽管只有一滴！我和在场的每个人都在心里呼喊着，一滴泪，值千金！我太开心了！我真想拥抱这位天才演奏家和乌日娜，给每人一个深情的吻。

护士把乌日娜带走之后，我和小伙子畅聊了许久，彼此成了朋友。他跟我讲《月光曲》背后的故事，听来叫人感伤又遗憾。

他和乌日娜在一个巷子里长大，一起上小学和艺术学校，在歌剧团交响乐队里成了同事。青梅竹马的友情变成爱情的故事不胜枚举，他们的故事却来得太晚、结局凄婉。他们两个人一个美丽动人，一个才华横溢，故事难免会有插曲。美貌和才华很难同时降临在一个人的身上，犹如鱼和熊掌不可兼得，如果强留，有时也会酝酿成一场悲剧。布达的才华渐渐得到大家的认可时，他渴望用美丽来装点自己，乌日娜成为他不二的人选，她夺走了他全部的爱。爱是来自心灵的美妙旋律，如果将其隐藏在内心，会成为无边的痛苦；如果将它幻化成饮食男女的爱情，又难免落俗。乌日娜成了布达日思夜想的女神，但他畏惧乌日娜美丽的眼神和多愁善感的性格，一直没有付出行动，在虚幻的爱情里享受着这一切。可是，哪个男人能一辈子这样呢？这个临界点还得被打破。美丽的乌日娜并不羡慕才华，她喜欢的是英俊、潇洒。她爱上了一位杂技演员，他虽然有着俊朗的外表，却是一个性情中人，喜欢把爱情从精神层面剥离开来，变成赤裸裸的肉欲。布达不明白乌日娜到底喜欢这男人的哪一点，她会强迫自己看那个男人的演出。在舞台灯光下他只穿一件贴着亮片的内裤上场，骑着独轮车把大铅球当毽子玩，在表演中尽显他强健的肌肉。布达觉得那样的男人不是他能比得了的。强健的肌肉和健美的身材难道不是转瞬即逝的风景吗？布达嫉妒他，更担心他们肉欲的结合会给乌日娜带来新的麻烦。果不其然，这个随心所欲的男人让乌日娜怀孕了。乌日娜迷茫至极，在打掉孩子之后变得神志不清。她用布满乌云的眼睛看着他，听布达整夜整夜地为她演奏《月光曲》，在小提琴发光的琴箱上默默滴泪，这场面让人看了心碎。困苦赋予了布达更多的希望和才华，让他把《月光曲》演奏得淋漓尽致，出神入化。《月光曲》对乌日娜来说是一段支离破碎的回忆，对于布达则是无法得到爱情的遗憾，更是慰藉恋人心灵的爱意。这样的凄美之爱让他独自悲伤，更让他独自守着自己单纯、美好的誓言。

听了布达的讲述，我对他的看法也逐渐改变了。小伙子虽然没有惊人的外貌，但他的才华已融入他的眼神和行动。他的身上闪烁着稳重、自信、优雅的光芒。

后来布达每天都来医院为她拉琴。我腾出电击室的一个角落给他，让他放小提琴。虽然我不是很确信音乐带来的疗效，但小伙子的执着感动了我，我积极地为乌日娜治疗。不知是医疗得当，还是因为神奇的音乐，乌日娜苍白的脸上开始有了一些血色，眼神也有了好转的迹象。我和布达对乌日娜的治疗信心倍增，也许我们还能再看见乌日娜迷人的眼神呢。

没想到祸从天降，来得还那么凶猛。两三天一直没有布达的消息，一打听才知道他出了车祸，正在医院里。我赶紧跑去手术室，看到他依然昏迷不醒。他的手脚没有受伤，头部却遭了噩运。我们没日没夜地忙了好几天，可他还是走了。相识的时间虽然很短，但我就像失去了亲兄弟那样万分悲痛。我不知道如果他没出事他的音乐能不能拯救乌日娜，但我很清楚自己无力治愈他们两个中的任何一个，巨大的压力向我袭来。

后来我换了一份工作，离开了那家医院，也告别了医生这个职业。回忆那些懵懂的岁月，布达演奏的《月光曲》时常萦绕在我的耳边，让我想起青春的美好和忧伤。正如乌日娜在信中所说的那样，知道她"得以在芸芸众生中又一次健康地生活着"时我便更加坚信人与人之间心灵的默契是何等重要，也相信彼此遗忘的人们会因为千丝万缕的联系又会重新聚到一起。让爱的《月光曲》拨动心弦，那是何等的幸福！

送往天堂的发条车

僧·额尔德尼

活到八十三岁，铁匠赞布拉老糊涂了。他是一个嗜酒如命，又有些驼背的黑老头。他的手艺是从父辈那里继承来的，无论是木材、铁还是金银，只要到他手里就变得服服帖帖的。

老了以后，他的手脚再不听使唤了，眼神也变得很差，附近的女人们请他过去，做一些诸如给锤子上把，给锅碗瓢盆打补丁等杂活儿，作为回报，她们会给他一些低度酒喝。

他在别人的屋檐下铺着防潮的生皮革，旁边放一壶比酸乳清水好不到哪儿去的低度酒，挥动变了形的，散发着木屑铁屑味儿的手指干着活，时常喘着粗气。他往大瓷碗里倒满低度酒，咕咚咕咚灌下去，喉结也跟着上下移动。

我们这些孩子已笑成一团，他透过圆帽檐瞪了我们一眼，咆哮道："赶紧滚开，你们这些小恶魔们！"他常常喝醉，把手里的工具往旁边一扔，在两户人家之间来回踱步，握住他发黑的拳头，喊天骂地。

那年夏天，他捡起搁置很久的工具，剪着铁丝开始做一个奇怪的东西。我们天天守在那里，看他能做出什么名堂来。铁匠赞布拉偶尔也会叫我们帮忙。有时手中的大锤落地，他便骂道："你们这些断了手的小恶魔们！"起初老汉做了两大一小的铁辋木轮，用铁轴把两个大轮子连起来，安装齿轮，再装上小轮子。

现在，别说是我们这些孩子，就连大人们也开始好奇老汉到底在做什么。他也不告诉别人做的是什么，被人问烦了就会生气。他给三个轮子安装了齿轮，用铁板做了一对机翼。那天早晨，我们前所未见的怪东西接近竣工。我们这些孩子翘首企盼，看那个怪东西怎么能飞上天。

那天早晨晴空万里，没有一丝风。赞布拉老人在装有机翼的发条车上拴好长长的麻绳，让我们拉着它奔跑。他挽起衣摆跟着我们拼命地跑，嘴里大喊："喂，小恶魔们！跑起来，快！"

我们像骑了快马似的，扬起灰尘一路奔跑，边跑还边频频回头，希望我们身后的怪东西能够缓缓地飞上蓝天。最终，它让我们失望了，它始终没有离开地面。我们像被抛向岸边的鱼，张着嘴气喘吁吁地站在那里。赞布拉老人把双手放在胸前，大口地喘着气，嘴里含糊不清地喊着："你们……这些恶魔们……"

我们无精打采地拉着那怪东西回去，把它放在铁匠的屋门外。或许是缺了某些零件，它才没有飞上天吧。

发条车的失败让老汉一蹶不振，喝了好几碗低度酒，绕着他的发条车咆哮："我什么都会做！你们瞧好喽！我要坐着这辆发条车去天堂。到了那儿我会从圣母手中接过金碗将美酒喝个够。我要从天堂放下夹子惩罚你们这些吝啬的臭婆娘们！"

第二天，可怜的赞布拉老人已无力起床。三天后，他去了天堂。

老人笃信能够送他去天堂的那辆发条车最后沦为我们的玩物，它的两个机翼很快就被我们弄掉了。后来，老汉的后辈们在两个大轮子中间装上长条木，将它改装成了运水车。

或许老铁匠始终相信他的发条车真的能送他到天堂吧。

1960 年

太阳鹤

僧·额尔德尼

　　我挥别夏日的夕阳，坐在寺庙旁干涸的井边。在这十五年间发生了许多令人称奇的大事。原来这里有座寺庙，现在没有了。我不明白它为什么会消失，却也不为此遗憾。小时候，我拉着额吉①的手，攀上这里长长的台阶，进入庙内。喇嘛们正聚在一起开法会，法号声声，香火袅袅。龇牙咧嘴的凶神恶煞，慈祥和蔼的佛尊在佛灯的照耀下分外耀眼，人们纷纷跪拜磕头。如今这里发生了翻天覆地的变化，只是一片废墟，这也没有什么可遗憾的，或许皆是因缘。这口井如今也已干涸。听说，当年挖井的人中也包括我的阿爸。如今阿爸也去了另一个世界。寺庙，阿爸，还有好多东西已不复存在。战争频发，家乡的壮丁都被拉去充军，已一年有余。哥哥也在其中，不知他们还能不能回来。战死沙场，是再正常不过的事。

　　明天我也将动身。虽然说去爱玛克②学校不似赴战场，可谁能知道在这变幻莫测的世界上等待我的将会是怎样的命运。

　　我捡起小石子扔了进去，石子儿陷进井底的泥泞里，发出沉闷的声

---

① 额吉：母亲，妈妈。
② 爱玛克：蒙古国行政单位，省。

响。我来和家乡的夕阳道别，一直在这里坐到太阳落山。到了傍晚挤奶的时间，家家户户都放烟熏蚊蝇，烟雾低回在八月碧绿的草地上。不远处，一棵树旁的泉水边有一群红顶鹤在悠闲地吃草。夕阳照得它们浑身通红，雏鹤们像是在比赛，扇动翅膀奋力奔跑着。我知道它们来自远方，心里默默地与它们说一声"再见了，家乡的红顶鹤"。北边那些被称之为"巡警"的小树林也被夕阳映得通红。我认得那些与我一同长大的小树林。泉眼旁边的那棵落叶松如今已年迈，它佝偻着背。或许，新苗代替老树是世间的法则。

小时候，我想要抓住雨后的彩虹，会一直跑到小树林那边，这些被称之为"巡警"的树也没有阻拦我，还与我一同成长。

被挤了奶的奶牛们一身轻松，摇头晃脑地走在熏烟袅绕的小路上去吃草。从西边的牛圈里走出一头公牛，用力地刨着土地，像是在说"有没有人来和我较量"。阳坡上长满了野艾，夏营地格外显眼。孩子们忙着分开母羊和羊羔，东边那户人家的蒙古包外来了一个骑着白马的醉鬼，手里舞着红色的风雨帽，嘴里喊着什么话。他应该就是特赫①帕拉海。"特赫"倒无所谓，应该有这样的外号，可这"帕拉海"是什么意思呢？据说他小时候别人都怕他长大后是个坏孩子，故起此名。帕拉海是这里少数几个没被抓去充军的男人之一，他常常醉酒，闹得家家户户不得安宁。因为他的一只手经常抽筋，才免于被充军。帕拉海的叫喊声惊扰了红顶鹤，它们从熏烟上飞过，落在泉眼旁边的那棵树下。

已近黄昏。明天，我就无法坐在这井边看故乡的落日了，我要去远方。那头公牛叫了半天也没找到对手，清脆地"哞"了一声，跟随牛群走了。我暗自设想帕拉海和那头公牛决斗，彼此头破血流的场景，笑了。

我的邻居僧吉德老人的姑娘们挤完牛奶，唱着婉转的歌。歌声飘过傍晚舒爽的湿地，乘着太阳的光辉被传到远方。

---

① 特赫：野公山羊。

看着天空多遥远
下起雨来大又急
看着人生多漫长
日复一日须珍惜

　　她们在思念自己被拉去充军的男人。我开始知道人与人之间的相思，像什么东西卡在喉咙里，险些哭出来。

恒河上空的雉鸡
落在外头鸣声清

　　母亲常说恒河是佛家的吉祥之地，我不知它在哪里。这些红顶鹤来自那里？是非交替、生死轮回的世界是多么辽阔！不知我会不会有一天也能到恒河边。阿爸常说，人世间本无永恒可言，活着需要勇气和智慧。此话很有理。若真具备勇气和智慧，不要说爱玛克学校，就连那神奇无比的恒河也有机会抵达。
　　我忧伤地聆听着姑娘们的歌声。夕阳西下，被夕阳照得通红的鹤群成了淡淡的青色。再见，家乡的太阳！鹤群似乎也在等待着夕阳西下，它们缓缓地起飞，从熏烟上空飞向远方。再见了，鹤群！明天我将追随你们而去……
　　星群密布，今晚温暖可人。母亲递给我几条哈达，让我去向附近的几位长辈问好道别。出远门前须向长辈敬献哈达，聆听他们的祝颂词，这样可以保佑出行之人一路平安。其实我还有一个比聆听祝颂词更重要的事，在泉眼旁边的那棵树下静静等待相好的女孩，我的心跳开始加快。在这温暖的星空下，我愿聆听世间的所有声音。原野上马儿在嘶鸣，青蛙睡眼惺忪地呱呱叫了几声，狗儿也吠了几声，像在呼朋引伴。我等待的人，像是赤脚驾云而来，伴着星光到了我身边，她刻意和我保持一定的距离，坐在我身旁，说："煮酸乳误了事，是不是等了很久？"前不久，我们还在无人居住的夏营地玩耍嬉戏，如今却变得羞于触碰彼此。我们听对方的呼吸，默默地坐了很久。除了旁边那匹马吃草的声音，再无其他声响。她穿了一身短款的卡其布袍子，袍子上沾满了奶渍，散发着煮酸乳的味儿。我身穿粗布新衣，脚蹬皮靴，在黑暗中看了一遍又一遍，担心她看不到我的新衣服和靴子。尤其是那双靴子，我盼了很久，母亲卖掉一头大畜①，给我买了这双穿起来有些不跟脚的靴子。

"萨恩皮勒的阿爸、巴特尔的额吉都给了我钱，额吉说把卖羊绒的钱分一半给我。我到了爱玛克，给你捎一些做靴子的皮革来。"

"爱玛克商店应该有好多货吧。"

我们都变声了。额吉说，我的声音已经很粗，是个男子汉了。她的嗓音又尖又细，现在的声音像是从腹腔内发出来的，很是温柔。黑暗中我能感受得到她眼神中的忧伤。我要去爱玛克中学上学，而她只能待在家里围着锅灶做奶食品，心中自然忧伤。我爱她爱得心痛。她用袍子的下摆裹住沾满牛粪的双脚，脸贴在腿上哭了起来，那么可怜。我不曾想过有一天我们童年的天真会被打破，让我们看到世间的残酷，体验着人生的离别。爱可以用思念传达，也可以用身躯表示。此刻我们在黑色天幕的银河之下，星群密布的夜空下享受着在一起的苦与乐。我们怀念突然飞逝的童年，潸然泪下，两人哭过之后心里舒服了一些。

"毕业之后我想去参军。当了军官把你接过去。在此之前，我每年暑假都会过来看你。"

"我会一直等你。如果哥哥拉货去爱玛克，或许我跟他一起去。你要记得经常写信给我。"

"好的。"

"你额吉一定在等你吧？"

---

① 大畜：蒙古族的五畜（也叫五珍），是指马、牛、骆驼、山羊、绵羊。马、牛、骆驼的个头大，被称为大畜。

"没关系，额吉说我的声音已变粗，是个男子汉了。"

她轻轻叹了口气，往我手里塞了一个软乎乎的东西，说："这是我儿时的头发。你还记得为了让我当'共青团员'给我剪发的那事吗？"那时的我很淘气，一刀剪短了她的长发，给她剪了一个"共青团员"的发型。不曾想，儿时的头发如今成了稀有珍宝。

她已经感受到了这一切。生活的本身像童话，又很现实，如梦似幻。童话般的故事已不复存在了。我们躺在一起，仰望夜空。我期盼童年的故事再一次降临！离别时分，我向上苍祈祷，希望它赐予我童年的故事，上苍让我如愿以偿。银河里，一群红顶鹤在飞。带着故乡阳光的那些太阳鹤正在声声唤我去远方。

"看，太阳鹤，看到了吗？太阳鹤。"

生活毕竟不是童话。儿时的伙伴给了我散发着童年往事的头发。带走故乡的阳光和儿时童话的太阳鹤如今在何方？如今还在声声唤我奔赴远方吗？

1971 年

沙·旺策来

　　蒙古国作家沙·旺策来（1932—　　），出生于蒙古国扎布汗省一个牧民家庭。1959年毕业于蒙古国国立大学医学院，此后从事救死扶伤的工作。他自1957年开始发表作品。主要作品有小说集《温暖的春天》（1959）、《鸿雁》（1964），长篇小说《火红的花朵》（1973）、《心灵曙光》（1974）、《人的本性》（1986）、《阳光学校》（1989）、《奖惩》（1990）及剧本《申年春天》（1982）等。

花宝如①

沙·旺策来

　　山峦平原有其独特的法则，飞禽走兽聚集在这里，过着属于它们的日子。

　　在阿尔泰高山脚下那处只有盘羊知道的灌木丛里，花宝如来到这个世界。它小而圆的眼睛起初什么都看不见，最先看到了母亲，然后看到蓝天、高山和盘羊群头领，那个犄角弯曲又硕大、年迈的公盘羊。蓝天上飞翔着老鹰，身旁有好事的喜鹊在叽叽喳喳，花宝如却无力顾及这些。它抖了一下湿湿的大耳朵，试图依靠细小的四条腿站起来，失败了。白鼻母亲舔舐它，它身上立刻变得干净轻松，站了起来。它感到寒冷难耐，温柔地叫了一声，贴着母亲的身体，嘴唇碰到温暖的乳头，一股热奶自然而然地流进嘴里。就这样，只要含住母亲的乳头，温暖的奶汁就会源源不断地流出来，这成了它在这个世上最大的快乐源泉。遵循自然界的法则，白鼻母亲不仅把自己的气力献给了花宝如，还把自己五个月来细细积攒的奶汁献给了它。没过多久，花宝如感到睡意沉沉，已抬不起眼皮儿，在灌木下找了一处温暖、舒适的地方躺下来，进入梦乡。它后背

---

①　花宝如：花，蒙古语，指浅粉色、淡黄色；宝如，蒙古语，指灰色、灰白色或褐色。文中盘羊的毛色为褐灰色，故得此名。

上的毛色与这里的山石一样呈褐红色，胸部和腹部的毛色呈褐灰色，与它母亲的一模一样。

山坡上长着郁郁葱葱的野桃树和艾蒿，嶙峋的山石一直延伸到山脚下。长在山石间的迎春花在阳光下微笑着，山脚下的再生草绿得发亮。初夏清晨的太阳穿过薄雾照亮大地，草地上袅袅的晨雾中各种鸟儿尽情歌唱。这一切成了花宝如温暖、安详的摇篮。此刻，它还在酣睡。今日晴空万里，一只老鹰盘旋了一会儿，俯冲下来。白鼻母亲此刻正闻着孩儿的毛发，看到老鹰，用嘴轻轻推了它一下，花宝如惊醒。母亲温暖的乳汁与和煦的阳光让它的身体变得强壮。母亲喘着粗气，仰望天空、用脚刨地，似乎在给它什么信号。花宝如抬起头，看到头顶上有一个灰色的东西正用邪恶的眼神盯着它。动物的本能告诉它灾难正在来临，它一跃而起，跟着母亲跑起来。

老鹰俯冲下来，白鼻母亲迅速躲闪，扶起被老鹰撞倒的花宝如，领着它逃跑。花宝如紧贴母亲的身体，穿梭在原野深处的丘陵间。母亲突然迅速调头，奔向山峦。它已经知道食肉的那只大鸟不再攻击，步履变得缓慢。或许老鹰也知道能跑能跳的小盘羊不容易成为它的美食而去别处觅食。花宝如追不上母亲，扇动耳朵奋力奔跑。母亲攀上山坡，进入郁郁葱葱的艾蒿丛，它则依偎着母亲的身体再一次进入梦乡。

花宝如的第一天就这么开始了。

初夏的太阳照着大地，天空蔚蓝，山峦青青。

这青青的群山是花宝如生存的空间。花宝如睡醒后看到暖暖的阳光正透过艾蒿丛照着自己。它站起来，在一旁吃草的母亲听到了孩儿的呼唤，走过来，把乳头塞进它嘴里，赐予它鲜美、甘甜的乳汁。花宝如吃完奶，躺在方才的凹地静静地睡去。花宝如就这样衣食无忧地成长。在夏日，它跟随母亲在芬芳的湿地撒欢嬉戏，幸福无比。

它已忘记刚来到这个世界时所遭的罪，忘记了难忍的寒冷和老鹰的袭击。

它撅起圆乎乎的尾巴，挤出几个粪蛋，在属于它的天地尽情玩耍。

它身体虚弱的母亲，白鼻母盘羊生怕孩子摔倒，寝食难安，目不转睛地盯着它，时不时地跑到它身边，像嗔怪一样发出温柔的咩咩声。花宝如怎能知道此刻母亲的目光里多了几分警惕。花宝如的单纯、无邪时刻牵动着母亲的心。

花宝如学会吃再生草之后到处乱跑，用刚刚长出的牙齿啃食那些不能食用的毒草，有时整日在山石间奔跑嬉戏，对生活的一切充满好奇，又畏惧和敬佩故乡的山石。在它看来，这一切是如此惬意。不久，花宝如开始吃草，它美丽的脖颈上长出了鬃毛，它的身体快速发育。它离开母亲到很远的地方去吃草，想起母亲的乳汁，就跑过来用嘴撞击母亲奶水渐少的乳房，还觉得受不住顶撞跟跄倒地的母亲好可笑。看到远处云雾缭绕的群山，花宝如想去山那边看看。它在温暖的阳光下酣睡，梦见身材瘦小的母亲腾云驾雾，给羊群下了一场乳汁雨，所有的盘羊都张着嘴，贪婪地吸吮。花宝如经常梦见羊群腾云驾雾。

秋天一个晴朗无风的日子，花宝如还在做它的美梦，天上突然轰隆作响，响彻山间。花宝如被惊醒，一跃而起，奔向母亲。可惜母亲不在身边。它的心跳加速，在山脚下没头没脑地奔跑。

花宝如又惊又怕，从山石间找到一处凹地准备藏匿。这是母亲告诉它的藏身之处。抵达这里，它累得险些晕倒。这时天上的轰隆声已越来越远。花宝如心跳加速，耳鸣眼花，只能躺在原地一声声呼唤母亲。母亲吃着草缓缓来到它身边，舔舐它冒着白沫的嘴唇，看了看天空。

花宝如看到一只银色的大鸟从天际飞过。从母亲的一举一动，花宝如知道已化险为夷，内心也变得清醒，仔细观察着天上的那个庞然大物。

那庞然大物有山石一样巨大的身躯，声音大得吓人，看似没有心思惊扰它们母子俩，很快飞到了山的那边。从此，花宝如的好奇心大增，经常翻山越岭去看热闹。母亲时刻跟着它，只是在有十分的把握，又逢晌午的闷热时才给它一些自由，放它走。

炎热的一天，花宝如离开母亲去山脚下的原野。不曾来过的原野在它看来辽阔无边，令它好奇，又心生敬畏。它不明白为何领头羊"大犄角"和它的母亲从不来这里。太阳下它的气力大增，原野尽头蓝色的雾霭似乎在召唤它……原野上的蚂蚱一蹦一跳，如谷物般让它兴奋，山上稀有的野韭菜更是让它向往至极。周围的突然开阔让花宝如的身心得到放松，天空看起来也比平时蔚蓝了很多。鸟儿的啼鸣让花宝如感伤又激动，它大口大口地吃着野艾，离山峦越来越远。花宝如穿过几条山沟，翻过绿色的岸边，又走过了一条小山谷。它看到各种鸟儿起起落落，风光迤逦的蓝色湖泊出现在眼前。年轻气盛的它奔向湖边，看到水草丰美的原野上有一条红土路。它闻了闻，红色的细土恶臭难闻。它连忙往回跑。突然传来比刚才天上的"大鸟"稍小的声音，土路上难闻的气味直入心脾。它警觉地向上看了看，除了小鸟和远处丘陵上的黄鼠、旱獭再无其他。花宝如逆风而立，竖起耳朵警觉地观察着一切。突然，一个眼睛又大又亮、身体四四方方的怪物出现在眼前。惊慌失措的花宝如奔向山地。它的腿又轻又快，身材娇小，加之青草给了它力量，瞬间就跑出了很远。突然传来雷鸣般的声响，四蹄下的灰尘被扬起，花宝如只能努力躲闪，拼命奔跑。它跑到山脚下，后背突然开始发烫，几撮鬃毛落地，发出恶臭味。花宝如并不知道发生了什么，在几块巨石间熟练跳跃，逃到山梁上。它在那里喘着粗气聆听动静，它的母亲惊慌失措地跑了过来。母亲在山上看到花宝如正在被一个可恶的凶猛动物追着，紧张得浑身发抖，心跳加速。花宝如颈上隆起的部位疼痛难忍，流出了殷红的血。白鼻母亲有些绝望地看着它，闻着它的伤口洒下了热泪。母亲反复闻它的伤口，突然带它奔向一座之前从未去过的山。花宝如头疼难忍，走路摇摇晃晃，强忍疼痛跟在奋力奔跑的母亲后面。花宝如虽然筋疲力尽，可活命的念头使它一步步向前。母亲带领它翻山越岭，翻过一座大山，掉头向西，穿过一条大谷，在冰雪覆盖的高山峭壁上艰难行走。

花宝如筋疲力尽，感觉天旋地转，强忍着跟上母亲的步伐。夜幕降临时它们登上了雪山顶，看到一块山岩般垂直的冰块。那里吹着凛冽的寒风，多年积攒的冰块中间散发出湿润的气息，冰岩上长有黄花。花宝如学着它母亲啃食那些花，味道苦涩难忍，真想吐出来。母亲顶撞它，示意要它吃下去。花宝如吃了几朵黄花，眼前竟然不再模糊，疼痛也缓和了一些。身体的需求让花宝如只吃黄花度日，喝那里凛冽的冰水。白鼻母亲一夜未合眼，冻得瑟瑟发抖，第二天却依然留在那里。它继续让花宝如吃那些黄花、冰水。对花宝如的母亲而言，这里的黄花无法果腹，加之寒冷难耐，它肚子变得干瘪，毛色也失去了光泽。花宝如的伤势很快好转，恢复了体力。它们住在冰雪覆盖的山洞里，冻得几乎站不起来。

花宝如的伤势痊愈后它们往回走。花宝如才发现它那么热爱自己的家乡。在异地，它想念家乡温暖的阳光，多汁美味的食物，那里的山峦和原野都让它很想念。那里还有可以避风的峭壁、温暖的凹地。

那里有头领"大犄角"和盘羊群。母亲边吃边走，并不着急。花宝如则想一口气跑回去。只是，路途遥远，母亲的身体欠佳，无法一夜之间到达。它们走在秋日的阳光下，顺着山谷缓慢前行。

当感受到来自原野的微风时，母亲的身体恢复了一些，可也常落在花宝如后面。夕阳西下时它们走到湖畔的湿地。这里盛开着五颜六色的花，奇花异草令它们目不暇接。花宝如从未见过这么美的地方，它在湿地里尽情玩耍，一会儿又跑回来向母亲撒娇。不知为何，它心中有莫名的快乐。长途跋涉累坏了母亲，她就地躺下来休息。这只苍老的母盘羊抬起头，用水汪汪的眼睛看了看渐渐暗下去的天边，眼神里充满了忧伤。

如果不算偶尔才有的鸟叫，这里再无其他声响。

花宝如围着母亲玩耍，看到一朵碗口大小、水蓝色的花朵，闻一闻清香扑鼻。花朵旁边有一株浅白色的草正在随风摇曳。花宝如跑过去，吃了一口，满嘴都是苦涩的汁液，难以下咽。白鼻母亲判断出孩儿在犯错，匆忙跑过来，从孩儿口中拔出了那棵毒草。不一会儿，花宝如感到头昏目眩，翻江倒海，干呕个不停。它像吃了醉人草，走路摇摇晃晃，跟着母亲来到湖边，喝了几口温温的碱水。它躺在湖边的沙滩上，迷迷糊糊地消耗时间。它的母亲则警惕地聆听湖中水鸟的动静，不安地望着远处的山头度过了一夜。早晨，花宝如的身体已康复，湿地的碱性草料成了它最好的早餐。到了下午，它们才继续赶路。在低矮的山间，花宝如默默地跟着母亲小跑。耳边呼啸的风让它倍感舒爽。突然，前方传来一股恶臭味。花宝如只想跑快些，尽快离开。

它的母亲却没有加速，依然是不快不慢地小跑。花宝如又看到了之前曾经给它带来灾难的土路，它一跃而过。回头看看母亲，母亲依然不慌不忙地小跑着。它又看到那个眼睛又大又亮的怪物，寸步不离地追着它。花宝如惊慌失措，但暗中有一股力量布满全身，让它身轻如飞地奔向山顶。它的眼睛已看不清周围的东西，耳边传来一阵阵可怕的声音。白鼻母亲正在用浑身的力气支撑它瘦弱的身体逃跑。那个长着大眼睛的四方怪物这次并没有发出雷鸣般的声音，里面坐着一个脸部无毛、直立行走的怪物，他探出圆乎乎的脑袋和扁平的胸，紧贴母亲身后，大声喊着："呼！呼！"简直疯了。

旁边又传来刺耳的"嘀嘀"声。白鼻母亲已无法知晓它的孩子到底去了哪里，它全身已被汗水浸透，鼻孔流血，喘不过气来。它想起自己年轻时曾甩掉过比它快很多的天敌。在它身后，两条腿直立行走的怪物大吼着，不停地传来"嘀嘀"声，使它头昏脑涨，等四方怪物靠近时，它想再快一些，却无法支撑身体，"扑通"一声摔了下去……

花宝如爬上山腰，稍稍休息，看到母亲的身旁停着那四方怪物和直立行走的怪物，朦朦胧胧，再看不见其他。花宝如仔细聆听，只听到直立行走的怪物发出含糊不清的声音。微风送来了血液的腥味。太阳落山不久，黑暗笼罩了这里。花宝如感到害怕。它相信母亲一定安然无恙，在它身后悠闲地走着。等待母亲，对它而言是一件非常可怕的事。它似乎听到旁边的山间那只长着绿眼睛的肉食大鸟发出了解恨的笑声。花宝如害怕至极。为何一切变得如此恐怖？等它缓过神来，两道微弱的绿光从它身上扫过。花宝如一跃而起，看到那只丑陋的大鸟正在对安睡的喜鹊下手。花宝如拼命逃离，到自己儿时避风的山脚下躺下来。它不明白为何事情会变成这样，又想甩掉沉重的心情，它用力甩头，望着黑洞洞的山峦，等着母亲回来。

东方破晓，阳光普照着山峦。母亲没有来。花宝如不知去何处，正在原地徘徊，看到"大犄角"领着它的羊群走下山来。头领"大犄角"非常气派，特别精神。它浅红色的鬃毛近乎落地，后背和腰身上的鬃毛闪闪发亮。它抬起大犄角，高傲地来回扫视，叫人害怕。盘羊群中还有好几头和它母亲一样的母盘羊，三只和它一样的身材娇小的白背公羊。花宝如孤单难耐，迎着羊群跑过去。头领"大犄角"不紧不慢地走过来，闻了闻，站在它身边吃草。它的呼吸铿锵有力，性格暴躁，视觉和听觉皆很灵敏。花宝如走到"白背"身边吃草，突然看到一头"花毛①"跑到领头羊那里，瞪着眼睛横在它前面。看样子，它明显是在向头领发起挑战。好事的那几头"白背"跑过去将它们围住。花宝如也走了过去。头领"大犄角"非常生气，满眼都是杀气，像老树根一样稳稳地站在路边准备迎战。"花毛"撅起尾巴开始后退。

"大犄角"大摇大摆地后退，突然猛地向前冲。"花毛"也跑过来，两头盘羊撞在一起。领头的"大犄角"的前蹄悬空，后腿撑住它的身体，艰难地制住了"花毛"的进攻。

"花毛"一次次进攻，说明它是一头生性暴躁的家伙。领头羊"大犄角"往旁边一闪，用力过猛的"花毛"便嘴唇着地，嘴角开始流血。它迅速站起来，舔舔嘴角，像在漫骂什么，又开始往后退。"大犄角"缓慢向后退，"花毛"开始往前冲。"大犄角"的前额与"花毛"的前额相撞，"花毛"感到头晕目眩，它努力站稳，摇了摇头，躲到一边。"大犄角"看着它，眼里满是傲气。过了一小会儿，"花毛"似乎又恢复了知觉，准备再一次发起进攻。它颈上的毛竖起来，目光变得凶狠。领头羊"大犄角"缓慢后退，找一处高地往下冲。

"花毛"使出浑身的力气向前冲，顶到"大犄角"岩石般坚硬的额头，立刻天地旋转。等它苏醒过来，不顾鼻孔里流出的血，离开羊群独自走向那边的山头。花宝如和其他三头公盘羊跟着它走了一会儿，跑回来和

---

① 原文Шаазгай алаг可直译为"喜鹊花毛的"。蒙古语中常用一种常见动物的颜色来命名另一种动物的颜色。本文将其意译为"花毛"。

大部队会合。从那天起，花宝如开始惧怕"大犄角"，"大犄角"保护羊群的神力和责任心让它心生敬佩。

山上下了初雪。远处的山头开始闪闪发亮。领头羊"大犄角"没有了往日的精神，不再忙于追逐母羊，只顾带队前行。它总是站在离羊群很远的高地上，警觉地探听各种动静，一旦发生险情，随时向羊群发出信号。

现在已是冬日，白天羊群安然无事。夜晚降临，就是狼群觅食的时候。周围无风，一切静悄悄，盘羊们也很惬意。突然传来一种奇怪的声音，羊群受惊，开始奔跑。"大犄角"跑了几步停下来观察周围，羊群也随之安静下来。花宝如听到一种它从未听过的声音，接着听到野狼的惨叫。"大犄角"马上恢复平静，开始吃草，慢慢地走向刚才发出怪声的地方，担惊受怕的羊群也只好跟着它。"大犄角"爬上山岩，看到一只野狼的左腿落入铗子，绝望地躺在那里。领头羊断定无碍后领着羊群慢慢靠近。为摆脱铗子，筋疲力尽的小狼用无助的眼神看着它们，蜷缩成一团。看到柔弱无助的小狼，那几头"白背"挑衅似的慢慢靠近。小狼忘记了自己的处境，准备纵身扑过去，被铗子拖住，疼得在地上打滚。领头羊闻到了两条腿怪物的气味，用脚刨地发出信号。羊群安静了。领头羊开始攀上山岩，大部队跟随其后。走了一会儿，领头羊再次仔细聆听，听到车轮声和两条腿怪物的说话声。它抬起头，奔向远处的山峦，羊群跟在后面……

没过多久，原野上的冰雪消融，裸露出大地本来的颜色。远处的山峦云雾缭绕，微风送来那里的野艾的香味。花宝如也变得浑身是劲，想去那里看看。此时的领头羊已浑身乏力，最喜欢的事儿是躺下来晒太阳。但它灵敏的视力和听力没有丝毫退化的迹象，能凭多年的经验保护属于它的羊群。

开春时"花毛"回来加入大部队，早已忘记之前发生过的激战，与"大犄角"形影不离。动物们不记仇恨，令人羡慕。遇到危险，"花毛"偶尔也会领大部队逃离。群中有一头后腿内侧长着白毛的母羊，花宝如平时喜欢与它吃住在一起。花宝如欣赏它圆润的腰身、修长的腹部和漂亮的毛色。这头母羊异常敏感，领头羊还没有发出命令，它便准备好了逃跑。

这是春天的清晨，阳光明媚，山中安静、舒爽。几只公羊落在队伍后边吃草。三只"白背"母羊落得更远，它们走向山坡。突然，躺在一起的"大犄角"和"花毛"站起来，打起响鼻。很快，它们的队伍便聚集到一起，聆听远处的动静。

"大犄角"用力吸鼻子，示意有危险，带头跳跃奔跑。大部队跟在它身后。"白蹄"和花宝如也迅速逃跑。几匹恶狼出现在前面，开始发动攻击。惊慌失措的"花毛"离开羊群径自逃跑。"大犄角"从狼群中间穿过去，狼群开始以它为目标。两匹狼紧紧跟着"花毛"，它只能拼命地跟在队伍后面。突然，追"大犄角"的那几匹狼调了头，将"花毛"团团围住。羊群摆脱危险，逃出很远后回头一看，看到"花毛"抬着头，双耳紧贴头皮逃出狼群的围攻，正在追赶大部队。在山上逃脱狼群跟踪非常不易，"大犄角"只好舍弃山中营养丰富的美食和温床，下了山，拼命奔向原野。早已埋伏在羊群必经之路上的那几匹狼，痛恨"大犄角"的诡计多端，可也无法接近羊群。羊群不停地奔跑，穿过大山谷，抵达山脚下才稍事休息。微风吹来狼群的气味。站在"大犄角"旁边的"花毛"也凭借它敏锐的视力看到山石后面野狼打下了埋伏。"大犄角"赶紧掉过头去，向反方向跑。"花毛"一直与"大犄角"一起跑。狼群没有再追赶。羊群跑了一整天，爬上一座它们从未见过的山，那里没有多少食物，加之山石颜色多为深色，很容易被肉食鸟类发现，也容易被其他天敌发现。它们无法适应这里汁液甚少的食物。

这里没有狼群，也没有大眼睛的四方怪物，只有银白色的大怪物偶尔呼啸着掠过。在这里，花宝如感到孤单至极。它怀念自己吃惯的食物，怀念青青的山峦，故乡时刻在召唤它们。每年夏天，"大犄角"就会领着"花毛"消失一段时间，今年也不例外。母盘羊三五成群，寻找山石间的食物。以花宝如为首的那几头公羊，准备回草料颇丰的故乡。那里的原野碧绿无边，水草丰美。在长满再生草的山谷中羊群正在吃草，花宝如突然一跃而起，跑起来，其他的盘羊跟随其后。花宝如抬着头向南边奔，耳边是呼啸的风，浑身满满的力量，现在的它已不知什么是疲倦。它身后是那些公羊。跑了一会儿，花宝如抵达山野，在那里吃了一会儿草，继续赶路。身材矮小的"白背"公羊已经走不动了。花宝如只能在原地休息。羊群围住"白背"，却没有更好的办法。花宝如想起曾经救它一命的湖泊，领着公羊群奔向那里。走了一小会儿，羊群又不得不停下来。花宝如独自跑出了很远，又折回来。那头"白背"用浑浊的眼神看着羊群中的其他成员，肚子胀成了圆球，已经无法站起来了。

救花宝如一命的湖水在遥远的天边，面对这头中毒的公羊，它不知如何是好。羊群像收到了危险信号，变得焦躁不安。花宝如深知毒草令人恶心的气味，它想尽早远离这里。羊群其实也知道眼前这只受尽痛苦的公羊的结果会怎样。痛苦的白天过去了，夜晚降临。夜空上群星密布时受尽折磨的"白背"已不再呻吟。它翻着白眼，四脚一蹬，便没有了气息，尸体很快变得僵硬，叫人害怕。

花宝如已无法在这里待下去，它奔向故乡，羊群紧随其后。就这样，它们不停地奔跑了一夜，终于来到了熟悉的故乡。多汁的植物、替它们挡风的山石似乎也在欢迎它们。到了家乡，花宝如相信母亲总有一天会出来和它见面，常常独自站在原野上的土路上等待。后来，它终于知道母亲已经回不来了。

太阳升起时，花宝如看到自己的影子，吓了一跳。原来它已和"大犄角"十分相像。四处淘气、让母亲担心的日子已成为过去。秋风瑟瑟，灌木丛随风摇曳时它开始想念那只白蹄母羊。这样一来，它想独自奔向远处的那座山，也想带"白蹄"去与母亲一同去过的那个开满花朵的雪山顶。在与群中的大力士们比试后，它已知道自己的气力增加不少，这让它非常开心。它后背上长出了红色的杂毛，腹下的棕色斑点日渐模糊，脖颈上长出了浓浓的红色鬃毛。这些变化，连它自己都不知道。它的气力大大增加，好多敌人已追不上它，它也常有去远处的山脚下跑个痛快的冲动。其他几只公羊，也常常顶顶撞撞，切磋武艺。微风阵阵，大地金黄，食物养分日渐减少时它越发想念"白蹄"，希望自己能在这个季节找一个伴侣。

那是一个大地落霜、天气微冷的清晨。"大犄角"和"花毛"带着羊群回到山里。它看到领头羊"大犄角"在春夏两个季节并没有增膘。它的腰身狭小了，毛无光泽，除了大犄角和大眼睛，再无明显的特征。"花毛"纤细的腰部却增膘不少，毛色也像草原上的秋草，富有光泽。等待"白蹄"的花宝如冲进羊群。

羊群在安静地吃草。花宝如走过去，闻闻"白蹄"的嘴唇，有远处的草香和其他的香味。"白蹄"马上认出了花宝如，对它格外亲。这时候"花毛"跑过来横在它们中间。"大犄角"守着羊群，左顾右望。

太阳落山，山里凉爽了许多。花宝如想和"花毛"一比高低，昂头走近它。"花毛"已知道接下来要发生什么，迎了过来。山里非常安静，只有远处的土路上有那个四方怪物呼啸而过的声音。"花毛"满脸傲慢，它直视花宝如，站在它前面。花宝如并不在乎这些，直接后退，准备战斗。羊群都围过来看热闹。

"大犄角"站在一座峭壁上。一旦有任何微小的动静，哪怕是石子儿滚动，它都做好了逃跑的准备。只是它没有注意到一头金钱豹正在附近等着它。金钱豹一跃而起，死死咬住了"大犄角"的脖子，"大犄角"向前一跃，用它硕大的犄角顶住金钱豹的腹部，将它顶向山崖，自己则跑向山顶。羊群顿时乱作一团，很快恢复了平静。力大过人、饥饿难耐的金钱豹咬断了"大犄角"脖颈上的大动脉。起初，"大犄角"像什么都没有发生过一样奔向山顶，终于在一块大石头前趴下去，再也没能起来。羊群跑过去看它们的头领。那头被"大犄角"刺穿肋骨的金钱豹跑过去咬住了它的脖子，转动它碧绿色的眼珠，摇着它那绳索一样的尾巴。"大犄角"像安睡在那里，再也动弹不得。看到这场惨剧的羊群跟着"花毛"翻过好几座山，在一条深深的峡谷中停了下来。

天生敏捷又聪明的"花毛"自然而然就成了这群盘羊的头领。它整天围着那几头母羊转，吓唬那些公羊。它的犄角大，力气更大，容易冲动，动不动就展开一场比武，和它比试过的公羊都小心翼翼地躲着它。

冬天一个温暖的夜晚，银色的月光洒满周围，蓝丝绒一样的天空下一切变得更加开阔。洁白的初雪覆盖了这里奇形怪状的山石，空气和微风都让人无比清爽。这样的夜晚，花宝如从来都无法安睡，它时刻想着"白蹄"，决定与头领"花毛"一比高低。其他几头年轻的母羊也跟着它。躺在不远处土坡上的"花毛"站起身，走了过来。天生活泼的"花毛"走过来，高傲地站在花宝如面前。花宝如也做好了准备。其他几头母羊则好奇地看着这两位的较量。"花毛"向后退，花宝如也缓缓后退。这次"花毛"显得格外沉稳。它退了很远，用尽全力冲过来与花宝如顶撞在一起。顶撞声在山间回响，惊醒了周围的其他飞禽走兽。它们都有使不完的劲儿，犄角轻轻一碰，就发出了这么大的动静。从睡梦中惊醒的小鸟飞上天，不知道这里到底发生了什么事，叫个不停；在山岩的避风处筑巢的秃鹰和老鹰飞上天空，用它们敏锐的眼睛扫视地上的一切；丑陋的猫头鹰坐在自己的窝巢之上，静静地看着这一切，发出"咕咕"声；狡猾的狐狸则一声不吭，想必它们已知道正在发生的是什么事。

远处的狼群听到了动静，用力号叫，聆听着下文。花宝如和"花毛"顶撞多次，谁也没有成为胜者，打了个平手。气急败坏的"花毛"不肯罢休，一次次进攻。它们已无力继续，可谁也不想投降。为了抵御"花毛"的进攻，花宝如站稳脚跟，"花毛"使用浑身的力气跑过来撞击。花宝如的头盖骨和"大犄角"的十分相似，非常坚硬，所受震动也很小。"花毛"虽有蛮力，无奈它的头盖骨不够硬，每一次撞击，都会头昏眼花，变得踉踉跄跄。自身的缺陷使它非常气恼。日出后，它们不再比试，羊群到山坡上去吃草。"花毛"舔着从它的鼻孔流出的血，谩骂般轻轻地叫了几声，跟随羊群而去。花宝如在山脚下的平地上逆风站立，让风吹干汗水。它犄角的根部、脖颈隐隐作痛，嘴里有血液的味道。它向前走几步，找了一处隐蔽的凹地躺下休息。这时"白蹄"温柔地叫了几声，跑过来用它美丽的嘴唇闻了闻花宝如身上的汗水。花宝如做出回应，"白蹄"身上有风的味道和新鲜的血液味儿。花宝如虽已疲惫,也用力闻它的嘴,"白蹄"低头看着,挨在它身边。它们离开羊群来到山顶上。从这里看周围的东西一目了然,它们甚至还能看到在金黄的原野上那四方怪物在来回穿梭、狼群狩猎的样子、黄羊群吃草的样子……花宝如寸步不离地跟着"白蹄"跑,它喜欢这样。"白蹄"撅起尾巴奔跑,找到一个僻静之处停下来,花宝如箭一般跑了过去……这是它们最幸福的时光。就这样,它们一起度过了一段幸福时光。

花宝如进食很少,整日与"白蹄"嬉戏奔跑,不知不觉瘦了很多。"白蹄"不但没瘦,反而变得光彩照人,保持着一贯的体力。覆盖在大地上的雪开始融化时盘羊群又聚集到一起。那些平时喜欢顶撞的公羊此时也变得乖巧老实,默默地跟着羊群。追逐好几只母盘羊的"花毛"如今变得无精打采,瘦得只剩下皮包骨头,用尽力气才能勉强跟得上羊群。此时,旱獭和黄鼠还没有出洞,生活在山野上的狼群只能靠黄羊和盘羊充饥。羊群的上一个头领"大犄角"与周围的不少狼群结下了深仇大恨。盘羊群当然不知道这些。春晖一天比一天温暖,羊群寻找雪下的野草吃,刚够填饱肚子。原野上开始出现朦朦胧胧的晨雾,从远处的山上吹来温暖的风。盘羊们啃食养分日渐增多的草,变得浑身舒展。领头羊"花毛"也恢复了往日灵敏的知觉。它不放过任何一次微小的风吹草动,总是站在羊群旁边巡视一切。若有狼群,它便带领羊群奔向他处。

这一天,"花毛"闻到四面八方都有狼群的气味。它仔细观察,发现山上的小石子在滚动,灌木丛中有微小的声响。羊群也意识到了这些,停止吃草,紧张地等待着领头羊发号施令。羊群所在的地方虽说水草丰盛,可东西两边皆是山崖,一旦天敌从南北两个方向夹击,后果不堪设想。"花毛"领着羊群爬上山岩,一群狼挡住了路。还有一群狼正从羊群的后面攻击。"花毛"天生聪明,轻轻一闪,从狼群旁边跑过去,羊群寸步不离地跟着它。旁边的两匹狼紧追不舍,毫不放松。或许是因为过度紧张,平时聪慧、果断的"花毛"跳过一块巨石,向山上跑去。复仇心切的狼群排成一条线,继续追。羊群没有爬上山,跟着花宝如迅速调头，向山下跑。花宝如学着曾经的头领"大犄角"，跑出几步回头看。狼群都追着"花毛"，没有一匹过来追羊群。吃了春天的嫩草，花宝如身轻如燕，奔跑了很长时间也不知疲倦。

"花毛"越过一块块巨石，跑下山去，狼群跟在它后面。站在山脚下的羊群看到这一幕非常害怕，继续逃跑。跑到山谷边缘，羊群回头一望，看到追"花毛"的狼群已有些疲惫，可从山谷中又蹿出几匹狼，继续追赶。"花毛"被一座悬崖堵住了去路，狼群像昆虫一样，蠕动着爬上它的后背。从远处观望的花宝如想跑过去帮忙，可它看到臀部沾满血的"花毛"试图爬上山顶，又坠下来……

花宝如领着羊群奔向东边的山峦。它的眼前反复出现"花毛"挣扎的场面，臀部被狼大咬一口时发出哀鸣和攀上山又坠下山谷时的惨叫。它没有回头，带着羊群跑到远处若隐若现的山上，看到几匹狼同时过去撕扯"花毛"，发出了争食时特有的号叫。花宝如带着羊群继续跑，翻过好几座山，到一处食物丰美的山里停下来。

"白蹄"和其他几头母羊的腹部隆起，已不再适合逃避敌人或在山间吃草。它看到腹部隆起、动作笨拙的"白蹄"再不肯拼命奔跑，即使遇到险情，也只能小跑。这座山中虽有丰厚的食物，等它们翻过去之后能吃到的食物就变得非常有限，有时需要用脚刨地，才能找到一两棵难以下咽的食物。"白蹄"找到这些食物需要耗费更大的力气，每次几乎都要晕倒。

羊群在山谷里度过春天，等待着夏天的到来。突然起了大风，蔚蓝的天空变得浑浊，黄沙漫天。羊群虽然身处避风的地方，也没有逃过这一劫。狂风还在呼啸。不一会儿，天地混沌一片，看不见任何东西。对花宝如来说，这样的天气充满危险，令它不安。风吹着往年的蓬蒿，让它们堆积到山谷之内，长在山石间的小草被大风连根拔起，小石子到处飞。羊群聚集到一起，把头埋在彼此的双腿间躺下来。山野上的旋风越吹越有劲，像要卷走这里的所有。羊群纹丝不动地躺在这里过了两天两夜。大风中，没有一只飞禽走兽敢出来活动。暴风中的山石挡住了野狼的入侵。花宝如觉得羊群已被大风卷到了天上。紧贴"白蹄"的腹部，花宝如能感受到它腹内的小东西在缓慢动弹，这使它更担心。

大风过后，天气变得异常好。这场暴风做了好多坏事。山中的土壤被吹得挪了窝，山上的灌木裸露着根部，像玻璃石一样闪耀着。如果还在这里继续吃草，山中的石头会扎破它们的脚，坚硬的植物也会戳到它们的鼻子。羊群只好往下走，到山谷中去寻找食物。

不知又从哪里传来了可怕的恶臭味。花宝如走上绿草覆盖的山头，寻找天敌的踪迹。它看到西边那座山的东坡有一股蓝色的烟在缓缓升腾，刺鼻难闻。那里有一群长着四条白腿的怪物，腰身像阳光下的湖面一样闪亮。见到嫩草的羊群正在贪婪地进食，有身孕的母羊正舒舒服服地晒着太阳。

花宝如觉得这东西不怎么可疑，走下山去，进食新鲜的嫩草。它渐渐习惯了这奇怪的气味和动作笨拙的白色怪物，开始安静地吃草来补充体力。它们经常过去和那些白色的动物一起吃草。一个脸上无毛的怪物直立行走，跟在白色动物的后面，发出"嗡嗡"的声音，听来并不怎么入耳。盘羊群已不再理会那个会直立行走、动作缓慢的头领。花宝如多次看到他晃动着圆乎乎的脑袋追赶自己的畜群，非常笨拙。花宝如也看到，他的声音像山鹰那样沙哑，只一两声，便没了下文。

这一切让花宝如放心。精力旺盛起来之后，花宝如死死守着自己的队伍，鸟儿鸣叫时开始睡，直到太阳升高、大地变温热为止。

一个凉爽的早晨发生了这样一件事。那时花宝如正在睡觉，盘羊群突然受惊四散。它从梦中惊醒，一跃而起，看到一只老鹰正叼着一只拼命惨叫的羊羔，渐渐飞远。盘羊群中最老的那只母羊无比惋惜地看着自己的孩子，发出一声声呼喊，来回奔跑。它胀大的双乳流出白色的乳汁，听不到孩子的叫声之后默默地来到花宝如身边，满眼泪水。它呆呆地望着老鹰飞走的方向，隆起的乳房滴着洁白的乳汁。此后，那只母羊常常大声呼唤，呆呆地望着天空，不声不响地待很长时间。

大地被阳光烤热，远处的山头有朦胧的蜃景，这是盘羊们最快乐的时节。花宝如正在吃草，"白蹄"突然望着天空惨叫一声。花宝如急忙跑过去，看到一只羊羔刚刚从母亲的腹内出来，被羊水呛了一下，正在依靠它那细柳般的腿努力站起来。

"白蹄"站起来，亲吻自己的孩儿。突然一声闷响，"白蹄"倒地，转动大眼珠看着自己刚刚出生的孩子，几次努力站起来，都未能如愿，四条腿抽搐了几下，目光便暗淡了下去。从它胀大的乳房里流出细雨般的奶汁，沁入大地。花宝如猜到发生了什么事，一口咬住那只羊羔，扔上后背，跑起来。羊群也跟着它跑。

花宝如后背上的那只小东西不晓得世间的法则，只能感受耳边呼啸的风，如飞似翔。花宝如怕再打雷，跑进山里，到郁郁葱葱的灌木丛下，放下"白蹄"的孩子。它的胎毛已干，已能够站起来，走到花宝如胯下寻找那神奇的食物。身体的本能让它到处奔跑，寻找名叫乳汁的稀有珍宝。

孩子被老鹰叼去的那只母羊听到羊羔的呼唤，迅速跑到它身边，亲切地闻它。小羊羔第一次听到温柔的呼唤，频频回应，从它腹下找到胀得像石头一样的乳房，贪婪地吸吮。

羊群静下来，开始吃草。年迈的母羊以泪洗面，眼神变得清澈无比。它闻着小家伙沾满粪便的尾巴，发出温柔的呼唤。羊群静静地看着它们。花宝如突然想起了它的母亲，嘴里的食物难以下咽，来回踱步。羊群中弥漫着一种莫名的忧伤。

领头羊花宝如备受煎熬，可天性让它守好自己的队伍，让它警觉地左右张望。还好，周围很安静。一旦发生险情，花宝如会带着它的队伍，离开故乡，奔向远方。对此，它早有准备。

花宝如的生活才刚刚开始。

1977 年

道·嘎日玛

　　蒙古国著名作家道·嘎日玛（1937—　），出生于中央省额尔德尼县的一户牧民家。1956年毕业于苏联高尔基文学院，1980年毕业于苏共中央附属社会科学院。自1955年开始写作，出版著作有长篇小说《父亲的发源地》（1968）、《白色泉水》（1972）、《天地》（1977）、《山峦变绿的季节》（1979）、《太阳的故乡》（1990）、《死亡不是自己来》（1995），中短篇小说集《破碎的甘露瓶》（1962）、《战争的影子》（1969）等，其中《白色泉水》等作品被翻译成俄文。嘎日玛于1969年获蒙古国作家协会奖，1971年获蒙古国工会奖，1988年获蒙古国国家奖。

狼窟

道·嘎日玛

近几天，巴拉登老汉总是失眠。他的脚心热得难受，把被子踢开才能打个盹，还伴有许多噩梦。到了第二天，他分不清昨天那些是梦，还是他的心事在作怪。儿子和儿媳跟孩子舒服地睡在右边的床上。盖上幪毡后，蒙古包里漆黑一片，只有炉子里的火苗在微微发光。

"不，不……我巴拉登还不到入土的时候，我才六十七岁，身上还有些力气。我阿爸过了耄耋之年才去世。

"经常与他斗嘴的扎木苏荣来他家说：'唉，我可怜的巴拉登，你也太恋家了。骑着马去那边的山头看看多好。你是老了，可也没死了呀，怎么说也是个男人呢。'

"扎木苏荣说话向来这么难听，可良药苦口，刺耳的话从未害过他。扎木苏荣识文断字，参军当过班长和苏木①的秘书长。巴拉登有点怕他，可毕竟都是乡里乡亲，心里的敬佩也不会表现在脸上。因为巴拉登的儿子，他们之间有了分歧，这也是他们唯一的分歧。

"孩子还小的时候，扎木苏荣说：'你这样，会把孩子惯坏的……'

"巴拉登也不相让：'胡说！作为父亲，我想让孩子和我一样。谁也

———————————
① 苏木：蒙古国行政单位，县。

不想把自己的孩子往坏里带。我有自己的教育方式，人的命天注定！'"

为什么两个人会有这些对话？巴拉登想弄清事情的来龙去脉，才发现自己的脚心有点凉，这才盖上被子。这时炉子里的火苗已完全熄灭了……

"我儿子不是孬种，长大后他一定是个赢得所有女孩芳心的帅小伙。等我要依靠他的时候，我儿子肯定不会退缩。所谓生活，不过是一些皮革、钱财和牛羊而已，这些谁都不会白给你。"孩子还小的时候，巴拉登常这样想。

矮个子巴拉登也非等闲之辈。那年，他攀过峭壁，钻过秃鹰的窝。乡里乡亲都说秃鹰窝里有你想象不到的东西，可能有十庹金索和一把金斧，谁有了这金索和金斧，就可以马上富起来。巴拉登在满是垃圾、树枝、动物骨头的秃鹰窝里翻了半天，也没找到所谓的金索和金斧，倒是从一根干瘪的手指上捡了一枚金戒指。这事他从没给别人说过。

哎哟，我的天。想一想，心里都不舒服。巴拉登原本一穷二白，卖了那枚金戒指，换了几头牛羊。从那以后，巴拉登一直觉得自己交上了好运。冬春两季，他忙着打狼。有一个自然法则，狼一旦跑到狼窟里就不攻击任何敌人。巴拉登小时候就有过进狼窟的经历。他在儿子五岁时就带着孩子去打猎。进山的路上，他给儿子讲生活的道理，也告诉他世界上没什么可怕的东西。当他们走到狼窟前，儿子吓得脸色煞白，哭着喊着往回跑。巴拉登生气了，他硬生生地把儿子拽过来，在他的腰间系上绳，一把将他推进狼窟。为了这个，巴拉登也费了大力气。如果是别人，看着孩子央求和惨白的脸蛋，一定会心软。当时，巴拉登利欲熏心，已顾不得这些。当他的儿子像虫子一样蠕动着进入黑压压的狼窟时，他的内心才变得焦躁不安。几刻钟后，巴拉登看到猎物已被儿子装进了袋子里，他便用绳子把儿子从狼窟里拽了出来。从那天起，他决定亲自调教儿子。

儿子嘎拉森上了学，和其他小朋友一起参加少先队活动，参与文艺会演。巴拉登不喜欢让儿子干这些，儿子开学那几天，他几乎每天和儿子在一起。他不喜欢让儿子和他的母亲接触，更不要说其他人。

上了中学，儿子喜欢上了体育，还拿到田径比赛的冠军。巴拉登试图让儿子跟体育划清界限，却没有成功。就这样，孩子越长大，爱好也越多。那年秋天，巴拉登没有转场去苏木，也没让孩子继续上学。这时候扎木苏荣跑过来说："你怎么那么蠢？你会断送孩子的大好前程，赶紧让他回去上学！"

"哼，我儿子什么时候轮到你管了？我知道怎么教育孩子。"巴拉登生气地说。

"你想给孩子传授你的生活经验，可你有什么生活经验？无非是些雕虫小技和无尽的物欲……你这样会毁了孩子的童年。我看见你儿子在苏木里打死过还没睁开眼睛的小狗。这就是你从小让他钻狼窟捡狼崽的后果。老师说你儿子捡了东西从不还给主人，而且还不喜欢和其他孩子一起玩。"

这些话在巴拉登听来是羞辱。此后，他和扎木苏荣的关系也变得不再那么密切了。

"我就这么一个儿子，我知道怎么教育他……"巴拉登斩钉截铁地说。其实他心里想的是："不是每个人都会成为学者。如果我把自己的经验教给儿子，儿子就有养家糊口的本事了。他会用我教给他的经验谱写属于自己的人生。"

巴拉登在漆黑的屋子里睡不着，躺在床上这样打着算盘。

第二天清晨，晴空万里，大地被薄雪覆盖。嘎拉森喝过早茶后，给马上鞍，说："昨夜下了小雪，今天的天气格外好，等太阳一出来天气就会变暖和了，是该转场去春牧场的时候了。阿爸您给其其格玛搭把手，把棚里的东西都拿出来晾一晾……"说完他带上猎枪，骑马去打猎了。

巴拉登看着儿子的背影，心生喜悦，儿子转眼都长这么大了，看看他，像一座山……可我却萎缩成了一把老骨头。这孩子不爱摔跤，要是摔跤，肯定能在苏木那达慕①摘得冠军，赢一匹儿马。孩子长这么大，什么都依我。我的生活经验让他成了有智慧、能够过好日子的人。对于父亲而言，有什么能比这更快乐？

儿媳把羊群赶出去，便抱着孩子去棚里干活。

巴拉登进屋，喝了一碗温茶，也进了棚里。棚里的一个角落里摆放着麻袋，后面放着做蒙古包顶用的毡子。他把这些毡子搬出去晒了晒，又把去年没来得及鞣制的几张羊皮搬到阳光下。太阳普照着大地，冬雪开始融化，雪水夹着泥土化成污水从棚顶滴下来。

"这棚里的东西说明了我儿子到底有多聪明。"这里什么都不缺，有整袋整袋的粮食，有做马鞍用的木材，还有新毡子及乡下少见的皮绳和香牛皮。嘎拉森负责给集体放羊，这活儿其实由他的妻子来做。他的妻子是一个勤劳的女人，她给丈夫带来了那么多荣誉。她也是一个本分之人，每次嘎拉森想把集体的牲畜占为己有时，妻子就会说："别这么糟践了你的福分，我可没那心思。"说得嘎拉森听后总是无言以对。嘎拉森看起来少言寡语、不沾烟酒，是个懂事、本分的人。冬天他去爱玛克医院看病时给城里人捎些礼物，换来一些稀奇古怪的东西，让左邻右舍大开眼界。

获取利益是嘎拉森唯一的本领。为了利益，他可以什么都不顾。他阿爸儿时的伙伴，现在的工作队队长扎木苏荣将这些都看在眼里。

有一天，扎木苏荣说："你应该告诉你儿子，集体的牛羊都是其其格玛放的，没有嘎拉森什么事。其实我早就知道，顾及你的面子，所以等到今天才说。"

"好了，好了。我儿子到底惹了什么祸？不都是被生活逼的吗？他喝酒了，偷东西了？还是说谎了？集体的活儿他也没少干。你为什么对我儿子总有这么强的戒备心？"

"他现在看起来还不错，也不是牧民里最差的，可是人都长着心眼儿呢。如果不为别人着想，只顾自己就会埋下祸根。这样下去早晚会出

---

① 那达慕：意为"游戏"或"娱乐"，蒙古族大聚会，其好男儿传统三项分别为骑马、射箭与摔跤。

大事儿。欲望是魔鬼……都是你惯的。多好的孩子，现在变成这样了。你看看他的同班同学，巴扎尔的孩子成了学者，尼玛的姑娘现在是大夫，还有那全国大牧户达来和官布。你让孩子辍学毁了他的前程。你说得对，谁也不想让孩子成为废物，可你儿子爱占小便宜的性格跟你很像……"

巴拉登无言以对。可他觉得儿子没有错，他也不愿意把孩子想成坏人。

晌午时分地上的雪开始融化，冬营盘的热气缓缓上升。晾晒毡子和羊皮的巴拉登看到小草已经探出了头。作为春天的象征，小草从羊粪、牛粪下探出了新芽。

巴拉登喊道："哎哟，其其格玛，小草发芽啦……"

其其格玛急忙跑过来问："在哪儿呢？"

他们正看着小草，嘎拉森骑马回来，在拴马桩那里下了马，看样子有些疲惫。

"发生什么事了？"看着他慌张的样子，其其格玛问道。

"没事儿……有凉茶吗？"

"屋里有呢，在茶壶里。"

"阿爸，你过来。"说着嘎拉森把猎枪放好。他阿爸疑惑地看了一眼其其格玛，进了屋。

"其其格玛，备上我那温顺的黑马。"嘎拉森从蒙古包内喊道。他又对阿爸说："阿爸，您不跟我出去走走吗？您也好久没有出门了。"

这时巴拉登想起扎木苏荣跟他说过的话："你是老了，又不是死了，去那边的山头看看多好。"

"行……是该出去吹吹风了。"巴拉登愉快地答应儿子，他起身准备换衣服。嘎拉森出去和其其格玛吵了几句，一会儿就没了动静。

人老了就像个孩子，心里一高兴，腿脚也轻便了很多。其其格玛已备好马。儿媳看到公公，走过去温柔地问道："阿爸，您也要去吗？"

"对啊，孩子，你阿爸还有些气力呢，应该去吹吹风，上山头看看风景。"巴拉登说。他怕儿媳会强留，便迅速翻身上马。

蜃景在远处升腾，化了雪的大地上冒着热气，变成小溪一路唱着欢快的歌。今天没有风，天气难得的好。走出家门，与儿子一起翻过丘陵，老汉变得神清气爽，折磨他整晚的腿病似乎也好了许多。

儿子的出息让当阿爸的很高兴。去年老伴儿去世后，老汉便赶着他那几头牛羊过来和儿子一起住。好在儿子也让他省心，他就安享清闲，哄着孙子就过了一天。

老汉骑马驰骋在儿时的故乡，格外兴奋。故乡的青山在远处朦朦胧胧。他想起小时候曾在山脚下放羊的时光，山那边长满细柳的河谷是他和老伴儿初次约会的地方。

故乡给了他自由驰骋的空间，也让他生活富裕，今天看起来格外亲切，分外美丽。这里的山峦赠过他多少只狼崽，云雾缭绕的谷地给了他多少只狐狸和沙狐，北边茂密的山林慷慨地给了他多少张貂皮啊！他打了一辈子猎，赚得盆满钵满，这些秘密只有他自己和上苍知道。他的收获不仅仅来自狩猎这一种方式。秋天他跑长途运输，春天伐木，夏天做船。不管做什么，他都稳赚不赔。他心里想着这些，不知不觉上了山。在一座峭壁下儿子跳下马去，巴拉登随之也下了马。

儿子卸下绳索和袋子爬上山，他的阿爸跟在后面。没走多远的距离老汉就开始喘粗气，年轻时能一口气走到山顶，现在他歇了两三次才勉强到达目的地。孩子微笑地看着他，拿出烟来开始抽。阿爸坐在儿子身边努力地调整着呼吸。这里是背风处，让人感觉非常暖和。

"这里有个狼窟，狼崽在里面叫唤呢。如果能弄到手，肯定能赚大钱。阿爸，你听听。"儿子抽着烟，平静地说道。巴拉登听后俯下身往里瞧。的确，从狼窟里面的动静可以判断出这个狼窟里至少有七八只狼崽。机不可失，时不再来啊。

"是不是？"

"对。至少有八只。"

"一只值五十图格里克①……总共是四百图格里克，是吧，阿爸？"

---

① 图格里克：蒙古国货币单位，2016年6月，50图格里克约为0.17元。

"对啊，儿子。"

"要不我们回去吧。"嘎拉森在石头上敲了敲烟袋锅，起身站起来。

"这是什么话！有钱不赚，不吉利。"他的阿爸失声叫道。

"哦。"

这个狼窟又细又长。显然，儿子是钻不进去的，这次只能由身材矮小的阿爸来完成任务。

"无所谓，我爬进去看看。"

"阿爸，让您进去，这样不好吧，感觉这是在造孽。"儿子大声说道。

"估计没什么问题，我小时候经常钻……"

"不行吧？让您钻进去？不大好……"

儿子虽然嘴上这么说，可还是希望阿爸往里爬。不知为何，他的阿爸此时叹了口气。

"儿子，快动手吧……"老汉接近洞口说道。

"您进去后记得要随机应变，需要我帮忙吗？"儿子手拿绳索问。

"没事，我爬进去探个虚实。"巴拉登说。儿子帮阿爸在衣带上方系好绳子，巴拉登便俯下身准备钻进去。

"阿爸你不要怕，我抓着绳子呢。不过要小心，别碰了山岩。"

老汉心里有些害怕，心跳开始加快。他尽量让自己保持平静，不让儿子看出自己的恐惧。这样的狼窟他很熟悉，狼窟像井一样深，到里面会有分支，狼崽往往躺在其中的一个分支里。小时候他钻过无数次，也曾推儿子进去过。

老汉继续往里爬，儿子怕阿爸碰到山岩，牢牢地握住了绳索。他们二人谁也没想到，大自然的法则有时会发生变化。早上挨过嘎拉森枪子儿的一条母狼早已做好了与敌拼杀的准备，低吟着正躺在狼窟的深处。

1982 年

公牛犊

道·嘎日玛

青青的山坡上报春花开始次第开放。山坡上还留有去年长势喜人的枯草，查玛采撷枯草中的报春花，身子一起一俯。她偶尔左右看看，阳光照在她长长的睫毛上，闪闪发光。查玛的睫毛很长，睫毛下的大眼睛总是暗含羞涩。我多么想轻吻她的双眸啊！

五月的微风吹动她的发梢。长发河水般倾泻在腰间，如果能够抚摸一下，那是多大的幸事……

查玛坚挺的胸部微微隆起，不知是哪位幸运的男人日后触碰它，享尽人间美好……

查玛如此纯洁。她光着脚丫赶着牛犊在开满报春花的山坡上行走，太阳照着她长长的睫毛，长长的睫毛闪闪发光。

我喜欢她却不敢接近，只能挽起衣角，装作拾烧火所需的干牛粪，远远地望着她。那头牛犊却形影不离地跟着她。它去年冬天刚刚出生，受到查玛用心的呵护，长大后便形影不离地跟着她了。

我应该怎样接近查玛？我若是那头牛犊该多好，能够得到她轻轻地抚慰……查玛一定不怎么喜欢我。谁会喜欢衣衫褴褛、瘦若干柴、靴不贴脚的邻家十七岁男孩呢？

那时我们也刚刚迁徙至此。策布格米德哥哥和道丽玛姐姐大动土木，准备支起自家的蒙古包。我只有在需要牛奶时才去查玛家。那家的女主人和蔼可亲，她给我装了满满的两瓶牛奶之后又给我一些牛初乳，说："都说远亲不如近邻呢，记得常来常往啊。"

"好的。"

牛初乳温暖至极，几乎要灼伤我的掌心。在一旁蹬缝纫机忙碌的查玛看了我一眼，微微一笑。我心中立刻开满了芬芳的花朵，在回家的路上脑子里满是查玛的微笑。我暗暗想，我一定要想尽方法博得查玛的欢心。

查玛喜欢花。那一次她赶牛犊时我捧着一大束报春花出现在她眼前。

"你好！"我把花束递给她。

"谢谢。你打哪儿来啊？"

我不能说我一直在这里等她。

"拾了一些烧火用的干牛粪……"

或许因为那一捧花，她眼睛微笑着与我握手。

"跟我一起赶牛犊吧。"她说。

我们从山坡的一边开始赶。还没有长出犄角的公牛犊轻轻顶了我一下，或许是它在保护自己的主人。我先是一惊，之后又想到如果能化险为夷，这头牛犊定会成为我和查玛聊不完的话题。我从怀里掏出烙饼，撕了一些喂它。它像在吃嫩草似的嚼着烙饼。

"嘻嘻嘻……"查玛发出银铃般的笑声，我想她并不反对我这样做。

"你……有空吗？"我鼓起勇气问道。

"我想把那件衣服缝完。怎么了？"

"我们去河边吧。"

"去做什么？"

"我小时候在河水里放纸船玩。特好玩！"

"好吧。"

我们来到河边。之前，我用书本粗糙的纸张折了一条船。

"你瞧着……"我拿出纸船放在河水上。

"我的船在哪儿呢？"查玛开始着急。

我用书的封面给她做船。

"我们赛船吧！看谁能拿第一！"看来查玛非常喜欢这游戏。

"好啊！"

当我的船要超过查玛的船时，公牛犊跑过来顶了我一下。真不知道它是从哪里钻出来的。我险些掉进河里，一只靴子湿透了。

"哈哈哈！"查玛嘲笑我。

之后我们常常见面。我相信查玛一定会成为我的恋人。我常常用烙饼、面包屑喂那头牛犊，我们学着友善地接纳彼此。它一看到我便跑来寻吃的。可是当我准备搂住查玛抑或在草地上接吻时，它就急急忙忙跑过来，摆出一副六亲不认、盛气凌人的架势。

我多么想搂住她，轻吻她的双唇，只是这头牛犊一点都不懂得回避。我得想办法对付它。

夏天来了。六月末，家里来了一个客人，他带了一只旱獭来。

"小家伙，去扒了这只旱獭的皮，煮肉。此时的旱獭肥瘦均匀……"那位客人说。旱獭肉用野葱熏香后真是美味。我背着别人弄了一块肉去找查玛。她正在河边洗衣服。

"你吃旱獭肉吗？给！"

她用均匀、洁白的牙齿将肉吃了个精光，可惜肉就只有这么一点。

"我给你打几只旱獭来！"

为了博得她的欢心，我背着哥哥的猎枪上了山。在打猎方面我不是孬种。去年冬天我看到北边的山沟里有几只旱獭。我看到一只旱獭在窟口附近悠闲地吃草。我趴下，准备扣动扳机。那只旱獭却机灵地钻进了自己的窟内。

"哞，哞……"这头破牛犊毁了我的好事。想必它又找我要东西吃。

我非常生气，以石子投之。它并不躲闪，依然寸步不离地跟着我。此时旱獭又一次探出头，又被牛犊吓回窟内。我疯掉了，把瞄准猎物的枪口对准了那头牛犊。牛犊跟跄了几下，腿上流出了鲜血。此时我才后悔莫及，向牛犊走过去。牛犊流着殷红的血跑远了。

哎哟，我这是在做什么呀？都是生气惹的祸。莫不成这是保护主人的公牛犊和喜欢它主人的小伙子在决斗吗？造孽，可我是人啊！

我终于有了收获，打算为查玛做一顿美美的石头烤肉。去她家，她不在。我立刻变得焦躁不安。

"查玛呢？"我问道。

"去苏木（镇）里了，据说是他的男友，有个小伙子带她去的……"那家的女主人给我盛了一碗酸奶。

我喝完酸奶准备回家时，公牛犊横在了门口。它腿上的血已凝固。

哞，哞……

它似乎在鄙视我。为什么要伤害这无辜的小东西呢？或许查玛预感到了我的狠心才弃我而去了吧。至今我都觉得在那一次决斗中，两头公牛犊一个在腿上受了伤，另一个的伤则深深烙在心里，无法治愈。我从我的衣带上撕下一条布，为公牛犊包扎。毕竟我是人类的一员啊。走出她的家门，我心痛至极，是分离的子弹打伤了我。

公牛犊腿上的伤或许不久就会痊愈，填满我内心的感伤呢，何时痊愈？

哦，我公牛犊般鲁莽、单纯的十七岁哟！

桑·普日布

　　蒙古国小说家桑·普日布
（1941—　），出生于蒙古国戈壁阿
尔泰省达尔维县。1960年毕业于商
业技术学校，1967年毕业于蒙古国
师范大学，1980年毕业于高尔基文
学院。1963年开始创作，著有长篇
小说《大地的石头》(1979)、《时代
风流》(1982)、《转折》(1989)、《石门》
(1990)、《水廊》(1991)等，中短
篇小说集《山中回响》(1971)、《坐
骑不会多》(1974)、《山中的秋天》
(1977)、《蔚蓝色的山》(1983)等。
1979年获蒙古国作家协会奖。

影子在狂舞

桑·普日布

阿格旺自从有了跟朝夕相处近十年的妻子离婚的念头，就开始变得焦躁不安。他自己也很清楚这是因为什么。"离婚，必须跟她离！"黑暗的念头一直围绕着他，就像乌鸦在他的心上筑了巢。

他经常听说那些决定离婚的人如果直接把想法告诉对方，两人便会开始漫长的争吵，直到对方流着眼泪夺门而出。他不敢这么做，他还没有足够的理由告诉妻子达西罕达他为什么要离婚。那种想法像流淌在岩缝里的水，渐渐地让他们有了距离。他总有一天会直截了当地把这个想法告诉妻子，然后弃之而去。他这样想着，静静地盯着被磨得光滑的门槛发呆。

作为一家之主，心灵出轨实在不易。不知是妻子看出了他的冷漠和心思，还是自己在无意中将想法暴露给了妻子，达西罕达最近也变得少言寡语，看上去一脸憔悴。达西罕达是个外向的女人，她能把自己的所思所想干净利索地告诉任何人，他知道妻子这样的性格成了他的范围。如果找准时机把自己的想法告诉她，这个直爽的女人一定会说："好的，好的。你这是想要钻谁的被窝？既然这样，赶紧给我消失！"这样一来他就能达到自己的目的了。如果成功，倒也不拖泥带水，这比较容易。可是朋友们肯定会说，阿格旺年轻的妻子把他轰出了家门。他俩本来就水火不容，在一起过了这么多年，阿格旺得需要多大的忍耐力！阿格旺希望未来的光明属于自己。他独自想着，回忆达西罕达的一举一动和性格、脾气。对他而言，这是一种煎熬。住所、孩子、朋友，别人有的，他们都有，穷困一直没有找过他们，本应该可以让他心满意足。阿格旺在茶几上的水晶烟灰缸里摁灭了烟头，坐在柔软的沙发上继续想。现在，"离婚"这个念头战胜了一切，像一只黑蝴蝶一样萦绕着他。接近中年，他经历了不少让人珍惜和欢愉的事。年轻时与朋友们在一起的日子像夜里亮起的车灯，给他留下了最为深刻的回忆。后来追求达西罕达，他用尽溢美之词，享受了一把拥有伴侣的幸福。现在想来那些真是毫无意义，甚至让他觉得有些无奈。一切都过去了，为何还要继续忧伤呢？阿格旺认为这是他在年少轻狂时犯下的大错。

达西罕达要回来了吧，他盯着门等着她。她进来的时候我一定要做出男人的架势，表现出无所谓的态度，脸上要保持镇静和冷漠。想着这些，他把手里的香烟抽到烟屁后，掐灭了。他还觉得缺点什么，具体缺什么，自己也不知道。点着第二根香烟，他暗暗得意，觉得自己是一个会享受的人。这也并非是他愿意的，纯属无奈之举。阿格旺不是一个情绪化的人，就算天塌下来，他也能保持镇静。

秋日的夕阳透过窗户照在满是烟灰的茶几上。宽敞的客厅里有一只苍蝇在到处飞，阿格旺在集市上砍价许久买回来的石英钟记录着时间。他自己一个人也在客厅里，屋里安静得让人害怕。到底怎么了？他又盯着门想着，还要继续等下去吗？唉哟，你这个人哟。阿格旺看着门把手叹了口气，双手抱在胸前，现在正闷得慌，他下了决心：待她一回来就直接吵他个天翻地覆，要把碗筷摔得到处都是。骂人的脏话像蛆虫一样浮现在他眼前，他自己抿着厚厚的嘴唇在和自己吵架。

"像你这样的糟老婆子一抓一大把！"

达西罕达笑着说："真的？"说着把她没有肩带的包放在茶几上。进来时她夹着包，在门外的垫子上蹭了蹭鞋。到底发生了什么事？按照往常，她早就跟我吵起来了啊，阿格旺想着这些，凶狠地看着妻子。

达西罕达理了理鬓角的发丝，带着嘲讽的微笑问："你是要把我这个老太婆给休掉喽？我说你这个男人，事做得够绝的啊！"阿格旺被气坏了。就算气急败坏，他有哪次还过嘴？还不都像做石头烤肉①用的石块那样被烧得通红了还待在原地？如果实在受不了了，他就去厨房倒一杯水喝个痛快，这样就算结束了。

达西罕达裙角飞扬，从碗架上拿起来两个碗，倒了奶茶，一个递给他，另一个留给自己喝。她搬来椅子坐在他对面，说："宝勒尔归我，塔米尔归你，可以吗？就这么定吧。"

"我想和你大吵一架。"

"哎哟，我还真忘了我们家有个大男人呢。"

"难道我们是两个老太婆在一起生活？"

"你还算是个男人吗？一杯酒都不喝，除了让老婆踩在你头上，你还能做啥？"

"怎么？你还真要往我头上踩？"

"如果你继续这样，还真有可能。我好不容易忍到了今天。"

"我们离婚吧！"

"你先找好容身之所再搬出去，到时候我送你。"

"我可以去的地方多了去啦！"

"是吗？好啊，我怎么觉得你跟着我把你的大好时光都浪费掉了呢。"

"你真没礼貌，粗俗至极。"

除了这些，他想不起来还有什么脏话。这样吵架似乎自言自语，让他烦透了。他的身上冒出了细细的汗珠，衬衣粘着身体。

"如果这样吵下去，我会吃亏，我说话没她快。"他站起来，从窗户

---

① 石头烤肉：蒙古族的食品。将鹅卵石烤红，然后把羊排放到被烤红的石头上，直至烤熟。

望出去。路口那边的路灯变换着红、黄、绿三种颜色，柏油路上车水马龙，斑马线上的行人络绎不绝。每天达西罕达都顺着那条路回家，他透过窗户看过无数次她夹着包匆匆回来的身影。

公寓旁边的人行道上有孩子在玩耍。曾经我也这样顽皮，喜欢玩捉迷藏，不知是为了什么。这该死的达西罕达怎么不回来了呢？看着人行道上穿梭的行人，他心乱如麻。穿着花衣服的姑娘们像公鸡一样乱窜，她们想抢在汽车前过马路；两个喝得醉醺醺的年轻人想点烟，却怎么也点不着。男人啊，这么年纪轻轻就喜欢上喝酒了。如果到了我这岁数倒也好，现在他们还都是孩子呢，他娘的！阿格旺突然特别想喝酒。如果在我正喝醉的时候达西罕达能回来，这一切就可以顺理成章。马路上依然车水马龙。一辆"莫斯科维奇"牌摩托车差点儿与垃圾车相撞，像挨了揍的狗一样狼狈地走远了。"真不把自己的性命当回事儿，为了那几张钞票就跟疯了一样"，他在心里这样数落那位素不相识的司机。阿格旺努力让自己远离金钱，即使身上连下饭馆的三图格里克都没有，他也不在意。

一辆车身喷了好多字的车在公寓前呼啸而过。他本想看清楚车身上所有的字，却只看清了"欢迎提出宝贵意见"这几个字。车顶的白色喇叭里喊着："如果相信我们，我们就让你衣食无忧。"阿格旺又待不住了，他觉得那么多好好的汽油都被他们浪费了，如果换作是他，肯定不会这样做。

该是行人过路的时候了。阿格旺看了一眼手表，她该回来了。她乌黑的长发在人群中总是那么显眼，阿格旺的心跳加速。早上出门她穿的是什么衣服来着？看着她怎么像个斑马呀？还没等他多想，女人已经穿过了马路，是一位比达西罕达老太多的中年女人。转身离开窗户时阿格旺想，她都这么大岁数了，穿得还那么夸张。不管怎样，达西罕达是时候回家了。

平时都是她等他，现在她让他站到了窗前。这样的等待，这样的生活现在对他来说都没有意义。想一想，觉得很可怕，又让人懊悔不已，他走上了一条不归路。他打开冰箱取出了朋友从国外带回来的酒，转身走向沙发。这一系列动作在达西罕达看来很有男人范儿。他俩有很多共同的朋友，朋友们都说他们是天生的一对。喝到尽兴时可以说说生活的不如意，男人却从来不爱提。那些哥们儿不管去哪儿，都给阿格旺带几瓶酒回来。他们说要让他喝遍世界各地的美酒。他平时不喝，所以家里也没缺过酒。不只是酒，其他东西也没缺过。

阿格旺把冰冷的酒瓶放在茶几上，放下酒杯和装甜点的盘子。他又开始胡思乱想：等她回来时我必须烂醉如泥，吓她个半死……或许她也会乐不可支。她向来有些怪异，说不定还得忙着给我做汤呢。他一个人坐在家里实在无聊，站起来走到固定电话旁边，这才想起来平时像羊羔一样叫个不停的电话今天一次也没响过。他突然觉得自己的生活毫无生机。

阿格旺拿起电话，想了很久要打给谁。最后还是决定打给爱喝酒的刚巴图。

"我是刚巴图，您哪位？"

"阿格旺。"

"哦……"

"你过来吧，一起喝酒。"

刚巴图不大相信自己的耳朵，在电话那端哈哈大笑起来，这让阿格旺非常讨厌。刚巴图大鼻孔、小脑门、眼角上两条大皱纹的形象浮现在他的脑海里。

"我让你过来！"

"我今天可没空。明天咱们喝上一整天也行。明天吧。"

"不行，就今天，马上。"

"作为专业醉鬼，我教你一些妙招。你把酒倒在酒杯里，加一小撮黑胡椒，如果有精盐也可以加一小撮，这样喝起来真是太棒啦。"刚巴图在电话那端大笑起来。

"你不想陪陪我？"

"明天吧。"

"别胡扯了!"

茶几上的酒瓶闪烁着光芒,似乎在挑逗他。阿格旺咽了咽口水。

"再见!"

"喂,我说的你听明白了吗?"

"不用再加别的?"

"据说还可以加点兔粪蛋子。"

刚巴图又笑起来。阿格旺有些失望,刚巴图不了解阿格旺现在的处境,只会取笑他。他挂断了电话,现在没有人陪他喝酒了,感觉好孤独啊。他的食指又在座机的数字键上跳起了舞。

"哪位?"

"阿格旺。"

"哦,你们还好吗?"

"还好,还好。"

电话的那端安静了,大概是阿格旺声音的变化让对方察觉到了什么。

"怎么不吱声了?"阿格旺问。

"奶茶溢锅啦。你找我有事吧?"

"我想跟达西罕达离婚。"

"哟……"电话那端的兰巴笑起来,笑声一点都不亚于刚巴图。今天遇见的、打过电话的人里没有人能够慰藉他的内心,他觉得大家都讨厌他、躲着他,这让他又气又恼。越是这样,他离婚的决心也变得越坚定。

"然后呢?"兰巴显然是在和他开玩笑。

"然后就决定了呗。"

"你是要休掉你老婆?你们在一起几年了?"

"九年。"

"是够腻味的。我和老婆哈达呼在一起生活了五年,我就提着拉杆箱跑出来了。没有束缚的日子的确很不错。"

哈达呼他们两个在一起还真没超过五年。可怜的哈达呼,也不知道她现在在哪儿呢。被男人抛弃的女人，就像沉入水底的石头，就那样无声无息，估计离婚之后的达西罕达也会如此。

兰巴反倒来了兴致，滔滔不绝地说道："现在真不错，不用考虑那么多，一身轻松。让一成不变的生活发生一些改变是不错的主意。我把装有几件脏衬衫的拉杆箱扔到哥哥家里，听他唠叨几句便自由了。其实，身处自由也少不了伴侣。你那么聪明，肯定想好自己的退路了吧？"

"什么退路？"

"由谁来代替达西罕达……"说着兰巴笑起来，声音扁平刺耳。

"我不是那种人。"

"那怎么还吵着要离婚？你别骗我了。你肯定找了一个小姐，中了她的计谋才会这样头脑发热吧，我的小乖乖。"

"你还是单身吗？"

"对啊。怎么了？"

"你这大嗓门，世界人民都听到了。"

"我正和诺茹拉呼在床上呢。"

"你……不觉得丢人吗？"

"丢什么人？我和哈达呼离婚了，跟诺茹拉呼在一起天经地义，我们都公开啦。如果你想离就快点。不过我觉得你没那么容易成功。"

"肯定离，你可瞧好了。"

"达西罕达说什么？"

"我还没告诉她呢。"

"哦，是这样啊，那你还要啥威风啊？八字都还没有一撇。"

应该是诺茹拉呼也来掺和了，兰巴在电话那端说："啊，是阿格旺，说要把达西罕达换掉，在这个年龄付出行动正合适……你说啥？好，好。"电话里又传来兰巴的声音，"诺茹拉呼说你要好自为之，跟老婆离婚的下场惨不忍睹。"

"必须离！"

"他还坚持要离……她说你罪有应得。你打给我就是为了说这些？"

"你们没有一个是有用的。"

"你在找对你有用的人吗？那种人是不是不好找？我不是力挺你离婚吗？你还要怎么样？我教你一招，你随便拨个号，然后说你想离婚，问问他们有啥好建议。你听清楚了再告诉我，我可以喝一杯等你回话。"

兰巴的这一席话很怪，不过好像也有道理。兰巴突然被这么一打扰，马上就能参与进来，跟他这种人闲扯还不如自行了断。

阿格旺再一次来到窗前。对面高楼的影子躺在马路上，路上的行人少了很多，正拥挤着上公交车。他知道，首都从未拥挤到像此刻这样让人无处安放的境地。早年间在巷子里只能看到三五个人擦肩而过。公共交通工具也不像今天这样一个挨着一个来，那时候大家的脾气也没有现在这么大。城里的人像丰收的谷物一样一下子就增多了，大家的脾气也越来越坏，谩骂和厮打成了家常便饭。阿格旺觉得，人一多，脾气必然变坏。人们远远地相互打量着，虽然也怜悯他人的不幸，但更愿意让它成为茶余饭后的谈资。没有什么东西是城里人能看得上的，他们嫌超市里的商品不好，嫌工资少得可怜。这一切，阿格旺早已经习惯了。

这时，有几个人走了过来，可惜不是达西罕达。转身时阿格旺想，她是不是把我给忘了？今晚不回来倒也不错，我得让她知道什么是男人。茶几上的酒瓶、酒杯还有点心看起来像在迎接客人。一看到这些，他就更想喝酒，更想离婚。

他想起了兰巴给他的建议。可打给谁好呢？我不能像对前面两位那样冷漠高傲了，言语要适当、要得体，得尊重对方，让他觉得自己是个有文化的人。他不知道别人对离婚这件事怎么看，对阿格旺来说，别人的建议很重要。他并不清楚这只是打发无聊的一种方式而已。

他拿起电话想了想，拨过去。号码是28452，正在呼叫。阿格旺像在等待一位贵宾，心脏又开始"怦怦"地跳了起来。热恋时他和达西罕达约会也没有这么激动过。对方接了电话，自己就必须温柔，拿出文化人的年轻心态跟对方聊。这样对方就会更温柔，我们这一代人还算是文明且有文化的那拨人。

电话被接起来，传来一个小女孩的声音："您找谁？"

"你爸爸在吗？"

"爸爸！"

"我是桑堆道尔吉。"对方的声音洪亮。

"您好！我是阿格旺。"

"哪个阿格旺？"

"或许您不认识我。对不起，我想跟您咨询一件事儿。我想和老婆离婚。"

"什么？你在说什么？"

"我想离婚。"

桑堆道尔吉闷笑了几声，突然管起了闲事："好的！你现在正常吗？是不是已经喝醉了？"

"我从不喝酒。"

"好的，你继续。你老婆怎么了？脾气古怪还是放荡不羁？"

"其实她还算不错。"

"好吧。她属啥的？"

"兔。"

"你呢？"

"我属虎。"

"哟，你等等啊，我从书上给你查查。"

电话那端静悄悄的。"我不会是碰上行家里手了吧，听声音他应该是个中年人。如果是我，肯定觉得这是儿戏，如果他劝我不要离就麻烦了，我必须得离。"

"你说什么来着？等等……兔……虎……三白一红……你等等啊，我得戴上眼镜才行。"过了一会儿他说，"离婚倒是容易，离了也好。你们有几个孩子？"

"一儿一女。"

"你们打算一人要一个吧？"

"是啊，我想要儿子。"

"这样不行啊，先生。你得要闺女。她日后能给你洗洗刷刷，还能帮你做饭。男孩在身边，他的母亲就有安全感。"

这些话在阿格旺听起来很舒服，离婚是对的。

"你还是有些欠考虑。就这么离婚，不彻底。"

"那怎么办？"

"等她成了四五个孩子的母亲，就能任你摆布啦。女人不能太宠着，该硬时必须硬。"

对方挂断了电话。刚开始阿格旺还觉得他成熟、稳重，之后的一席话又让他摸不到方向了，阿格旺的心里感觉怪怪的。

"这人的心眼儿可不怎么样，为什么不把话说完再挂呢？我又不是在录证词。他很可能在试探我，这个倒霉的家伙。"想到这些，阿格旺觉得憋闷。

如果说人总有运气不佳的时候，那现在的阿格旺就是。他坐在沙发上吸着烟，此时黑暗笼罩着房间，窗外的树影也越来越模糊。路灯亮了，阿格旺没有脱鞋，躺在沙发上看着天花板上的光影交错。这一天他太郁闷了，片刻的安静让他觉得很舒服。

我能去哪儿呢？先穿过木匠一条街再说。出来之前必须告诉达西罕达："你就守着这个空洞洞的房子过吧，我什么都不要，净身出户。"

她或许会哭，我不忍看她的眼泪。我千万不能成为桑堆道尔吉说的懦夫，有出息的男人是不会跟女人动手的，我就这么走掉就是了，不能示弱。穿过木匠一条街去太文他们家。他们夫妻二人肯定会款待我，他老婆策布乐玛可能会磨磨唧唧，不用管她。太文也不大喜欢我吧，他和我一样是个"妻管严"。从他们家出来之后能去哪儿呢？走，必须得走，去其其格苏荣她家吧，估计她那时候忙着照顾孩子呢，孤身一人也怪可怜的。我不能找她，她比我还难，我不能让她的生活雪上加霜啊。或许她会黏着我不放，我过去看她一眼便走。找一个热情好客的人，这没什么错。

巷子里的汽车鸣笛，驱走了他无厘头的联想。他又不知不觉地走到了窗前。现在巷子里的路灯全部亮起来了，街角屋隅等光亮照不到的地方变得更暗。阿格旺不怕黑，但是非常讨厌黑，他总觉得黑暗深处隐藏着疑惑和恐惧，就算三两个人走在黑夜里，他还是会觉得孤单。如果是两个人，他喜欢尽量挑有光亮的地方走；如果是三个人，他喜欢走在中间。影子也是一种黑暗。影子喜欢寸步不离地跟着人走，有时它走在你旁边，有时还能跑到你前面，让人看了不舒服。

对面的屋顶上有一张大幅的照片，上面印有外文，是来自科西嘉岛①的红酒广告。它用这种形式告诉人们它已入驻蒙古。也不知道喝这种高端红酒的都是些什么人？喝过这种酒的蒙古人应该少之又少。这巨幅广告白天像骆驼的骨架，夜晚在鬼影下就焕发出生机。它身后应该藏着一大片黑影。科西嘉岛是弹丸之地，却能把红酒广告做到世界的每一个角落，我们这些囊中羞涩的人无法想象他们到底有多富裕。据说广告东家为此花了不少钱，他真是个既富裕又贫穷的家伙。不过他们不一定只在我们这里做了广告。

阿格旺想着这些，转身走过去躺在沙发上，灯也懒得开了。

达西罕达怎么还不回来，难道是在考验我？她是不是察觉到了什么蛛丝马迹？她常常病倒，需要人照顾，这两年她的眼角纹也越来越明显啦。我们应该休假去看看两个孩子，老人也在等着我。有时候两个人明明在一起，我却像一个人待着，没什么话题，后来说要去看戏看电影……现在还不是她回来的时候。她是公司里的一个小引领，有什么事可以让她忽略家庭啊。算了，等她回来一定要讲清楚。

阿格旺这么一想，离婚的决心也越来越坚定。

"你还可以做什么？"阿格旺问自己。

"走，等她一回来我摔门就走。"

---

① 科西嘉岛：位于法国本土的东南部，亚平宁半岛以西，萨丁岛以北，是法国第一大岛屿和地中海的第四大岛屿。该岛面积 8682 平方公里，人口 30 万，气候属地中海气候，是绝佳的旅游胜地。

"就在这黑夜里？"

"到了这把年纪，不能再怕黑啦。"

他还是觉得心里很不安，不是因为害怕妻子，也不是因为可怜她，他的心里就是不安，也不是因为孤独。红酒广告的反光照到屋内，跳跃着。那个傻子竟选了个红酒做广告……如果选皮革、羽绒被做广告，那多气派。

门铃还是不响，即使响了他也不会起来开门。"等她自己开门进来，我就甩手出门。今天就离婚，不能就这么坐着，家里没有什么值得我留恋的。"

"她会哭得死去活来吧。"

这个想法吓到了阿格旺，他在心里开始跟自己辩论。

"你想好了吗？"

"想好了。"

"决定了？"

"对。"

"你再好好想想，你们在一起，不和谐的时候更多一些？"

"也不能这么说，一点点而已。"

"你们像母猫一样厮打过吗？"

"我们从未动过手。"

"你曾经爱过她吗？"

"是的，是的。"

"那你再好好回忆一下，就算不想回忆全部，只回忆一下你们的第一次约会也好。"

"有什么好回忆的？那些都不值得我留恋。"

"那你也得回忆一下，偶尔回忆一下过去没什么害处。"

"好吧。"

我们的巷子里住着一个穿红衣服的长发姑娘，她不合群，但也不是脾气古怪的人，偶尔会和同龄的女孩们一起玩闹。她微笑时会露出一排整齐洁白的牙齿。总之，成年的女孩应该什么样，达西罕达就是什么样。她的双肩消瘦，手腕上戴着青色的手表，表带有点松，手表在她的手腕上转来转去的。她走路时身体稍稍前倾，却很自信。她爱吃糖果，如果是冰激凌，她经常会弄得一鼻子都是奶油，吃完之后再擦鼻子。和巷子里的那些女孩比，她属于可爱的，的确很可爱。现在也没什么变化，是一位身材匀称的中年妇女。她过得不是特别如意，不过也没遇到过什么棘手的事，所以看起来满脸富态。

那年达西罕达十七岁。我不懂十七岁对一位女孩来说意味着什么，不管怎样，每一个路过那里的人，都会被她深深吸引。在不知不觉中我和她相识相知，很快成了无话不谈的朋友。当时我们都觉得很幸福，不像现在这样乱糟糟。建军节那天小区里会放电影，银幕上的人们激烈地交战，最后我军大获全胜，光荣地集体亮相。我们什么时候打过败仗呢？这时候达西罕达穿着她的红裙子出场了，胸口上还点缀着发亮的丝线。

"在干什么？"她问道。

"来年春天我想去参军。"我随口这么来了一句。

达西罕达默默地瞪大眼睛看着我。以前我只知道她好看，还不知道她的眼睛那么迷人。她的瞳孔很黑，睫毛特别长，眼神充满了灵性，叫我不敢直视她。

"你现在是个男子汉了。"她说起话来很动人。

"以前我也是条汉子。"

"是吗？"

"我想约你。"

"那就约吧。"

"那个……明天……明天在学校花园的椅子上等我。"

"几点？"

"七点。"

我知道自己干了一件傻事，有点害怕，但更希望她真的来赴约。

第二天达西罕达戴着她的手表来赴约。她看着我笑了，那么快乐、那么自信。我不知道当时的我是什么模样，估计好不到哪儿去，我这个小沙弥像浑身被打湿的小鸟吧。当时我兜里装着十图格里克，如果聊得来就打算一起去看电影。最后我们没去看电影，却在巷子里走了很久。

"你是一个真诚的女孩。"我说。

"像我这样的人是不会爽约的。"

"你是什么样的人？"

"就这样。"说着她过来掐了我一下，我们相视而笑。这是我从女生那里听到的第一句褒奖，很难忘。

阿格旺叹了一口气，心里舒服了一些……

"后来呢？吻了她？"

"是的。"

"哪边的脸上？"

"右……右脸。"

"她说什么？"

"她问我，你吸烟吗？"

"是的。"

"那你也可以去吃草。"

"草我可不吃。"

"你一定要学会照顾自己，我这个人脾气不大好。"

"什么样的脾气我都能忍。"

"男人都这么说，生活这碗饭吃起来可没那么容易。"

"阿格旺，你也有过这么幸福的日子？"

"是的。"

"现在为什么把幸福当成了煎熬，你准备要逃避？真是个孬种。"

"现在你和我不是同一个人了。"

"你再考虑一下吧。"

"离开了达西罕达你觉得我会难过吗？"

"估计没有人会像你一样难过。"

阿格旺的心里"咯噔"了一下。"我是谁？我能拿来炫耀的资本是什么？"想到这些，离别的黑蝴蝶像卓别林的领结一样在他的脑海里飞舞，它似乎在说，"一切都过去了，各走各的路吧"。这话听着真沉重。

"阿格旺是个一无是处的家伙。"

"是，你真是个一无是处的家伙，本来也不是什么好人。"

门铃还是没有响。达西罕达穿过马路回来，会习惯性地看一下窗户，这时候阿格旺会跟她挥手微笑。她会幻想我在家里，不过我现在没开电视，也没有开灯。

他感到口渴，站起来拧开水龙头喝了一肚子凉水。白天非常炎热，晚上起了微风，温度也没降下多少，害得他频频喝水。他想起妻子会从里屋喊"别灌那么多凉水，嗓子会哑掉的"。听起来像是制止，实则在宠他。她常用这样的口吻教育两个孩子，有时候她也会给自己的闺蜜说："长了胡须的和没长胡须的加起来一共是三个，照顾这些孩子真够费劲儿的。"

"长了胡须的应该好一点吧？"闺蜜问。

"比没有胡须的更难应付，有数不完的坏习惯……"说完妻子就哈哈大笑。

"我可没有那些坏习惯，就算有，你以后也不用担心了。"这样想着，阿格旺再次走到窗前。跟机动车抢路的行人都不见了，机动车也少了。楼下的斑马线清晰可见，就是一个盲人现在也能轻松过马路。她会从出口一个人出来的，我要故意让屋里漆黑一片，好好吓唬她一番。

快十点了，"不是我要抛弃她，是她抛弃了我。算了，就这样吧，你能一个人在这房子里生活吗？不能。"他这样自问自答。搬出去对他来说是最好的选择。他知道，待在这里就难免会睹物思人。假如像今天这样什么也不说，什么也不做地待上一天，甚至几年，那会把人闷死。

刚一进门我就给她一个大嘴巴，任她去疯。她什么时候这么晚回来过？平时都像奶孩子的妈妈一样一下班就急着往家赶，今天却像飞出笼子的鸟一样消失不见了。她大概是在享受生活吧，好啊，那我也要让你知道男人既然能对你呵护有加，同样也可以对你下毒手。你肯定不能在外面过夜，我偏要等你回来。她真是太过分了。

"你都决定离了，还想虐待她？"

"我阿格旺就没虐待过她。"

"那你这是？"

"我在等她。"

"等待是一种幸福。"

"可以这么说。"

"也许她一会儿就回来了。"

"不可能。"

"你不信？"

"我相信她不回来了。"

广告牌蓝色的灯光在屋子里晃动着，看了叫人感觉很不舒服。人有生命，光也应该有。这蓝色的光像孤魂野鬼，叫人看了不爽。

你这广告牌也够可怜的，你远在科西嘉岛的主人可能早把你忘到九霄云外去了。

阿格旺诅咒着来自对面楼顶的蓝光。现在似乎一切都已离他而去，这种感觉真叫人难受。他抽出烟来吸。

"你平时吸烟吗？"

"是的，是的。"

"那也可以吃草了。"

阿格旺往烟灰缸里摁烟头，像摁住了什么恶魔，想叫它永远不得翻身。

"你就说一句话，你爱过达西罕达吗？"

"爱过……现在也还爱着。"

"可别忘了你说过的话。你这样一个毛头小子还不到玩弄情感的时候呢。"

阿格旺生气了。可是跟谁生气呢？在这黑暗的屋子里能够喘气的东西除了他自己便是那几只生命力超强的蟑螂。如果我去开灯，它们会像吃饱的狼群一样迅速地四散跑掉，那些讨吃货！

"你会疼人吗？"

"能又如何，一切都过去了。"

"达西罕达那么年轻就把自己交给你，给你生儿育女，你怎么还这样对她？"

"是我做得不好。我的智慧在黑暗里迷了路。你以为这世界是光明的吗？世界上到处是虚伪和黑暗，我在这黑暗里迷了路。天啊，所谓的光明都在哪里？太阳升起，月亮升起，红酒广告的灯光在你屋子里摇摇晃晃，它算是越洋过来的光明吗？全是假的！"

阿格旺快气炸了，他从未这样生过气。阿格旺平时为人和善、老实本分，是难得的好脾气。如果说要找一个脾气好的人，阿格旺一定是不二的人选。

"现在你有什么值得怀念的吗？"

"大概没有什么了。"

"你再好好想想，人总有无法忘怀的记忆。"

阿格旺开始想，过了很久，还真想不起来有什么值得怀念。现在他的心里空空的，就连刚才的那只黑蝴蝶也已经飞走了。他什么都想不起来。

小区的巷子里有一个瘸腿的鞋匠，他现在应该还在那里。可他有什么值得我回忆的呢，不过回忆一下也无碍。阿格旺常拿儿子的鞋去让他修。他把两只鞋底儿朝天放好，仔细观察一番，然后笑着说："你这孩子将来会长寿啊，男人能多磨破几双鞋是好事。"

当时阿格旺并不喜欢他，觉得鞋匠是为了赚钱才这么说。鞋匠当然不知道阿格旺是怎么想的，钉鞋时说："我的腿脚不好使，却能给腿脚利索的人帮忙，这是幸事。人的一辈子，都是用双脚走完的，生活是相依为命的两个人同舟共济的营生。别看我的腿脚不好，可我有老伴儿。

我愿意把整天坐在鞋堆里赚来的钱交给她。"

当时阿格旺觉得老汉讲这些真无聊，所以只是礼貌性地微笑了一下。不过他也相信儿子将来要走的路很长。他希望儿子可以借鞋匠的吉言活到八十岁、九十岁，甚至是一百岁。人一旦圆滑起来就像头狼，单纯起来像只兔子。

"他真是好人。"

"是啊，他福大命大。今天做完的事不会明天就忘记。人们不能都光着脚丫子走路，所以他的财路也没有断过。找他修鞋的人，当天晚上就把他给忘了，包括我在内。"

"什么？等等。"

阿格旺在疲惫中继续等待。安静的等待更让他疲惫至极。他轻手轻脚地穿过红酒广告的灯光，走到窗台前。此刻他的内心充满了忧伤，正无声无息地折磨着他。

"离婚吗？"

"离！"

一辆货车从北面的巷子里呼啸而过，那不是他所期待的。平时不大弄出动静的楼上邻居正往自家墙上钉着什么，这样的动静也不是他所期待的。

"既然决定离婚了，你告诉我她跟你说过的最后一句话。"

"记得戴上你的领带。"

阿格旺觉得那条领带像蛇皮一样瘆人，可他还是戴上了。那条领带现在还在他脖子上，他赶紧用手松了松。

电话像一把明晃晃的刀在黑暗中响了起来，吓坏了阿格旺。他像丢了魂的人，慢慢地靠近电话，他不敢接听。电话还在响，响了好长时间。阿格旺的手无奈地下垂着。如果是白天，来电很正常，但在这漆黑的夜里有人突然来电，真吓人。

没办法，他只能接起来。

"您是阿格旺先生吗？"电话那端传来一位女士的声音。阿格旺边回话边用额头顶住墙壁，身体开始慢慢往下滑，最后跪倒在地板上。

"真是不幸，您的妻子已经去世了。我们非常努力了，还是没能救活她。"电话那端颤抖的声音通过耳朵揪住了他的心，听筒从他的手里滑落到地上。

我没给过她什么幸福，在她有生之年还没来得及让她幸福呢，我可怜的妻子。我不知道这消息该有多好。为什么离别来得如此匆忙，让我痛不欲生？

阿格旺跪在地板上，揪住自己的头发。

天旋地转……

我的妻子太可惜啦，可惜……

1993 年

齐·嘎拉桑

　　蒙古国著名作家齐·嘎拉桑
（1944—　　），生于蒙古国巴彦乌列
盖省臣格勒县牧民齐那家。在蒙古
国国立大学学习蒙古语言文学，后
转入德国洪堡大学，从该校毕业。
曾是大学德语教师、报社记者和文
学工作者。

　　初中时开始写作，1981年以德
语出版名为《图瓦小说》的处女作，
之后出版了蒙古语短篇小说集《雷
雨》《十月的天空下》、诗集《尘世
的光》《男人的力量》等，作品被译
成英、德等文字，在德国拥有自己
的读者群。他是蒙古国作家中可以
用外文创作的少数几名作家之一。
他于1992年获得授予用德语创作的
非德裔作家的沙米索文学奖，2003
年获得俄罗斯联邦图瓦共和国文学
艺术功勋奖章。

角色

齐·嘎拉桑

这是发生在很多年前的事情，那时候我年少轻狂，不谙世事。可在当时竟然还有比我更年轻、比我更轻狂的人。这件事，与她息息相关。

当时我们都住在教师公寓。我们的公寓相互挨着，除了自己的那间小屋，其他东西都是公用的，所以，便池经常被堵塞，水流遍地，窗户玻璃也经常被打碎。走廊里的灯不亮是常有的事，从早到晚，这里人来人往，有哭有笑，有的步行，有的推着自行车，异常热闹。

住在这里的皆是刚刚独立生活的年轻人，所以这样的热闹也在所难免。不知是想给走廊里的孩子们提供方便，还是这狭小的空间让人们心生憋闷，只要有人在家，屋子的门就大都敞着。透过敞着的门，我们能够看到邻居家里的摆设和一日三餐的食物。那时候大家都不富裕。

我们家住在走廊的这头，他们家住在那头。每天我会从他们家门前走几个来回，对他们家里的情况是再清楚不过了。他们家的男人是老师，妻子——其实这样说并不合适，她刚刚高中毕业，当然，只是一开始这样。那家的男人和我年龄相仿，或许稍长我一两岁，二十出头的样子，名叫阿拉坦那仁，大家都喊他阿拉塔。她叫阿穆尔吉雅，我们都叫她阿穆尔。当她还是一个脸蛋红扑扑的乡下姑娘、编着两条大辫子的时候我就认识她。她问我谁叫阿拉坦那仁，是我领她进了他们家的门。后来发

生的事或许跟这个有关，只是我没往心里去而已。问路的人我哪儿能都
记得，只能大概地判断他们可能是亲戚或者老乡，谁都没想到她将来会
成为这家的女主人。阿拉坦那仁的生活懒散，爱喝酒爱聚会，来这里玩
的女孩也不在少数。我们经常能听到从他的屋子里传来外国音乐和人们
大呼小叫的声音，也会看到相互搀扶着摇摇晃晃从他家出来的男男女女。
如果让我选择，我一点都不想和这样的人做朋友。阿拉坦那仁的朋友不
少，用当时的话说，他是一个成功的外交家。他和母亲住在一起，是家
里的独生子。他的母亲慈祥、精干，在聚会开始之前会备好饭菜，之后
独自出来串门。夏天她经常坐在外面，天冷了就到邻居家消磨时间。她
也来过我们家，老人的肠胃不大好，不爱吃饭，奶茶倒是可以喝一些。
她乐观开朗，心地善良，喜欢把所见所闻说出来与我们分享。尽管阿拉
坦那仁家不大开门，但是他们家的事我们也知道不少，一点都不亚于那
些开着门的邻居。

　　有一天，老人的儿子突然告诉她说自己有妻子了。他的妻子就是那
个脸蛋红扑扑的姑娘。她似乎消失了一阵子，现在又出现了，那大概是
秋季招生结束之后的一两天。来找他的那个年轻女孩，直接被他搂到了
怀里。刚开始她一直低着头不敢直视别人。看着她，我只能臆断她的犹
豫胜过羞涩。不久我就听说她怀孕了。别说在外面，就是在走廊里也很
少再看见她了，婆婆说她待在家里呢。他们家的聚会没有因此而减少，
阿拉坦那仁也没有为此减少酗酒的次数。人们都说姑娘的学业肯定会受
影响。第二年秋天我们听说她并没有降级，早在夏天她就生下了孩子，
这时也不再是那个脸蛋红扑扑的乡下女孩，已经变成了一个开朗的城里
姑娘。青年教师们都说，阿拉坦那仁不仅经常关着门，找姑娘也有一手。
秋末冬初我听说她又怀孕了，可始终没见过她。就这样，以前的故事重
复上演，阿拉坦那仁家成了儿女双全的家庭。听说她也成功进入大学三
年级学习。当时没有人说过"会者不难"这样的话，可也没忘记绕着弯
子说闲话。他们都说，蒙古语专业嘛，在课堂上随便听听就肯定能毕业，
不难混个文凭。当时外语的地位颇高，不管是政府官员，还是刚刚学语

的小孩,夹杂一点外语说才能把话说清楚。当时谁把母语学得一塌糊涂,谁就会成为学问的代言人。

　　阿拉坦那仁家的聚会依然如故,光顾他们家的人的身份也越来越高。他们家窗前经常停着黑色、白色的公务车辆,有时这样的车会停一排。人们很少看见阿穆尔吉雅忙功课,她背着名贵的包出门倒是被我瞧见过好几次。很显然,在这座公寓里她不仅漂亮,说话也很霸道。隔壁的女生们经常去她家,她也经常去邻居女生家串门。听说她有了俄罗斯商店的通行证,别人需要的东西她总是能给弄来,也有人说她会从中间赚取5到10图格里克的差价,我倒没有亲眼见过。我只见过星期天他们夫妻二人抬着满满的大箱子去市场。人们的闲话和讽刺后面一定暗藏着嫉妒。我呢,可惜那个脸蛋红扑扑、扎着大辫子的乡下女孩已经不复存在,但又很欣慰她成为城里姑娘之后比那些相貌丑陋、性格古怪的姑娘们好很多。我和她也只是见面问个好,偶尔上对方家里喝口茶而已,与当初没什么不一样。看她家里的摆设和器皿,就能知道他们的生活档次提高了不少。他们没有再要孩子,那两个孩子已经能在走廊里跌跌撞撞地乱跑了。简而言之,他们现在什么都不缺。

　　幸福到了极致必生插曲。阿拉坦那仁去俄罗斯数月,直接导致了这件事的发生。开始时一切都还那么清晰,突然来了一个奇怪的大转折,让事情变得难分是非。我承认是我的过错。让我从头说起吧。男人不在家时妻子的行踪自然格外受人关注。除了常规话题,阿穆尔吉雅现在也开始聊起了有关城市的话题。她开始和一个相貌丑陋的男人约会,被我瞧见过几次。每次我都觉得她应该能找一个比他更好的,所以就开始莫名地生起气来。

　　一天晚上我下了课往公寓走,有个人追了过来,是阿穆尔吉雅。她叫了我一声哥哥便直奔主题,看来她已酝酿了很久。她说自己怀上了那个丑男人的孩子,如果要把孩子打掉,就只能求助于老公的朋友,可他的那些酒肉朋友又很难替她保守秘密。

　　"我不认识大夫,这样隐私的事,我也不会处理。"我淡淡地说。

她拽着我的胳膊说："我要求您做的事比这更麻烦。"

我很惊讶，又好奇，疲惫的大脑一下子清醒了好多。我们这一代人的生活轨迹早就被安排好了，因此我们很少出轨。她今天的话题与我们固有的观念不一样，这是我第一次直视她。她完全不是几年前向我问路的乡下姑娘了。她白皙的脸和细细的脖子，与乌黑的头发、眉毛、睫毛呼应，紧身的衣服显出她曼妙的身材。我面前的这位姑娘，犹如画中之人。

"您当我的любовник吧。"她说。她似乎猜出了我心里对她的好感。"情人"这个词我们现在都用俄语说。它不仅关乎时髦，还和人们喜欢借用外来词的习惯有关。

"什么？"

"就是让您扮演一个角色而已。"

我很惊讶，她却无比镇定，让我也瞬间觉得这件事没什么大不了。事后我都惊讶自己怎么那么快就入了戏，她说什么我都一一听从。

从她的言语中我得知：认识她的医生曾承诺待胎儿三个月的时候给她做人工流产。这几天她的老公也突然说要回来，她顾不了那么多了。显然是他的朋友把这件事告诉了他。

现在她打算让我背黑锅。面对这样荒唐的事，我竟然觉得它既不代表不忠，也不丢人，而是她给我的褒奖。如果我说孩子是那个丑男人的，她就说："谁会怀上那么一个丑八怪的孩子？"还会经常拿这件事说我的不是。如果我说孩子是我的，她就假装生气，希望我用男人的方式和那个丑男人做个了断。她这么温柔，另一方面是因为她的男人阿拉坦那仁平时也给我一点面子。后来听说阿拉坦那仁有一次说过，退后一步讲，这要是我的孩子那也倒好。

美女的信任和褒奖让我的头脑发热，我没想那么多，便决定帮助她。从那一刻起，我便很快入戏，在公共场所和她牵手而行，我也觉得这样很舒服。没有什么比隐藏暧昧关系更难，别人发现这种暧昧关系也非常容易。不认识的人看到我们就表现出讨厌的样子，熟人们更是一个个都惊呆了。我看到迎面过来的人故意躲避我们，擦肩而过之后还频频回头。

我就紧紧握住她的手，她则用眼神传递愉悦给我。在公寓门口，我们遇到了传闲话出了名的长舌妇。她像见了长着犄角的兔子，嘴角露出了笑意。我想，那一刻她脸上的皱纹都消失了。我们也遇到了外号为"传话筒黄脸婆"的女人，事情肯定会按照我们设置好的情节发展。当然，我们也不只是那么一个晚上故意让她看见。

那天晚上我失眠了。看着依偎着我安睡的妻子，听着三个孩子熟睡时的呼吸声，我觉得自己对不起他们。可是平淡的生活和平凡的青春让我不甘心，我舍不得放弃我现有的角色。

第二天上午，阿穆尔吉雅趁着课间来找我。想到办公室里还有其他老师在，刚开始我还有些不自在，后来想到自己只是在饰演一个角色便释然了，我挺开心她能来找我。阿穆尔说她在家里等我。我去了她家，婆媳二人忙着招待我。阿穆尔的女儿性格倔强，儿子倒是很快就和我熟悉了，我对他好一点，他就往我怀里钻。不知是听到了我的说话声还是有人故意使坏，我的小儿子突然也跑进来。看到有其他小孩坐到了我怀里，他便放声大哭。阿穆尔急急忙忙从厨房里跑出来往他嘴里塞糖果。孩子们有自己的处世哲学，只要嘴里的糖果还在，就不会胡闹。抱着两个孩子，我的脑海里突然萌生了一种奇怪的想法：如果我儿子的母亲和阿穆尔孩子的父亲都不在，那么和阿穆尔挤在这狭小空间里过日子的人应该就是我。这样邪恶的念头让我自己都感到害怕。

几个月前邻居家的女主人去世，让我亲眼看到了什么叫孤苦伶仃。我突然想起妻子托斯额尔顿经常说她头疼，没有了她，我一人带着三个孩子怎么生活？想着想着，我的眼泪流了出来。即便这样，我也没敢和阿穆尔说我要结束游戏，不再饰演她给我安排的角色，也没敢把这些告诉我的妻子托斯额尔顿。那天晚上我和阿穆尔去看电影，是《广岛之恋》。电影里的悲剧让我们泪流不止。走出影院，外面正下着蒙蒙细雨。五月的夜晚，真让人留恋外面的世界。

我们漫无目的地走着，夜很快就深了。那天晚上她给我讲起自己的过往，故事不长，但结局叫人心疼。

她是家里的长女，十岁时母亲便已去世。为了把弟弟妹妹拉扯大，她整天忙于乡下繁重的劳动。童年时每一个孩子都会无忧无虑，她却像个小大人，过得衣不遮身、食不果腹。好不容易熬到高中毕业，她本不想参加高考，从中央来的一位老师劝说多次，要她参加考试，还给了她一个很高的分数。他留下一个地址，说进城后可以按这个地址去找他，他帮忙解决宿舍。她真过来找他，他却应付说可以给她调宿舍，根本没有再提及此事。等彼此再熟悉一些时，他就趁机钻进了她的被窝。

"自始至终你都不爱你的老公吗？"我难过地问她。

"阿拉塔说爱情只在书上有，现实生活中并不存在。"她无奈地说。

"那你大概也不爱孩子的父亲吧？"

"什么爱啊？我是被迫的。只有怀上了孩子，他才允许我回老家。"

面对这位傻姑娘，或许我给她一巴掌决然离去才算明智，但我没有动手，更没有弃她而去，还紧紧地抱住了她。

"傻瓜，你可真够傻的……"

或许阿穆尔觉得此时我们应该接吻，她把脸贴在我身上，叹了口气，说："你烟酒不沾，多好。"

我明白了好多事情。吃苦长大的人应该学会谨慎做事才对，她怎么能一次次掉进阿拉塔设下的圈套，被动地和他生活在一起呢？我问她原因，可她的回答比我想象的要简单得多。她说刚开始是因为害怕，后来仔细考虑，悟出了自己的道理：你毁了我最珍贵的东西，我就一辈子都不离开你，让你养我一辈子……

后半夜我们才回到公寓。爱传话的黄脸婆和另一个女人坐在公寓大门外的椅子上聊着天。她和我们打招呼，问我们怎么回来这么晚。我知道她其实是在为明天的传言收集证据。我跟黄脸婆赌气，直接跟着阿穆尔去了她的家。她的婆婆一改之前的好脾气，躺在那里冷冰冰地看着我们，后来又忍不住地问："孩子，到底发生了什么事？外头的闲言碎语听起来真可怕。"我不知道怎么回答她。阿穆尔却轻描淡写地回了一句："是吗？"

回到家，我发现门没锁，这可把我吓坏了。老婆穿着一身白色的睡裙站在光线暗淡的屋里。"完了，要出大事了。"我担心地自言自语道。好在并没有波澜，一切和往常没什么两样。

"没事，我还以为你和朋友们聚会喝多了呢。"

可怜的女人，其实我早就下班啦。出于内疚，我紧紧地抱住了她。想到自己在一小时前抱的还是另外一个女人，我觉得自己好笑又无耻，我准备直接向她坦白。如果我坦白了，今晚肯定是她的不眠之夜。难道夫妻之间就不能有一点小隐私吗？如果她知道了，一定会去找阿穆尔的男人，这样我在阿穆尔面前就永远抬不起头啦。

第二天，我的课特别多，一点空闲时间都没有。回到公寓，我看到她家门口停着好多辆车，走过她家门口时听到屋里的动静特别大。应该是阿拉坦那仁回来了。他喝醉的样子我见过无数次，可还没见过他耍酒疯。我以此来安慰自己，可一想到之后有可能开始一段鸡飞狗跳的日子，心跳便开始加速。危险聚集时我也安慰自己，心想：你怎么对我，我也能那么对你。

我们被半夜的砸门声吵醒，妻子推醒我说："我听了很久，听不出他是谁，也听不清他说的是什么。"我告诉她那是我们的邻居阿拉坦那仁，我也明白了他为何而来。人有时候也很奇怪，自己等待的事情果真来临时脑子里会一片空白，等明白过来时被打散的记忆又能迅速聚集在一起。我以最快的速度穿好衣服开门出来，让阿拉坦那仁离开这里。

他喝了不少酒，却也不像是来闹事的。"你还真算是个爷们儿！"他的话里藏着几分无奈，接着又道，"你就算是爷们儿，也是个孬种！"如果我有负罪感，应该不知所措才对，可现在我分明在生气。

"你什么意思？"我极力地克制自己。

"你吃窝边草，还让人给发现了。"他回答道。

"好吧，我是孬种，那你呢？连自己老婆都管不住的男人还叫男人吗？你不是男人，是酒囊饭袋而已。你甚至连人都不算，就是一堆臭钱！你老婆在你被窝里到底想些什么，你应该去问她，而不是问我！"我被他激怒了，完全失去了理智。

此刻，他没有说话，酒完全醒了，脸色惨白。看他这个样子我反倒被吓着了。我饰演了一个第三者的角色，自己怎么还能这样发飙呢？我也太凶猛了吧。其实，我稀里糊涂地成了第三者，现在还这么盛气凌人，不仅吓坏了别人，连自己也被吓坏了。

"兄弟，我们好好谈谈。"

大家肯定觉得这话是我说的，其实说这句话的是阿拉坦那仁。你们肯定知道，生活有时会变得这样无奈。所以我们真的应该坐下来心平气和地谈谈了。也就是说，他饰演了能够原谅我过错的受害者，我饰演了犯错之后懂得悔改的角色。

他要求我做到以下两点：第一，他明天出门，一个月之后回来。在他回来之前让我把她老婆肚子里的孩子做掉；第二，从现在起，和阿穆尔吉雅断绝关系，并希望我能托朋友帮他弄一个硕士学位。

我不知道答应这些将来会发生什么，可还是答应了。为了我们的君子协定，一起去他家里庆祝。刚才谈话的地方还亮着灯，屋子里已狼藉不堪，衣物、器皿扔得到处都是。他的母亲抱着两个孩子睡着，阿穆尔一个人躺在角落里。他们不理我们，只是从被窝里探出头看了看。

阿拉坦那仁打开橱柜，用命令的口气对阿穆尔说："有什么菜都端上来吧。"我知道她还没睡，估计她不会理他。没想到她马上坐起来，拿出半瓶酒放在我们面前。她的右眼肿得厉害，脸上还有泪痕，左眼却被擦得干干净净，深藏着无法言说的忧伤。我和阿拉坦那仁对视而坐，心里都生着闷气。我一口喝干了他给我倒的酒，事情还是往不好的方向发展了。是他先说难听的话，我才动手的。阿拉坦那仁说："我知道你为啥生气。她的肿会消下去的，可是有一些浮肿永远不会消下去，你要好自为之，而且要好好呵护你那个内外皆伤的女人。"

我一巴掌扇过去，打得他摔下椅子。屋里的空间狭窄，我没来得及再动手，他的母亲和阿穆尔就冲过来抱住了我们。他说要让我失业，我说要让阿穆尔成为我的女人。

回家后我跟老婆说被朋友拉去喝酒了。想到急促的敲门声和当时我激动的样子，这个傻女人竟然信以为真。

第二天我和阿拉坦那仁在盥洗室相遇。我想若无其事地擦肩而过，没想到他横过来拦住路说："我两天后出门。如果你能忘记她，我也一定遵守诺言。"

第二天我路过他们家门口，看到他还没走。

几天后我在校园里遇见阿穆尔。她说她男人走了，自己过两天要去医院。我对她说："不管是谁的孩子，千万不要做掉，也不要和不爱你的人过一辈子！"她看着我，轻轻地摇了摇头，一个人走了。

有一天，我遇见阿穆尔的婆婆，她请我进屋。她的儿媳躺在床上，脸色惨白。阿穆尔让我过去，我就走过去坐在她床边。她说她刚刚出院。这时候托斯突然推门进来了，看到屋里的这一幕，她惊呆了，脸色变得惨白，嘴唇微微动了一下，站在那里开始哭。我走过去哄她，她一点都听不进去。

"我之前也听到了一些闲言碎语，以为是那些女人嫉妒我。没想到今天被我抓了个正着。"托斯伤心地说。

我扶着托斯走出去，走廊里站满了人。后来听说是那个"传话筒黄脸婆"叫托斯过去的。

我向托斯坦白了一切，包括我的"出轨之举"。她根本听不进去，一个劲儿地摇头。她一直在哭，我也就不再说下去了。最后我实在无奈，就说："我叫阿穆尔吉雅过来吧，女人之间应该好沟通一些。"可她根本不予理睬，说道："估计你俩早就串通好了，我看都不想看见她！"她这么闹着，直到进入疯癫状态，住了院才罢休。

我每天去探望，她依然开心不起来。我就让孩子们过去陪她，自己躲得远远的。

等她精神恢复之后，我说我和阿穆尔其实没什么。她又哭道："你为什么非要让人相信谎言？我已经原谅你啦，给我发誓，我们永远不要再提这件事。"我能说什么呢，既没有发誓也没有反对，之后我们没再提及过这件事。

那年秋天我被学校开除了。校方说我人品有问题，把这些都写进了档案。我去好多地方求职，都没能如愿，最后去乡下生活了十四年。城里长大的姑娘托斯额尔顿和我一起在乡下生活了那么多年，不知道她心里是怎么想的，至少没有抱怨过我。我们又有了孩子，之前的几个也长大了。有一天校方主动联系我，让我回去继续教书。这简直不可思议，难道是时代变了吗？似乎也没变啊。

阿拉坦那仁硕士毕业，当了几年部门主任，现在已官至副部级。据说他还在写博士论文。他夫人的地位也随之发生了变化，几年之后阿穆尔吉雅进了一家效益不错的单位，当上了科长。

20世纪末一个秋天的晚上，故事里的两个主人公相约在咖啡馆。当然，这件事是部长夫人提议的。

比起养育几个孩子、在乡下受苦受累的托斯，阿穆尔吉雅显得风度翩翩，和我妻子完全是两个世界的人。

坐下来后我先打破沉默，对她说："我一直想见见你，问你几个问题。"

"有那么重要的事情？"她诧异道，"好吧，就像童话故事一样，我允许你问三个问题。"

这样我们就直奔主题。

"第一个问题：那个来自乡下的灰姑娘最后报复城里的恶男人了吗？"

"怎么回答好呢？"

"你当然可以不回答。第二个问题：生下孩子之后，你为什么叫我去你家？"

"现在我有两个女儿、一个儿子。我觉得当初你给我的建议是对的。"

"最后一个问题：我饰演的角色你还满意吗？我的演技如何？"

"假如你是菜农，我让你种土豆，你却种了西瓜。我呢，也没收获到果实，收的都是一些藤蔓。你说，我应该给你打多少分合适，嗯？"

说完她便哈哈大笑。

她用手指轻轻点了一下我胳膊，稍加思索后说道："跟你开玩笑呢。年轻的时候真是轻狂，不谙世事。现在想起来都要羞死了。"她还说，虽然那三个问题现在聊起来这么简单，可当初还是引起了不小的风波。

我没有继续问下去，也没有必要再提往事了。餐桌上我想的是：她约我出来是为了什么。

阿穆尔吉雅开车把我送到小区门口。我就那么站着，直到她把汽车开走，在我的视线中消失。车灯消失，黑暗袭来的那一刻，我的内心似乎也失去了光亮，心中的愧疚似乎也消失不见了。

时光带走了刚刚进城时那个脸蛋红扑扑的少女，带走了需要我时我曾热烈回应和呵护过的那个少妇。

除了名字，阿穆尔吉雅在我这里没有留下任何痕迹。这样一想，我似乎也明白了高官夫人为何不怕麻烦单独约我。觉得自己过得很不错的人，时常需要他人的肯定。我没有给她这样的肯定，所以她不会再约我。我们之间那种维系人际关系的隐形的绳索就这么断了。关于这一点，我们都心知肚明，今晚的约会自然也成了一种煎熬。我怎么就没想到今天晚上坐公交车回来呢，还麻烦她送我一程！

看到正在嬉闹的孩子，吃着妻子托斯准备的饭菜，我的心里还是无法平静。许多年前的那个春日的傍晚，我欣然接受的那个角色今后或许不会再有了。

1989 年　乌兰巴托—莫斯科—撒马尔罕

天仙女

齐·嘎拉桑

有一天，女孩站在取奶室旁边的平房之间。

不知道是谁第一个发现了她，等我们争先恐后地跑过去，那里已经围了好多人。她站在人群中间，像一只落网的兔子。她穿着一件脱了毛的旧皮衣，戴着细皮带，身上没有其他衣服，系在脑后的浅棕色头发散着落在她的肩膀上。她的脸像刚刚洗过牛奶浴般那么洁白、粉嫩，一双炯炯有神的大眼睛深陷于眼眶中，弯弯的眉毛、高挺的鼻梁、后脑勺微微凸起，叫人一看就心生爱怜。她应该听得懂我们在说什么，却只用点头或摇头来回答。我们只知道她的名字叫哈斯，人们都想知道关于她的更多消息，可谁也没能如愿。大人们说，她可能是有人在深山老林里生下的孩子，为了弄死她或者让她习惯群居生活才把她送到这里来的。

好多人想和哈斯亲近，也有不少人当场提出要收养她。我爸妈也说要给自己的独生女找个伴儿，希望她可以来我家住。她不同意。她还是不愿意开口和别人说话，不喜欢畜群，也不爱找活儿干。如果别人不叫她，她就像在寻找或者等待着什么，在外头一站就是几个小时。有人大声喊她，她就会惊慌失措，感觉像犯了什么错。她不愿意和我们打成一片，我们也没有逼迫她融入我们的生活。

　　就这样，她在这家住几天，在那家过几宿，最后就不走了。那家夫妇正好膝下无儿无女，把她当成自己的孩子，她的到来给老两口带去了难得的欢乐。那年秋天，老两口还让她穿得漂漂亮亮去上学。有人说她是天上的尤物，不该离养父养母太远；也有人认为为了孩子的美好未来，得叫她读书。

　　点名时老师试了很多遍，她还是无法说出父母的名字。从阿拉泰的原野来学校让她读书的养父说应该随他的姓氏才是，她撅起嘴，明显不愿意。养父和周围所有的人心都凉了半截，他们说："收养孩子容易，收住她的心却不容易。"

　　一位脾气大的老师过来指责她说："你不知道自己的姓氏，也不愿意随养父的姓氏，你难道不是人类的孩子，是从天上掉下来的？"

　　这时班里的一个淘气鬼跑过来说："对，我看你就是从天上掉下来的，是吧？"

　　没想到她的嘴角微微上翘，点了点头。

　　淘气鬼说："既然这样，那我们就让她姓天！"说着在点名册上把她的名字写成了"天哈斯"。从那时候起，无论怜悯她还是开她玩笑的人都叫她"天仙女"，后来这个名字代替了她的真实姓名。

　　她的学习成绩一直不太理想。看起来她那么无辜，经常一个人望着窗外发呆，像在等待什么，或者对眼前的一切都不抱希望。她渐渐地长大，学校也给了她最好看的衣服穿，她很快成了班花、校花。起初，放了暑假她喜欢出去玩耍，后来就只待在养父母那里。有一年夏天，她就这样悄悄嫁人了，听说嫁给了当地一个富家的公子哥。起初她的男人还夸她不爱传闲言碎语，再后来就数落她不爱干活，听着都那么刺耳。后来她就突然消失了。这事传到苏木①，大家帮着一起找也没找到，最后只留下了关于她的传言和猜忌。有人说是那位富家子弟杀害了她，也有人说公子哥家是靠旱獭的鲜血和贩卖骆驼发家的奸商，说这样的俗人根

---

① 苏木：蒙古国的行政单位，县。

本留不住天仙女。

不知这样的传言持续了多长时间。没过多久，我便离开了家乡。每每回忆起童年，就会想起天仙女。天仙女到来的那一年我们在黑湖边上一起度过夏天，后来我家的畜群害了病，一家人便迁徙到黑山脚下独自居住。天仙女消失的那年秋天，我们和大舅家在一起，那年爸爸和大舅去找丢失的畜群，冬天里牛羊遭到狼群的袭击⋯⋯

多年以后我回到家乡，聊天时问及天仙女，奇怪的是竟然没有人知道。他们的健忘让我深感不解。年老的说时间久远他们不记得了，年轻人信誓旦旦地说根本没有这么一回事。听了这些我非常难过，也开始怀疑自己。难道从来没有过什么天仙女，只是我做的一场梦？

我想起来找到她的男人就可以问个明白。

他们家住得比较偏，到了他家门口，一位少妇出来给我看住了狗。她和我印象中的天仙女有几分相似。后来我才知道她就是这家的女主人，是前几年公子哥出去赶牲口从杜尔伯特带回来的女人。

男主人去修葺过冬的房子，明天才能来。

我看了一眼正在做饭的女人，她的双眼炯炯有神、后脑勺微微后凸。这时我在想，她就是我要找的天仙女？我的心跳加速。她跟我聊着畜群、钱财等俗不可耐的话题，听起来显然是个凡人。她说想听听城里的新鲜事儿，还要我在他们家过夜。她在这人烟稀少的山脚下生活，想必也很孤单。

"你听说过天仙女的事吗？"

她摇了摇头。

我问好去冬营盘的路便出发了。太阳马上就要下山，我已喝得酩酊大醉。我一定要找到他，如果他也不知道天仙女，那我就要冲他发脾气，说这酒是在他们家喝的。

后来的事情我就不知道了。醒过来我发现自己躺在群星密布的夜幕下，不远处有人在吵架。有一个人说："对啊，对，对⋯⋯天仙女⋯⋯

天……她就是我的一场梦，也是你的一场梦。"

这话听起来像是在发誓或祈祷，那么刺耳，那么哀伤。

1991 年

巴·道格米德

　　蒙古国著名作家、记者巴·道格米德（1945—），出生于东戈壁省阿勒坦希雷县。1962年中学毕业，中专时就读经济学专业。主要作品集有《神马》（1970）、《蓝幽幽》（1974）、《火红的神驹》（1986）、《饮水思源》（1991）、《乱世活佛》（1992）、《终成眷属》（1993）以及长篇小说《视死如归》（2004），电影剧本《情泪未干》（1993）等。作品《饮水思源》1999年获蒙古国作家协会奖，2006年他被授予苏赫巴托奖，2007年获"文化功勋作家"称号。

恶魔

巴·道格米德

夕阳西下时，三头狼走出北边的山林，在大地下霜变白时顺着灌木丛一路小跑。它们已经有几天没有闻到血腥味了，各个饥饿至极。走在中间的那头狼抬起它硕大的头，用饥饿的眼神小心观察周围。它浑身铁青色，后背高大，脖颈短粗，看起来雄壮有力。这只雄狼像是听到了什么动静，闻闻地面，在原地稍作停顿又跑起来，身后扬起雪花。

一串脚印从远处来，穿过山林外的雪地，进了北边朦胧的高山上那片黑压压的原始森林。无意间看到一个人的新鲜脚印，三头宝海①聚集到一起，舔了舔各自的嘴唇，咬住牙，用沙哑的声音发出低沉而悠长的号叫。狼的叫声飘过深山上的松树梢，似乎引来了吹向山麓的暴风。

一轮红月亮从山梁上黑乎乎的树林里升起来，在这荒野真叫人害怕。一个高个子急匆匆地迈大步前进，像是有人追赶，不时地回头看。他身穿带帽的棉斗篷，用皮带紧紧扣住腰部和肚子，毛线围脖严严实实地裹着头部，胡子上结了霜。

夜幕降临，风停下来，世界静得吓人。脚下变硬的积雪发出冷色的光，头顶的星群冷冷地闪烁着。月光下，积雪反射出微微的蓝光，河谷里的

---

① 宝海：狼的总称。

冰面崩裂，发出"咔咔"声。跑得浑身燥热的汉子停下来，解开裹脚布重新包好，从口袋里拿出烟叶小心翼翼地卷在被揉烂的报纸里。他划一根火柴，用大手挡住风，点了烟站起来，眼睛的余光看到了某种肉食动物红红的眼睛。他打了一个冷战，回头一看，发现一头两岁牛犊那么大的雄狼正横在路上。他确定那是狼，吓得每一根汗毛都立起来，想大喊，嘴里却发不出任何声响。他后悔为什么手里没拿个家伙，哪怕是一根木棍。他果断地从靴筒里抽出了刀。那是一把很钝的匕首。有这么一把匕首，就不必害怕了。一怕就出事。这一切这三头狼可都看在眼里。在大牢里，他可是赤手空拳打倒过一起扑上来的三个盗贼，用他们的鲜血洗手，威震大牢。听说狼只选择深夜或清晨的时候攻击人，现在时间还早呢，应该不会扑过来。想办法进林子里去，进了树林，肯定能想出对付它们的办法。他慢慢退步，接近了那片黑压压的原始森林。狼跟着追了几步后，对着月亮和星星号叫，那叫声着实令人生出凛凛寒意。从没过膝盖的大雪里找家伙，这事儿想都不用想。对于又累又急的他来说，林子也并不在近处。他回头，发现夜幕已完全降临，那头狼也在一步步地接近他，而前面的林子似乎自己在向后挪。他越想越怕，呼吸加速。逃犯的左边突然冒出了两头狼，像家犬一样鼻子贴着地面小跑着。有三头狼在明处，很难猜出暗处还有多少头狼在张牙舞爪地等着他。左边的那两头狼眼睛发出绿光，翘起它们的尾巴小跑，等待着富有实战经验的那头雄狼发号施令。它们闻着雪地追逐嬉戏，显然是在为意外的夜宵欢呼，也嘲笑这个手无利器的家伙跑不了多远了。

在大牢里的时候，他只想怎样才能神不知鬼不觉地找到自己藏在这深山里的钱财，却做梦都没有想到会有恶狼横在路上。他觉得如果那些钱财能够到手，那这世间所有的不幸和痛苦瞬间都将被幸福代替，足以买得到自己的命运、爱情，甚至是法律。他整天想着那几张花花纸，谁曾想会在这恶狼口中断送性命。他突然感到生命的金贵，尝到了三十几年来不曾有过的无奈。他真想在这空旷无人的山间大哭一场。他试图用马莲点火，可一想，似乎又觉得接近森林哪怕是一步，都好一些。如果他成了这群狼的美餐，他藏的那些钱就会因无人取走而被腐蚀，最后化为灰烬。想到这些，他像是要舍弃摇篮中的婴儿去另一个世界的母亲，心痛难忍。他想，如果人真的有来世和灵魂，那我宁愿成为一条大蛇，像守着阎王爷的财产那样，蜷身而卧，守着那些钱。跟在他后面的那匹雄狼，此刻站到他面前，用脚刨地，扬起雪花。他想到这头狼已准备好攻击，赶紧划着一根火柴往它身上扔。火光吓到了那头狼，它夹着尾巴向后退出很远站好，仔细观察他的一举一动。这个被狼堵住前路的逃犯，如果有人白天看见他，一定认为他是一个领着三条猎狗的猎人，正在寻找猎物的足迹。害怕至极的他迅速走到林子里，在一棵枝繁叶茂的松树下堆积树皮、青苔、蚁巢等东西点了火。大小不一的三头狼，在光明与黑暗的边界蹲坐，转动红眼珠仔细观察他的一举一动。他看到胸口有巴掌那么大一块杂乱毛的雄狼正在张嘴打哈欠。如果手头有枪，现在是扣响的最佳时机。他恨自己手里没有家伙，从火堆中找出一根正在燃烧的干树枝，扔了过去。忘记畏惧，正在舔自己脚掌的那头雄狼看到冒着烟飞过来的树枝，一跃而起，当发现只是树枝后鄙视地看了一眼。树枝上的火在雪地里慢慢灭掉，那头狼也只退了几步。等那堆柴火燃尽时，三头狼站起来，来回蹭灌木丛，竖起身上的毛，发出高低不同的叫声。"嗷呜——嗷呜——"的叫声在山林间回响，令人毛骨悚然，看来它们是在呼唤远处更多的同伴。柴火完全燃尽之前，他不顾手指被划破，把自己吊在老松树的树枝上，爬到了树干中间的位置。他顺着风向骑在树枝上，稍事放松，拿出报纸卷烟。

　　他的脚碰到老松树的枝头，抖落树枝上面的雪，地上的火堆就完全被扑灭，冒起白烟。三头饿狼守在树下，看他骑在树枝上默默吸烟，后悔没有在他上树之前结果他。狼都嘲笑那些不走运、一事无成之人。他没有在阳光下自由地呼吸过。这里除了几头野猪和野兽，再看不到别的了。不知道天亮之后那三头狼会不会弃他而去。现在刮着大风，如果在树枝上这么一动不动地坐下去，估计一会儿就会被冻死。该死的，如果我被冻死，全是因为树下的这三头狼。等待一事无成的人的，总是这样的厄运。原来佛祖是会惩罚心术不正、恶贯满盈的人的。他刚刚还在出汗的身体开始冷却，湿透的衣服也变得冷冰冰的。一阵阵的风吹过来，树枝在风中呼啸，"冻死"的念头在他脑海里像风暴一样打着旋儿。他靠着树，在两根较大的树枝之间坐好，试图打个盹儿，哪怕时间很短。现在不必怕落入狼口，怕的是被冻僵。三头狼的好奇心逐渐减少，它们在灌木丛下撒尿标记，用利爪挠树根，争夺母狼，用力号叫，张牙舞爪，气势十足。"听说，大冷天鸟儿在树枝上一动不动地坐久了，就会像秋天熟透的菠萝一样落下去。我不会也那样，活活成了狼的美食吧。如果那样，还不如趁自己还有点气力，下去和它们拼个你死我活呢。如果不像今天这暴风肆虐就好了。不过天亮之后总会有办法，说不定还能遇见个人呢。"他这样想着，像抓住了救命稻草。对于等待的人来说，冬夜多么漫长。如果手头有麻绳，就可以把树下的狼给吊死。愚笨的人总是喜欢马后炮，想到这些他懊恼不已。如果是无风的静夜，他双层的棉衣，手工毡靴，还有刚过三十的身体会带他见到明日的太阳。可如今在树上，就等于在等死。"如果大牢里的那些人知道我现在的窘样，一定会很满足，还会嘲笑我。他们根本不关心我的死活。有些人或许会管，不过他们一定是为了救死扶伤的美誉和抓住逃犯立功劳才肯那样做。他们说的逃犯，不过是一个无法赶走三头狼的孬种而已。如果语言相通，狼和贼一定能走到一起。可是他们分属人兽两界，实在没有办法。面对数头饿狼，用金银贿赂、晓之以理都是不可能的事。就像盗贼需要银子一样，饿狼需要吃肉，这毋庸置疑。就算它们前面有一头牛，它们一定先把我干倒才安心，这也是它们的本能。"树下的两头狼也疲惫不堪，竟枕着腿，伸个懒腰躺在地上等起来。嘴角又黑又下垂、狼牙细长的雄狼蹲坐在那里，用沙哑的声音号叫一声，挠挠自己，又舔了舔鼻子，看来它已有些不耐烦了。"对它来说，我比那些钱更实用。钱没有了可以再挣。任何一个笨蛋都不会为了钱卖了自己，好死不如赖活啊。谁死了，最后的命运都是化成一堆白骨。如果没有雪，就可以一把火烧了树下的草和干枯的青苔，我就可以趁着火势逃之夭夭。"黎明破晓前风势变大，到了人与兽所能承受的底线。不知为什么，他甚至天真地认为，如果能熬到日出，就可以摆脱这几头狼。如果能够活着逃出去，回去加刑也好。男人总会在小事上犯错。比起这里，躺在大牢的床上，盖着暖和的棉被胡思乱想舒服多了。

经历一些事，人们才知道后悔。面对逆境，人的生命就像用公牛的鬃毛编成的绳子，非常结实。朦朦胧胧中，月亮已西下，星辰变得稀少，东方开始微微发白。黎明在树枝上摇曳。黎明像领着多条猎狗的老猎人，驱散了他心中的恐惧，给了他希望。胡子、眉毛、后背结霜发白的三头狼站起来，伸伸懒腰，愉快地彼此追逐。一只乌鸦悄无声息地飞过来，飞过他头顶时叫了一声，落在旁边的树枝上梳理羽毛，像在等着饱餐一顿。逃犯抬起头，伸展僵硬的手脚。那只乌鸦警觉地飞出很远，落在另一棵树上，"呱呱"叫起来。狼和乌鸦皆是不祥之物。乌鸦的雏鸟洁白一身，可爱至极，只是有了思想和羽毛之后它就完全被黑色覆盖。做梦都想吃一口温热肉食的乌鸦还在那里叫着。人们都说乌鸦和警察聚集的地方一定不会发生什么好事。逃犯骂道："你们除了闻闻我的味儿，休想带走任何东西。"浑身舒展之后，三头狼蹲在树下看着树上的人。如果他们能够听懂彼此的语言，那三头狼似乎有办法让树上的人下来。

约二百米以外的乌鸦忽然扑棱翅膀飞起来。与此同时，一声枪响，子弹呼啸而来。守在树下的饿狼们拼命逃跑，那头硕大的雄狼流着血，脚步踉踉跄跄，倒在雪地上。得意忘形的逃犯真想大喊一声，可张大了嘴，呼吸变得局促，喉咙眼儿被什么东西卡住了一样，未能发出一点声响。逃犯擦了擦眼睛，看到枪响处有一个人正往这边跑过来。他身穿军大衣，脚上踩着滑雪板。走近了才知道那是年轻的狱警。他的睫毛上结了霜，喘着粗气脱了滑雪板，从树下眯着眼看了看他，说："你还好吗？越狱的滋味不好受吧？都来了释放通知，你怎么还越狱了呢？是想成为狼群的美餐吧？别坐那儿了，快下来吧，我们回去！"

"我不下去，我哪儿有脸回去？如果被狼吃了倒干净。"

"少装了。不是告诉你，你的释放通知都下来了吗？"

树上的那个家伙并不怎么相信他，眯着小眼睛挤出微笑，说："你当我是小孩子啊？我可不相信你的鬼话。在这儿浪费时间，还不如你把枪和食物留下，我们各走各的路。"

"谁骗你了？你还嫌麻烦不够大？如果再耗下去，我就开枪了。"

逃犯发出猫头鹰一样的笑声，说："这主意不错。你给我一枪吧！这样活着还不如死了。求你了，你就给我一枪吧。死在狼嘴里，不如一枪被你给毙了。我下去也走不动，双腿僵硬，都不能动了。"

狱警拾起树枝点火，从手提袋里拿出马肉。

"我来背你，你赶紧下来。"

"我说过了，我不下去。如果你不把枪放在这儿离去，我就在这里吊死好了。我用皮带系好，往下一跳就一命呜呼了。到时候你可少不了官司缠身。"

"你想吓唬我？那你就别费力气了。还不如下来吃点东西暖暖身子。你逃不出我的手掌心。我们还有一队人在巡山。想着给我官司吃，还不如乖乖地回去。"

"你别说得那么天真。就算有释放通知，可我现在又是逃犯，不会放我出去的。"

"这个年轻人想骗我回去。我不是狼，是人啊。这么几句鬼话，怎么能骗得了我？我可是老油条了。"逃犯突然想下去吃点东西暖暖身子，就说："好了，我不为难你了。下去吧，饿死我了。"说着，顺着树干滑下来。

他们俩坐在有狼尿的石头上，在军用炊具里烧雪水喝，吃肥嫩的马肉。喝了开水浑身热起来之后，逃犯脱掉靴子，把毫无血色的腿脚伸进积雪里。年轻的狱警用雪给他搓脚，他的脚才有了一点知觉。他们准备走，逃犯刚站起来便大叫一声摔了下去。

森林里的积雪还没有硬，年轻的狱警背着这位庞然大物艰难前进，浑身已被汗水湿透。装病趴在别人背上的逃犯困意十足，眼皮开始打架。他想到自己的钱，像喝了烈酒一样欲望迅速被点燃，一夜没有休息好的身子骨也精神了很多。年轻的狱警衣服已被汗水湿透,浑身也渐渐乏力。那些醉鬼和疲惫至极的人,只要往头上来那么一下,就会倒下,这一点逃犯再清楚不过。

恶人身后总是跟着邪念,草菅人命,把杀人当成打盹。"他是自己送上门来的,而且还是狱警。你就这么走下去吧,等你走累了,你老哥我就给你那么一下子,你就可以彻底休息了。"

年轻的狱警疲惫不堪,把逃犯放下来,扇了扇衣襟。突然,后脑勺被什么钝器重击了一下,身体找不到平衡,感觉乾坤倒转,双手抱头摔了下去。发狂的逃犯看着耳朵流血的狱警,取了他的枪支和手提袋,若无其事地点了烟,向远处朦胧的灌木丛那边大步走去。

逃犯在大雪里走了几步回头一望,刚刚还背着他前进的年轻狱警此刻躺在雪地里,纹丝不动。黄昏时分,这里的野狼会活活吃了他。逃犯想起他私藏的钱,走到昨晚过夜的那棵老松树下。松树的枝头又粗又大,阳光在枝头间愉快地闪耀,让人心生敬畏。雄狼躺在树旁,龇牙咧嘴,微风吹动它深灰色的毛,看起来还活着。"如果你还活着,我会把你吊起来,活活给你扒皮,让你受尽折磨。"

对于这个走在山林里的逃犯,棉衣的用处不亚于枪支。在树枝上冻了一晚上,他才知道棉衣这东西关键时刻能救命。他很后悔没有脱下年轻狱警的大衣。对死到临头的他来说,大衣完全多余。衣服只对活人起作用,死后一切都是身外之物。

世间的万物似乎都没有看到这白雪皑皑的森林里发生了什么,静悄悄的。

风雪四处肆虐,北方的灌木丛和森林黑压压的一片。

在清晨疾步行走的逃犯,似乎感觉到了什么危险信号,立刻站住,回头望。他看到那只乌鸦就在近处飞起来又落下,这让他心中生疑。乌鸦落在年轻狱警身边,正梳理着它的羽毛。

清晨飞来落在树上的那只不祥之鸟,正准备用它那长喙啄食年轻狱警的眼珠。

逃犯大喊："哎哟，别啄了眼睛！"他大步流星地跑了几步，卸下背上的枪，瞄准那黑色的乌鸦，扣动扳机。乌鸦惊飞，黑羽毛散落在洁白的雪地上。

逃犯跑过去，看到狱警微微张嘴说着什么，沾满鲜血的头部都不像是活人的了，脸上、鬓角还在流血。他不忍再看，枪口对准狱警的头部，扣动扳机。

一声枪响，子弹打到冰冻的地面，弹向天空。头部被打开花的年轻狱警抽搐了几下，拖长声音叫了一声，再也没有动弹。脸色苍白的逃犯，此刻已无暇脱下狱警身上的大衣。他用石头般的拳头捶了一下自己的脑袋，嘴里说着含糊不清的话，转过身，缓慢走远。

身受重伤、躺在雪地上的乌鸦用暗淡的眼睛看了一眼逃犯。他拿着枪，像醉鬼一样摇摇晃晃往前走。遭雷劈，浑身失去知觉的人才这样。

深受内伤、脸色苍白的逃犯心里乱如麻，缓缓走向远处黑压压的森林。几刻钟之后，一声枪响抖落了老松树枝头上的雪，像是在填平世间的善与恶。躺在雪地上的乌鸦受了惊吓，扑棱几下翅膀，也没有飞起来。

这一切，谁都没有看到。

1988 年

死囚无战友

巴·道格米德

　　两个囚犯并排躺在位于牢房墙根的干草上，牢内的地面铺着石头，空间狭小且光线昏暗。他们各怀心事，像两块石头一样躺在那里望着天花板上的蜘蛛网和灰尘，谁也不说话。他们已到了无路可走，无须多言的地步。走在阳光下的人们无法知道，在这样一间发着霉臭味的屋子里待久了，不要说人的身体，就连其思想也会受禁锢。两个人当中年龄稍长的瘦男人好多天没有理发、刮胡子，他怕不小心触碰身上的伤口，艰难缓慢地翻过身去，脸色苍白地说："真想见见天日再死。我身上的伤口已腐烂发臭，整个人都要发霉了。经历过日本人的好几个牢房，没有遭过这么大的罪。大概这里就是我的葬身之地了。"说完长长地叹了口气。另一个人像是在给对方寻找暖心的话，扫视了牢房的每一个黑暗的角落才开口说道："都说生于忧患，死于安乐。我觉得，胜利就在眼前了。总有一天，我们的人会喊着口号冲进来，中尉你一定要坚持到那个时候。你要相信，大难不死，必有后福啊。"说完这些话他都佩服自己怎么一下子说了那么多话。飞行员巴图忍痛挨饿地在牢房里待了不少日子，他并没有认真听扎木苏在说些什么，正沉浸在自己的心事里：

　　"我和这小伙子在这间牢房里待了近三个月。伤口一发作他就会神智混乱，每次都会让人产生幻觉，真想一死了之。这小伙子用不着和我在这臭烘烘的地方待几个月吧。受尽折磨都没招供的人，不可能在伤痛发作、浑身发烧时说出全部机密。日本人可没那么单纯，他们的奸计多得很。他们怎么到现在还留着不杀我？难道他们以为我在伤病发作时会跪下来向他们求饶，全盘托出所有的情报？"

"这小伙子我试探了好多次，都没抓到什么可疑的把柄，他说的应该都是实话。如果是日本人派来的奸细，肯定不会跟我说他每天去部队食堂吃顿饱餐的事，难道他觉得饿极了的人是没有底线的吗？可是如果真想给日本人当奸细，就不会跟我讲他是个孤儿吧，他应该跟我说他特别想孩子才是。如果他在跟我套取情报，就应该给我带一块面包，然后说那是从日本人那里弄过来的。他把自己的伙食分我吃，所以我就不必考虑这些。可他为什么要把自己的伙食分一半给我呢？日本人不可能不在这方面做手脚。如果扎木苏是奸细，就不会提醒我牢房的墙上装着监听设备了。一个当了敌方奸细的人，不会跟我讲日本人曾指使他监督我等等细节。日本人向来诡计多端，或许这也是他们捕获人心的计中计呢。难道是我太谨慎，分不清敌友？如果我在把秘密情报告诉他之前就被日本人永远带走就太糟糕了。战友玛格斯尔高朝牺牲前告诉我的秘密情报就会跟着我入土。我死事小，在没有找到可靠的人之前我没有权利去死。我是个军人，保卫祖国，给军旗添彩是我的职责。"

巴图枕着手臂想这些的时候，在他旁边的扎木苏也正想着事：

"巴图是一名飞行员，还是中尉，可他还劝我要想办法活下去。他说就算我孤苦伶仃也不用这么年轻就想着牺牲。他说我应该答应为日本人效力，只有这样才有重返故土的机会。他说如果我不听他的话，两个都会死在这里。他还劝我，不是所有人都有机会被日本人纳入自己的旗下。"

这样的话日本上校中村也跟扎木苏说过不止一次。昨天早上他把扎木苏叫到自己的房间说："就算你越狱逃了回去，也不会有什么好下场。在你们的军规里，被敌人活捉就等于背叛了祖国。就那么白白牺牲，还不如给大日本效犬马之劳，这样的未来才是光明的。完成任务之后天皇绝不会亏待你。信人不疑、说到做到是我们日本人的优良传统。人这一辈子，只有一条命，你好好想想！"

扎木苏没有自尽，也没投降。那次他们和敌人一个团的装甲部队背水一战，最后只剩下他一个人。看到炮口朝下的大炮、死伤遍地的战友、肆意猖狂的敌人和呼啸而来的三辆坦克，扎木苏的恐惧化成了勇气，迅速给大炮装上炮弹，开始瞄准最近处的那辆坦克。对方看到前面只有一个人，便开了舱门故意用机枪扫射。炮声一响，坦克已不能前进，冒起滚滚浓烟着了火。

有时灾难会让一个人变得无所畏惧。他像抱着一捆柴火似的抱起一颗炮弹，拼命地奔向敌人。他准备再干掉一辆坦克时突然脸上像着了火似的，听到震耳欲聋的一声巨响，只感觉天地旋转，他已完全失去了知觉。日本人看到他还有一口气，认为可以把他用作"传话筒"，就把他带到了后方。

过了几天，扎木苏在狭小的牢房里听到自己的呻吟声，让人感觉像起死回生一般。

他听到有人用笨拙的蒙古语跟他说："好了，你醒了，再过几天就好了。"

他艰难地问道："我这是在哪儿？"

"你已经在大日本的恩惠下了。"那个人严肃地说。扎木苏睁开眼睛，看到身旁站着一个脸庞黝黑、衣衫褴褛的瘦老头，他的样子看起来像个刽子手。

扎木苏枕着手，回忆着自己经历的最后一次战斗。

巴图因为拒绝交代，被狱警打得鼻青脸肿。他像寻找出口似的在牢房的周围看了看，说道："如果我还有一点力气，就给这些日本孬种看看真正的男人是怎么越狱的。我开飞机时只想着怎么炸毁敌人的飞机降落点、军火库和燃料库，从不知还有这样的人间地狱。现在也只能躺在这里等死了。"

话刚说完，门外响起用钥匙开门的声音，接着走廊里的灯光抢在狱警前面照进来，驱走了牢房里的黑暗。两位囚徒被晃得睁不开眼睛，他们按照牢里的规定把双手放在脑后站了起来。

"扎木苏，你出来！"有人大声地喊道。巴图赶紧给扎木苏使了个眼色，示意他答应给日本人效力。

想到扎木苏可能就这样一去不回，巴图的心里骤然成冰。被关在一起过了几个月，他们还那么陌生。"下辈子投胎估计你还是个臭军官！"巴图此时这样诅咒自己。

这个扎木苏……怎么想他也不应该是坏人。我为什么还不肯相信他？巴图无法回答这个问题。他仿佛听到有人在他耳边说，除了扎木苏，你再也找不到可信任的人了。

黑暗像一只猫似的一点点吞噬着牢房里的光亮。一想到他们可能诀别，巴图觉得无比感伤，他的心就像被利爪划过一样疼。扎木苏回来时已是后半夜，他的全身已湿透，脸部被打得变了形，迈着沉重的脚步。他借着牢房里微弱的光凑过来，犯了错似的跟巴图说："我答应了，答应给日本人效力。不过我没有背叛自己的国家，我在完成中尉您交给我的任务。我别无选择，在这里您就是我的首长、祖国和后方……我和日本人有一个残忍的约定，我不答应，明天一早就会被他们枪决。"

"什么约定？"

"很残忍的约定……我故意拖延他们的时间，想问问您的意见。"沉默片刻之后扎木苏接着说，"他们让我当着他们的面枪决您。"说完觉得巴图的心此刻可能像扎了针一样疼。巴图虽想上前安慰扎木苏，却迈不出步子。

他们看着彼此，没有说话。巴图直视着扎木苏说："你的决定非常正确，换作是我，也会这么做。我们的军规里有一条规定：舍自己，救战友。如果我不死在你手里，敌人会要了咱们两个人的命。人活着都有它的意义，死得光荣也不是那么容易就能做得到的。你活下来，也许可以挽救上百甚至几千人的性命。现在我要跟你说几句比金子和生命还重要的话，这是在日本大牢里牺牲的另一位战友告诉我的。我一直找不到一个合适的人把这句话传递出去，在我心底压了好长时间。你也知道，在战争年代情报和时间最为珍贵。我们的军机部门有一个日本奸细，名叫呼和夫，他的主要任务是把我军团、师、班里优秀军官的姓名、军衔和职务传递给敌人，从而使我军内部相互猜忌，最终让我军群龙无首。此时呼和夫一定安插了好多亲信在我军。军机处混进了间谍，就像柴火堆下藏着炸药。不过你不要着急，如果你被发现了，遭殃的是我们的祖国，那样会牺牲很多无辜的人。你要时刻想着，这件事比我们的生命还重要。如果你做到了，咱们人生的意义就完美了。消息是在日军大牢里牺牲的战士玛格斯尔高朝告诉我的。战乱时分清敌我不容易，明天开枪时你不要犹豫，我会假装骂你是个叛徒，你可千万不要轻信。我只求你一件事，让我死得痛快一些。如果妈妈问起我，你就告诉她我去了很远的地方，不久就会回来。你把这块石头交给她，让她在想我时摸摸这块石头。这是我家乡的石头……出发前我从家乡的山脚下取了这块石头。听说山峦会思念自己的山石，为了不让家乡的石头在异乡孤单，现在我把它交给你。"说着巴图从衣兜里掏出一块有着浅蓝色花纹的石头，放在额头上敬了三次礼，说道："把它交给我的妈妈。"说话时他的声音在颤抖。扎木苏看着他，鼻子又一次发酸。经历过战争和生死的两个汉子整夜未合眼。开枪的人比被击毙的人还要难过，他们本想聊聊故乡和童年来缓解一下紧张的情绪，可一想到大牢的墙上可能装有窃听设备，二人决定什么都不说。

平时难熬的时间此时变得很快，就像骑着白马从蒙古包旁飞驰而过。在不知不觉中，夏天短暂的夜晚在不知不觉中接近了尾声，一缕阳光照进来，牢内朦朦胧胧。走廊那头响起打开铁门的声音，接着是脚步声，有几个人在用日语聊天。

巴图现在无比平静，他低声说道："你要坚强一些。对军人来说，哪一种侮辱都比不上让敌人看见你的眼泪。"说完吻了一下扎木苏的额头。大门上的铁链被人拽了一下，打着铁钉的木头大门被缓缓打开，像是在宣读某人的罪状。看到军官，两个狱警拿起枪刺，故意拉大嗓门喊道："你们两个出来！"

巴图突然明白了日本人为什么要长期把他们两个人关在一起。他们在一起，一则可能私下聊一些军事机密，二则在某天让患难与共的两个人彼此残杀时能考验出他们对日本人的忠心。扎木苏先从牢房里走出来，看到走廊那头站着日军情报处处长中村和他的副手，旁边还有几个年轻的参谋长，他们正背着手，有一搭没一搭地聊着什么。

他们就是考察扎木苏的"委员会"成员。两个囚犯的胡须头、发乱成一团，没有帽子和衣带，在狱警的带领下开始往外走。巴图的伤口开始发作，浑身直冒冷汗。他咬紧牙关挺起胸膛走路，不想让敌人看到自己的惨样。到刑场时，清晨柔和的阳光正照耀着四周挺拔的松树。被温暖的阳光包围着的时候，世间的一草一木、一鸟一虫谁都不会想到自己正在一步步接近死亡……

巴图看到夏天盛开的花朵和微风送来的鸟语花香，彻底陶醉了。在潮湿、发霉的牢房里待了几个月，他似乎忘记了还有轮回的四季、新鲜的空气和青翠欲滴的绿色。两个囚犯甚至想现在趁机逃跑，可牢房里的蚊虱吸干了他们的血，加之镣铐在身，根本跑不出多远！

跟在后面的几个日本人故作潇洒，看起来十分可笑。看到他们拿着枪刺瞪大了眼睛，巴图真想骂几句气气他们。一举一动暴露了他们还是一群不曾亲历战场的年轻人。如果在哈拉哈河战役中相遇，真应该给他们点颜色看看。不管怎样，在临死前能够享受几刻灿烂的阳光和新鲜的空气也算幸事。巴图伤感地望着在天上慢慢移动的白云。

日本情报处处长中村递给扎木苏一把铁锹，说："好了，年轻人。昨夜你一定做出了决定。你得好好想想用这把锹挖的坑要埋掉的是几个人。先让这位飞行员休息一下，据说在临死前会有回光返照，让他好好忏悔自己的错误吧。不过他现在后悔已经来不及了，即使他发誓要把乌兰巴托炸为平地，我也无法原谅他。在我们的军规里，飞行员战俘必须受到严惩。一个飞行员能在很短的时间内给一个团、一个师带来不可估量的灾难，更何况这位飞行员还是一位技术过硬的直升机驾驶员。"翻译官结结巴巴地翻译中村上校的话给扎木苏听。

扎木苏在日本人规定的地方画了一个方块后开始在落满针叶和苔藓的地皮上挖坑。铁锹每落一次，扎木苏就心痛一次。日军扛着枪站在一旁监督他，叫他心生厌恶。阳光洒在松树上，鸟儿在尽情地歌唱。中村用脚蹬着树根吸着烟，不时地看看手表。扎木苏把坑挖好了。上校下令取下飞行员巴图身上的镣铐，让他和扎木苏面对面站好。

扎木苏以为日本人会宣读罪状，可是他们没有这样做。上校的副手走了三十步，在枪刺中装了一颗子弹，交给扎木苏。虽然看不见，但扎木苏很清楚此时中村拿着手枪站在他身后。扎木苏怀疑枪里的子弹不是真的，可又觉得不可能放一颗假的。他开始瞄准。

几绺头发飘在巴图的额前，松林静得叫人害怕，忙着挖坑的扎木苏此时心跳加速。站在坑边无精打采的巴图突然来了精神，咬着牙破口大骂道："给日本人卖了身的孬种，你不要发抖，被杀的人是我，你有什么好怕的？背叛祖国的人，死了之后都找不到石头给他立碑！"

"开枪！"有人操着命令式的口气喊道。

看着战友苍白的脸，扎木苏用微微颤抖的手举起枪，屏住呼吸瞄准，当瞄准具里的三个点重叠时，他缓缓扣动了扳机。

一声枪响惊动了林中的鸟儿，伴随着山林的回响很快消失得无影无踪。巴图像脑后挨了重击，用手捂住胸口踉踉跄跄地向前走了几步，用暗淡的眼神凝视扎木苏许久才面朝大地倒了下去。

巴图最后的眼神在光影交错的松林中表达了多重的意思：那是对敌人的憎恨，对生命的留恋，也是军人完成任务之后的骄傲，更是感谢战友的微笑和要求扎木苏必须执行的命令。

道·岑德扎布

　　著名作家道·岑德扎布（1954—　　），出生于蒙古国中戈壁省古尔班赛汗县，1978年毕业于蒙古国师范学院，1991年毕业于俄罗斯社会政治学院。1975年开始创作，出版《雏鸟》《意象的世界》《灰尘漫天》《金色狼拐骨》（长篇小说，2009）、《蓝色的风》（中短篇小说、随笔集，2008）等作品集多部。曾获蒙古国作家协会奖。

秘方

道·岑德扎布

　　老人深受病痛的折磨，颧骨凸了出来，鬓角的青筋变得清晰可见，似乎用针一挑就可以挑出来。他闷声咳了几下，长长地舒了口气。

　　天啊，我的气数已尽了吧，仗着我徒弟的本事，应该能熬过这一劫。他温柔地看了一眼身穿无毛皮裤，正像搓鼻烟叶一样搓着草药的小徒弟，说道："我的嗓子发干……有热乎的东西喝吗？"

　　男孩走过去让师父头靠被褥坐好。老人一连喝了几口热茶，额头冒出了冷汗，他感觉浑身舒服了一些。

　　都说瘦死的骆驼比马大，我都这把年纪了，别人还把我当神医供着，却不大认可徒弟的本领。我把自己的荣誉传给徒弟才能安心上那黄泉路啊。那服药的方子我守口如瓶藏了四十年，终于还是告诉他了。这方子非同一般，如果我独自将它带到阴间，那是多大的罪过！

　　"他虽然年轻，天分却不在我之下。我从不在人前夸他，可凭他的本事，就是在高手如云的雪域高原也能立足。我再等等时机吧……"老人轻声地告诉自己，他担心着徒弟的未来。

　　"师父，您躺下休息一会儿吧。"徒弟说。师父伸手摸了摸徒弟的光头表示怜爱。在师父家里打杂十年，他知道这是给他的奖赏。

　　"孩子，前些天告诉你的那个秘方含九种宝贝，符合五行的规律。

我将它传授给你，为师的心愿已了。现在我就剩下一把老骨头了，秘方的精华你已知晓，如果按照方子去熬药，你至少可以让我多活两年。"

"遵命，师父。"男孩低着头，轻轻合掌。

"说来也怪，这孩子的左眼怎么会有白内障？他都这么大了，怎么还不离开我？我怎么可以这么往坏里想一个年纪轻轻的孩子？我真是老糊涂了。"老人开始这样自责。

深夜他带着徒弟骑马去一个完全陌生的地方，让他用嗅觉来辨别五种药草，徒弟做到了；蒙上他的眼睛，叫他从一模一样的石头里找出牛黄，他也做到了。"这位是奇人啊，奇人。我老去的时候徒弟会继承我的事业。"看着破旧不堪的套脑①，老人思绪连篇、心满意足。

"师父，药熬好了。"徒弟说。

师父慢慢睁开他像肉瘤一样下垂的眼睑。他比我配药的速度还快了一天，都说后长出的犄角比先长出的耳朵硬②，这话一点儿没错。

屋里散发着雪鸡汤的腥味，这是药引子。男孩提了提他拖到地上的袈裟，在画有吉祥花纹的小银壶里倒了药汁，放在哈达上面献给他师父。年老的神医在喝药之前闭上眼睛双手合十，轻轻诵完经，双手恭恭敬敬地接过小银壶。

他打开壶盖凑到鼻下闻了闻。不敢相信，再闻闻。老人深陷于眼眶的眼睛突然亮了，他用力瞪着自己的徒弟。男孩的脸瞬间变得通红，鼻子上渗出了汗珠。神医想哭，却哭不出来，他用力地咽了一下口水。

"孩子……我的爱徒……这药是你亲自熬的吗？"他一字一句地问道，声音很小。

"是的，师父……我……我……"他不敢直视师父，左眼的白内障似乎更明显了，像一只蚊虫的影子。

现在这孩子已经得到了他想拥有的一切……还有什么是他没得到

---

① 套脑：蒙古包的天窗，用来采光和排烟。
② 后长出的犄角比先长出的耳朵硬：蒙古族谚语，类似于汉语中的"长江后浪推前浪"。

的？长老的位子、阿格仁巴 ① 的荣誉，这些似乎已经深入到他的骨髓里了，哎哟，我的天啊……如果我连救死扶伤的良药和置人死地的毒药都分不清，那不等于六字真言咒 ② 忘记了念珠和佛经吗？罪恶如此深重的人，不能让他活着，我应该带着他去见阎王爷。

老人把小银壶递给徒弟。徒弟的脸色变得惨白，吓得向后退了几步，嘴唇轻轻动了几下。

"不，不。在佛祖面前我不能这样做，这一切都因我而起，只怪我告诉他秘方的时间太晚了……"老人轻声说道，收了手。

"这药真的是你亲自给我准备的吗？"

徒弟低头看着地毯，点了点头。

"那为师的就喝了它，药渣也不剩下……"说着老人把小银壶拿到自己冰冷的嘴唇下，低头观察着徒弟的反应。

对于师徒两个人而言，这一刻显得无比漫长。

"好，我喝了！"老人将小银壶里的药喝了个精光。这位具有杰出才华、在辩经时轰动拉萨和五台山的老人慢慢地松了手，小银壶滚到了徒弟的脚下。如果这时老神医能够睁开眼，就能看到他的徒弟担心秘方会消失，此刻正伸手搜寻着揣在自己怀里的秘方，他的白内障则早已消失不见了。

---

① 阿格仁巴（агримба）：佛教中的一种职称。
② 六字真言咒：南无阿弥陀佛。

痣

道·岑德扎布

"哎哟，儿子，还认识妈妈？"她声音温柔地跟婴儿说。那婴儿手舞足蹈，"咯咯"笑着，好像在说，我是你的儿子呀，当然认得妈妈。

"这眼睛、这鼻子……简直就像是一个模子里打出来的。"她说着，像吃饺子一样含住了婴儿的小脚丫，接着说，"来，来，让妈妈看看你的痣。"说着并直两指，放在摇篮里那个孩子的大腿根上的青痣上仔细比画。

"分毫不差……"她高兴得大声叫道，"我那臭儿子又回来了……这是佛祖送给我的礼物。"她的这句话足以传到每一个人的耳朵里。

格日乐走进蒙古包，顾不上已松开的衣带，看着眼前这个跟孩子胡言乱语的女人，觉得她很可怜。她死了孩子，还听尽了闲言碎语，承受着巨大的压力。此刻，丈夫哈拉塔尔的话在格日乐的耳边回响：不要给那个女人留情面，她一天到晚疯疯癫癫地念叨什么佛祖啊，什么痣啊，再说她那六指儿对咱孩子也没什么好处……说不定会给孩子招来祸害。

想起这句话，她的心像被扎了一针一样疼。她瞧了一眼摇篮里，孩子撅起小嘴哭了起来，声音又尖又细。她走到道丽玛前面，推着摇篮哄孩子："儿子，让什么给吓着了？好了好了，妈妈来捏你的鼻子，这样你就不认得她了，那疯婆子就会走掉了。"说完不好意思地看着道丽玛。

富人达吉布家的独女道丽玛曾经拥有万贯家财。奇怪的是，"六指儿"把父母留给她的遗产都换了诸如银质的马嚼子、玉烟嘴的烟袋、白玉鼻烟壶这类东西。

爱传闲话的女人们说："这女人打算什么时候享受这些金银呀？她简直是个财迷。"

她身上还穿着那件衣领沾满了奶渍、破旧得已分不清材质的袍子。

有人说，子年大雪，一个驯马人在道丽玛家里住了半个来月之后再没回来。

只要人有心，大山能踏平。"六指儿"道丽玛一心想要找到孩子的父亲，风言风语不断地传到她耳朵里，她只当耳边风。

有一天她失去了心爱的儿子，变得寝食难安，原本韵味十足的她一夜之间变得光彩全无，和以前的她判若两人。

"儿子会转世投胎到一个富裕人家。"算命喇嘛的这句话安慰了她，让她进了一些茶食。喇嘛叫她在来世的孩子身上做个记号，她就用第六根手指按了个印儿。

看到哈拉塔尔儿子身上的青痣，她便坐不住了。

有一次，她提着丰厚的礼品去找哈拉塔尔。眼神犀利的户主大人根本没拿正眼瞧她。

"无论如何，这孩子也不会是你的。如果你不想让我的孩子遭受祸害，就不要再过来了。"男人说着，不顾孩子哇哇大哭，把他嘴里的糖果抠出来喂了狗。道丽玛有时候觉得这样被人羞辱，还不如死了好，但一想到还有几句话要说给儿子，她就坚持活了下来。

她离开祖祖辈辈生活了很多年的冬营盘，搬到离哈拉塔尔家很近的地方生活了许多年。有人说她的干儿子不务正业，整天忙着吃喝嫖赌。她经常安慰自己说，不会的，不会的，他们肯定在瞎说。

黄昏时分，一个男人骑着马摇摇晃晃地来到道丽玛家的门外。他喝得醉醺醺的，敞着衣襟，浑身僵硬，下马时险些跌倒。

道丽玛这才认出他，嘴里大喊着："我的老天，我的儿子回来了！"

说着急忙跑出去迎接。

"我的儿……你还好吗？来，让我来吻你。"

"什么儿子？我可是富裕人家的帅公子，赶紧给我闭嘴，小心我给你堵上。"

"哎哟，孩子，快快进包，妈妈给你熬奶茶喝。"

"我家喂狗的盆子大小和你家的盘子差不多，是吧？假如盘子里还有吃的。"男人冷嘲热讽地边说边进了蒙古包。

道丽玛翻箱倒柜，拿出珍藏多年的白酒给他喝。

"我只在商人高朝的青花瓷瓶里见过它，原来你这儿也有。"男人满足地大笑着。

"你的酒盅怎么像牛眼睛那么丁点儿。"男人说着，随手把酒盅扔到灶旁。

"道丽玛老人家，你可不要跟别人提及我来过这儿，我最讨厌那些风言风语了。"男人说着，把银碗里的酒一饮而尽。

"哎哟哟……儿子你快躺下休息。你可回来了，我要跟你说说掏心窝子的话。"

"你这老东西怎么听不懂人话？你以为我是你那死去的儿子啊！你再说，我把嘴给你堵上。"男人边说边用尽全身的力气打道丽玛的头部。

她只感到家里所有的东西在摇晃，对面的男人有一排洁白的大牙，眼睛里看到的东西忽明忽暗。

我要死在儿子的手里吗？我还想跟儿子说几句心里话，怎么办？如果现在不说就没有机会了。我这老舌头，怎么又僵硬了？这些话我在心里憋了二十年呢……

她用力挣扎，浑身反而舒服了一些。

"孩子……妈妈……只想跟你说几句话。我经常朝着你远去的方向弹洒乳汁祈求你平安。我收藏的那些金啊银呀的，只留给你一个人，你是妈妈唯一的幸福……你的衣服还在那边的柜子里……你让我等得好苦啊，不过你还是回来了……你回来是为了带我逃离这苦海吗……如果你想我了，请为我点燃一盏佛灯，哪怕只有一次也好。儿子，男人还是稳重一点比较好。对了，痣……痣……"说着她想坐起来，可还是白费了力气。此刻她的眼前出现了长着三头十二臂的佛陀，顷刻间又消失不见。

好了，现在我没有什么可留恋的了，儿子见到了，掏心窝子的话也说了……可以啦……

周围漆黑一片，静悄悄的。

苏·吉尔嘎拉赛罕

剧作家、编剧和小说家苏·吉尔嘎拉赛罕（1957— ），出生于蒙古国库苏古尔省木伦市，先后在波兰、俄罗斯和蒙古国读大学，专修财经专业。1984年起在蒙古国文化部、文化艺术发展研究院任技术人员、专业作家。1979年起开始创作，作品有《闰月的夏天》《影子》《国徽保佑》（5集）、《我爱男人》《铁木真》《札木合》《成吉思汗》《夜半起舞》《如梦的爱恋》等近50部电影和舞台剧，著有《长子》《守望》《希特勒和我》等小说作品。由他担任编剧的舞台剧《帝国历史》在俄罗斯、韩国、德国展演，舞台剧《我爱男人》在国际舞台剧大赛中获奖。电影《影子》《闰月的夏天》在俄罗斯和法国举办的国际电影节中成为首映作品。他的作品曾获得金羽奖、豁埃马阑勒奖。苏·吉尔嘎拉赛罕曾获蒙古国工业协会奖、纳楚克道尔基文学奖及蒙古国文化系统先进个人称号。

长子

苏·吉尔嘎拉赛罕

1

朝鲁图河由东北流向西南。这条河一年四季、日夜不息地流淌着，河的两边被冲积成了高高低低的河岸。在河边一座名叫穆登托勒盖的山脚下住着一户人家，到了夏天他们便来这里居住，年复一年。今年的春雨来得早，大地早早地焕发出嫩绿的色彩，只是近期雨水不多，周围多少显得有点干旱。晌午时分天气灼热起来，周围变得静悄悄的，整日在头顶聒噪的秃鼻乌鸦也落到河岸边的细柳林里，收了叫声。三户的二十几头牛犊懒洋洋地躺在河泥里，偶尔摇一下头和尾巴，驱赶缠在它们身边的蚊蝇和牛虻。唯独那头尾巴硕大的老花狗不怕这酷热，不找勒勒车旁的阴凉地睡觉，枕着蒙古包的门槛躺下来，用布满血丝的眼睛恶狠狠地盯着头顶的太阳。

那条狗似乎也发现自己老了，再也没有用武之地了，从三座蒙古包的主人当中只选了她一个人，她去哪儿，狗就跟到哪儿。主人抚摸它的头，说它是一条老狗时它舒舒服服地眨着眼睛，嗅着主人的衣摆。它生怕主人趁它不备出了门，所以才躺在门口守着。狗的主人是巴扎尔老人的独生女策布乐，她今年三十来岁。过了晌午，那狗便沉沉地睡去，它醒来发现主人不在家，便跃身而起，朝巴扎尔老人的蒙古包颠去。包括储存室在内，它连找了五个蒙古包，依然没看到主人。它绝望地蹲下来，轻轻地吠了一声。老狗用哀伤的眼神望着在不远处悠闲吃草的羊群，它的主人不在那儿，也不在河岸上。策布乐沿着河边走，穿过小树林，提起衣摆顺着斜坡走下去，来到河边的鹅卵石上，左右瞧了瞧后，便脱了衣服下了河。为了下一次河，她走了这么远。洗完澡，她在河岸上躺着晒太阳，阳光已经不那么灼热了，晒起来很舒服。她望着河岸的那些细柳，开始想自己的心事。近日来策布乐心乱如麻。这是她的男人在哈拉哈河战役牺牲之后的第一个夏天。当初被拉去充军时，她只当那是丈夫出一次远门，谁也没想到结局竟然会这样，她完全没想到事情的严重后果。刚听到自己的男人已牺牲的消息时，她根本不相信自己的耳朵。也许是因为在一起生活了十几年吧，她大哭了几天，之后一切照旧，家里似乎从来不曾有过乌力吉这个人，她也很奇怪自己怎么会这样。他们结婚十几年，有了两个孩子，可她好像没有打心底里爱过他。她的确不爱乌力吉，所以才会把痛忘得这么快。现在她想的是没了男人，这日子要如何继续。一个家，不能缺了男人，没有了男人这一家的生活还怎么继续？照顾牛羊、搬家迁徙都是男人的本领，没有男人可不行。想到都嘎尔有十几天没过来，策布乐开始恐惧，生怕都嘎尔也回不来了。对于策布乐来说，生下一个不知道自己亲生父亲是谁的孩子是莫大的耻辱，与其这样，不如守寡到老。一直不见都嘎尔来，她才感到空虚。她缠了好几层布，可还是遮挡不住微微隆起的肚子，再过几天人们就都知道她的秘密了，都嘎尔却不见了踪影，这不是什么好兆头。

离开了我，都嘎尔能去哪儿呢？想一想，他哪儿也去不了。为了我，他都三十好几了还没结婚。就算我现在怀了孩子，他还是没地方可去。这样一想，策布乐平静了许多。和都嘎尔一起过日子也没什么不好，若要论外表，他不输给任何人。细皮嫩肉的脸庞和浓浓的眉毛，加上五官又那么端正，就是一个标准的帅哥。他那么帅，策布乐才把他当情人，风风雨雨地过了这么多年。看来是上天注定要他们在一起，如果不是战乱吞噬了她的男人，这一切都还是个未知数。之前都嘎尔让策布乐和乌力吉离婚，她根本就没同意。策布乐不想离婚，如果要实实在在地过日子，乌力吉比都嘎尔强百倍。谁愿意用一块黄金换一堆烂铁呢？可如今她只有一条路可走，那就是嫁给都嘎尔。

"周围的人，都知道咱俩是啥关系。估计我们家的那条老狗邦哈尔也能猜出个大概。"策布乐每每这样说，都嘎尔总是不言语。和她的男人一起去参战，回来便娶了她，他可能有些不好意思吧，我可以等等看。

现在策布乐一天也不能等了。她每天清晨一起床就担心母亲会发现自己微微隆起的肚子，日子过得战战兢兢。现在母亲还没有发现她的秘密，也没说过什么。策布乐从小在溺爱中长大，到了现在更是如此。

策布乐躺在河岸上想着这些，觉得太阳有些晒，便坐了起来摸了摸自己的肚子，穿好衣服往回走。穿过细柳林时她想，如果今晚都嘎尔还不来，我就去找他。不就是两站地①的路程吗？没什么大不了。晚上都嘎尔来找她，当时她和衣躺下，正听着河流声时，蒙古包外便有了脚步声。狗都没叫，不会是别人。她很开心，坐起来继续听外面的动静。都嘎尔轻轻拉了一下门，又轻轻咳嗽了一声，策布乐颤抖着，过去开了门。都嘎尔在微弱的光线里微微笑了一下，没有作声。策布乐也没说话，抱起四岁的女儿，让她和蒙古包西侧的哥哥一起睡。幸好孩子们都没醒。

"我给你热饭吧。"策布乐轻声说。都嘎尔摇摇头，坐下来看着熟睡的孩子们。

"睡了，"策布乐微笑道，"喝茶吗？"

"不了。"

策布乐躺下去，可都嘎尔还坐着，一声不吭。

---

① 两站地：一站地是指驿站和驿站之间的距离。一般认为一站地为 30~40 公里，所以两站地应为 60~80 公里。

"你这是怎么了？"

都嘎尔站起来，宽衣解带。

都嘎尔一躺下来，策布乐就用颤抖的声音轻声跟他说："我还以为你就这么消失了。"说着用身体贴住他继续说道："现在这样就好了。"

一旦策布乐这样黏上来，都嘎尔就会束手就擒。策布乐把冒着细汗的额头贴在都嘎尔宽厚的肩膀上，抓起他的手放在自己肚子上，长长地舒了一口气。

"你的马呢？"

"在北边的细柳林里。"

策布乐叹了一口气，坐起来看着都嘎尔，下定决心说："咱们不要再这样了，你直接搬过来住吧。"

都嘎尔没吱声，过了好一阵子才说："我怎么向你的父母解释？"

"他们能说什么呢？说了也不重要，我们又不是为他们活着。"

"孩子呢？"

"孩子没事，他们慢慢就习惯了。"

"我还是觉得不太妥。"

策布乐突然失声地冷笑起来。

"你这是怎么了？"

"你可真是个孬种，胆子那么小，你那会儿是怎么在战场上打仗的？"

都嘎尔像被人掐住了脖子，觉得有一双可怕的眼睛在盯着他，掐住脖子的手也越来越用力。策布乐用温暖的手抚摸着他的胸口，他才稍稍轻松了一些。想到那双眼睛和手有可能是乌力吉的，都嘎尔就憋闷得喘不过气来。

"你怎么抖得这么厉害？"策布乐问道。都嘎尔却只含糊地回了一句："没什么。"

"你以后不能离开我了。我有了，是你的孩子。你直接搬过来吧，我家什么都不缺。乌力吉在的时候，你不是常劝我离婚吗？现在也一样啊，别人都知道咱俩是什么关系，你自己也知道吧。如果让我生一个没有父亲的孩子，我宁愿去死，再说你也不能一辈子打光棍吧？"

都嘎尔不明白策布乐在说什么。孩子？什么孩子？跟我有什么关系？这时刚才的眼睛和手反复出现在他的脑海里。策布乐安稳地睡去时都嘎尔依然睡不着，在床上辗转反侧。老狗邦哈尔独自防着过往的人，守护着圈里的牲畜。

其实还有一个人没睡，就是策布乐家的长子桑达格。妈妈抱妹妹过来时他就醒了，他一直在装睡，也听到了母亲和那个男人的每一句对话。桑达格很清楚妹妹到他被窝里来睡，准是因为都嘎尔要过来。听到刚才的对话，他明白了将来要发生什么，仇恨蔓延到了他的全身，泪水流了下来。他攥紧拳头，默默地躺在那里等着，大人一睡便掀开被子坐了起来。他觉得心跳在加速，在确定大人都已熟睡时，他便轻手轻脚地走过去开了门，走到包外。桑达格一出来，邦哈尔便跑过来蹲在他面前。他听了听包里的动静，转身朝河边走去。仇恨在他的心里燃烧着，虽然外面并不冷，可他浑身在打战，他攥紧拳头，流着泪走到河边。都嘎尔的马看到陌生人被惊了一下，可它也跑不了。桑达格左右看了看，解开马的偏缰，举起手来吓唬它，那匹马便响动它身上的鞍鞴消失在细柳林里。看到这一幕，邦哈尔起初还想去追那匹马，可看到小主人已调头回家，它也迅速跟了上去。

2

策布乐在三岁那年跟着母亲屁颠儿屁颠儿地在蒙古包和牛圈之间边跑边哭时，都嘎尔才刚刚降临到世上，睡在温暖的摇篮里。他们两家走得近，策布乐和都嘎尔就像姐弟俩。都嘎尔有好几个哥哥，策布乐还是最偏爱他，父母都说他快成巴扎尔家的孩子了。策布乐经常带着小她三岁的都嘎尔去放羊。春寒料峭的时候，他们在山脚下玩过家家度过美好时光，还背着人在一起玩；冬天他们就在储草的院子里玩耍。他们也不知道当初为什么要这样。当然，这一切都由策布乐策划，都嘎尔只负责执行。都嘎尔满十二周岁的那年春节，两家热热闹闹地在一起过年，孩子们挤在一个蒙古包里玩羊拐骨，直到玩累了才睡。

蒙古包里渐渐冷却时都嘎尔才发现自己挨着策布乐，一种莫名的害羞驱使他迅速抽身，策布乐却紧紧抱住他不肯松手。过了一会儿，都嘎尔刚才的羞耻感慢慢消失，全身变得异常舒服，他伸手紧紧抱着策布乐，感受她的心跳，也感觉到了自己的心跳。都嘎尔正奇怪接下来会怎样时，策布乐用膝盖用力地顶了他一下。都嘎尔浑身颤抖，心里立马燃起了羞耻之火，他转过身去背对着策布乐，脸上仍然是滚烫的。策布乐刚刚发育的双乳坚挺地触碰他的后背，就像烙铁一样让他倍感焦灼。

自那夜之后，都嘎尔再也没敢直视策布乐，也再没有一起玩。策布乐对他也不再那么热情，直到都嘎尔十五岁那年。都嘎尔的父亲在那年去世，他们跟着大儿子举家迁徙，两家之间拉开了距离。这未免有些伤感，这一年里，都嘎尔想念策布乐，想见见她。他觉得自己已是个顶天立地的男子汉。他去找她时，没想到她的变化那么大。一位长发飘飘、明眸皓齿的美女过来迎接，让他又惊又喜。策布乐果然长成了一个人见人爱的姑娘。他觉得自己在策布乐跟前就是一个不谙世事的小沙弥，他的心"扑通扑通"地跳着，以至于策布乐的父母问他话，他也只是含含糊糊地回答了几句，活像个呆子。晚上他透过天窗看着天上的星星，在策布乐床前的毡子上辗转反侧睡不着。策布乐用手摸了摸他白天精心打扮过的头发，又抚摸他的脸庞、下巴和脖子。他一动也不动，静静地躺在那里，过了一会儿他才鼓起勇气握住了她的手。策布乐从床上滑下来，钻了进来，害得他险些喊出声来。他不知道是什么魔力牵引着他发生了那些事。策布乐似乎早有预谋，在一切结束之后她又回到床上继续睡。天刚刚放亮，都嘎尔就骑着马匆匆忙忙地回了家。他发誓再也不去找策布乐，可仅仅过了两天，他就像个犯了错的孩子，耷拉着脑袋去找正在放羊的策布乐。策布乐也爱他，就这样，他们甜甜蜜蜜地度过了两三年的初恋时光，服兵役之前都嘎尔说他要结婚。

策布乐笑了，说："我可大你三岁哟！"

"没关系，咱们结婚吧。"

"你先去服兵役，等你回来之后再说。"

"那好吧。"

待都嘎尔复员回来时策布乐早已嫁了人，还生了孩子。都嘎尔深感意外，有一年时间都没去找策布乐。后来这件事逐渐被他忘却，但策布乐依然在他的心里，这让他备受煎熬。他想找个人结婚，又觉得这样会让他终身遗憾。策布乐的男人是邻巴克[①]的乌力吉，他比都嘎尔大六七岁，喜欢喝酒，酷爱热闹。都嘎尔知道他很随便。他怕乌力吉发现他和她的那点事，但还是忍不住去找策布乐。

"你变了，现在你看不上一个为人妇为人母的女人了吧？按理来说这也没什么不对。"策布乐冷冷地说。

"你为什么要骗我？"都嘎尔质问道。

"其实也不是。生活本来就这样啊。我没忘记你，听说你早已复员回家，我还等着你哪天能来看我呢。"说完策布乐深深地叹了一口气。

"真的吗？"都嘎尔低落的情绪一下子高涨起来。

"当然了，每天晚上都那么想。不管乌力吉在不在身边……"说到这里，她俏皮地笑了。都嘎尔眼睛都不眨，等着她之后的话。

"嗯，以后你经常过来吧，最近乌力吉不在家，公公和他说要给羊群喂碱，去了水泡子那边，一时半会儿回不来。你直接去家里吧，你不会是怕了吧？你晚上过来，第二天一大早就可以走。比起你家，我家管得还是松一些，行吗？"策布乐说。

都嘎尔觉得人妻不能这样，可一想到策布乐的好，负罪感就变轻了。

就这样，他开始了一段奇怪的日子。起初，他还怕乌力吉发现，后来似乎也觉得无所谓了。他觉得乌力吉能慢慢适应，可每一次遇见乌力吉，也会浑身颤抖，急急忙忙地择路而逃。

不久他们就成了大家的谈资。都嘎尔的哥哥数落他说："你有没有长脑子？整天守着一个浪荡货丢尽了自己的颜面，到底值不值？"

---

① 巴克：蒙古国基层行政单位，相当于乡。

哥哥说完后差点动手揍他。可他依然离不开策布乐，有好几次都想就此收手，可一想到策布乐温热柔软的身体和轻声呻吟，他的魂就像被牵走了似的，便会在深夜里骑马上路。一来二往，人们给他取了一个绰号叫"摇晃汉子"，过了些日子，他的真名被人们忘记了，只剩下了那么一个绰号。他很清闲，无论去哪儿都在马背上轻轻摇晃着，所以才有了这样的绰号。

别人拿他打趣，他就说："我就这么一匹马，必须得爱惜它，不能骑得太快喽。"

有一天他突然想摆脱闲言碎语安静地生活，便去找策布乐说："你离婚吧，咱俩过。你这么活着有什么意思？"

听了这句话，策布乐想都没想就说："我不离，你还是找个别的女人吧！"

这句话惹怒了都嘎尔，他说："你在和我开玩笑吗？这样也太折磨人了。"

此刻，策布乐绝情地说道："你以为我好受吗？"

没等都嘎尔接话，策布乐便掀开自己的衣服，指着自己的腰部说："你看！"

都嘎尔看到她娇嫩的皮肤上有一排红色的小鼓包，惊讶地问道："怎么弄的？"

策布乐穿好衣服，不紧不慢甚至有些冷漠地笑着说："他拿马绊子抽的，等别人都睡了他就这么干。我却替他守着这个秘密，从没跟别人说起过。"

"怎么连我也不告诉？"

"没什么，我又不是因为你才挨的打！告诉你又能怎样？你能把乌力吉给揍一顿？"说完她便哈哈大笑起来。

都嘎尔愣愣地站了一会儿说："你离婚，咱俩过吧。"

"不，我不能离婚，也不想离，我们都有孩子了。都已经这样了，你说怎么办？你还是找个女人吧，我们还能保持现在的关系。"

事到如今，都嘎尔也没有任何办法，沮丧地撑到了哈拉哈河战役打响的那天。那年春天壮丁们都被拉去充军，包括乌力吉和之前已服过兵役的都嘎尔。

3

桑达格无法接受父亲已战死沙场，永远都回不来的事实。他强忍着泪水，等待着父亲回来的那一天。可是，厄运真的降临到了他的身上。胸前佩戴红色勋章的都嘎尔和其他几个被临时抓去充军的男人会经常来他家，都嘎尔有时直接在他家里过夜。那天起，他彻底相信了父亲永远回不来的事实。

那天都嘎尔喝得醉醺醺的，他说："我们三个人一起去打探敌方情报。然后……你们想想看，日本人的八辆汽车包围了我们，只有我一个人跑出来给部队送信儿。他们在日本人的包围下……等我回来时乌力吉和另一个战士已被杀害了，是我来晚啦。你知道我是怎么跑出去的吗？我的耳边都是呼啸而过的子弹……可怜的乌力吉，是我回来得有点晚了，晚了……"

都嘎尔的话断断续续，坐在后面的桑达格听着却已泪眼蒙眬。他恨恨地想，如果他走快点父亲就可以平安无事。这样一想，心中的仇恨之火完全被点燃，他知道了什么是他该憎恨的。

那一晚桑达格没有合眼，借着蒙古包里微弱的光线看清了一切。他反复想了几次，缕清了事情的来龙去脉：父亲的死和都嘎尔有必然的联系。之前，他看到父亲在夜里常用马绊子抽打母亲，嘴里还说："你少和都嘎尔合起伙来欺负人，小心我一刀下去把你们俩全给杀了。"他真后悔自己当时哭着护妈妈。从那天起，这个孩子的眼神里多了几分冷冷的恨意，开始看不惯母亲的一举一动，一句话都不肯跟她说。后来母亲也察觉到了什么，主动跟他打招呼，可他总是一扭头，理也不理。渐渐地母亲也开始对他冷漠，这更加剧了他心中的仇恨。每每这样，桑达格就特别想念父亲，整个人也变得消瘦了许多。

桑达格觉得那次都嘎尔是故意迟到的，他想侵占自己家的财产，想和母亲结婚。他的绰号叫"摇晃大汉"，他本来就走不快，那次为了当上自己家的男主人，肯定故意放慢了脚步才会迟到那么久。

放羊时想起这些，桑达格便攥紧自己的拳头，他不知道这个仇该怎么报。父亲健在的时候他还以为父亲不爱自己呢，现在想起来就后悔莫及，潸然泪下。桑达格周围的一切都变了，他自己、牛羊、住所和山山水水都变了。他咬紧牙关承担了父亲健在时所干的家务活儿，对母亲更加冷漠无情。母亲责骂他，甚至动手打他的时候他都忍着不流泪，躺在床上恨恨地小声说："你和都嘎尔合起伙儿来打我吧！"

他们母子的关系就像被谁塞了一块冰，变得冷冰冰的。

4

那场战役彻底改变了策布乐的生活。

现在没有什么是她觉得合心思的。现在回想起来，之前的日子还算幸福，又好像很不幸，一切都朦朦胧胧的，叫人琢磨不透。策布乐想了好久，但是越想越乱。乌力吉的牺牲并不叫她有多难过，可生活从此就像河的北岸那些落光了叶子的细柳，变得光秃秃空落落的。想到这些，她觉得自己在丈夫生前造了孽，她开始整日吃斋念佛。

每次都嘎尔来的时候策布乐都哭着喊着说："你该搬过来跟我一起过日子了！"以前都嘎尔如果听了这话，他的头会点得像针茅，现在却变得不声不响的。

"如果你老这样，我就搬到你家去住！"策布乐这样吓唬他，都嘎尔也无动于衷。

夏天就这样悄悄地过去了，清晨的地面上落了白霜，河岸边细柳的叶子开始发黄。大家都知道了策布乐怀孕的事，便开始交头接耳、议论纷纷，这些风言风语随着秋风传遍了整个草原。都嘎尔也不再避讳什么，大白天也来看望她，让她的心稍稍轻松了一些。可她觉得这并非长久之计。

有一次策布乐抽泣着说："你怎么开始讨厌我了？真不知道你在怕什么！你瞧瞧我的肚子，再过几个月孩子就出生了，咱们赶紧结婚吧，你去找爸爸商量一下。"

都嘎尔叹了一口气，说："你儿子肯定不同意，他现在是大孩子了，不好应付。他看见我，就像看见了一头狼。"

"孩子没事，他们慢慢就习惯了。"

"不可能。他觉得是我把他父亲给……"

"如果这事不是真的，那你怕啥？"策布乐失声地笑道。

都嘎尔沉默了一会儿才说："把母亲送到冬营盘，我就过来跟你过，再也不走了！"说完长长地叹了口气。

策布乐也舒了一口气，嘴角露出了笑意。她有些心疼地说："你不用担心桑达格，这事由我来解决。"

深秋的一天晚上，策布乐和儿子敞开了心扉谈。那天白云停泊在山头，细柳的叶子都掉了个精光，她一整天都在哄儿子开心，儿子却始终没给过她好脸色。趁着睡前的安静，策布乐决定先开口，儿子则坐在床上，一声不吭。

"儿子，你长大了，可这里里外外的活儿你一个人是干不过来的……你不要对都嘎尔叔叔那么冷漠,好不好？以后他会是你的继父。儿子,乖,你可不能对他出言不逊。"策布乐语重心长地说。

儿子还是一声不吭。

"都嘎尔叔叔说来我们家过冬，再也不走了。"

儿子抬起头，打断了策布乐的话，冷冰冰地说："他来我们家做什么？"他的声音很轻，但话语中却充满了敌意。

策布乐的心凉透了，她不知道该怎么回答。

"你可不能这样，都嘎尔叔叔是个好人呢。"

"瞎说，他是大坏人，为了我们家的财产，为了要当户主才和你……也希望父亲早些死，所以……"儿子低下头不再作声，肩膀在愤怒的情绪下抽搐着。

策布乐听了气不打一处来，不知不觉提高嗓门骂道："你这个孽障！"

"你也希望父亲早点儿死吧？"儿子喘着粗气说，每一个字都落地有声。

她似乎看到了乌力吉活生生地站在自己的面前，突然慌了神，说了一句："我的老天！"便再也说不出一句话。谈话就这样到了尾声。

策布乐整夜都没有合眼，儿子伤透了她的心，她在夜里偷偷地哭。人生在世，真是不容易。她不仅没想过要让乌力吉死，还担心他不理她了呢。乌力吉健在的时候，她没说过一句难听的话，也不曾给他摆过一次脸色。

乌力吉揍她的时候她也只会说一句："你真是个畜生！"但是从不反抗。

儿子的一句话真是伤透了她的心。她觉得这是儿子的不是，可又觉得儿子也没有错。她擦干了眼泪，把这一切又仔仔细细地想了一遍又一遍，这时她的心里才舒服了一些。

这也不关孩子的事，我为什么要跟孩子讲这些呢？自己忍一忍其实就好了，如果实在不行，就把他放在他姥爷家里吧。

5

都嘎尔现在只剩一条路可走了。他沿着叶子早已落光的细柳林骑马走在凹凸不平的小路上。除了头顶偶尔有一只小鸟飞过，再看不到任何动物。秋天一到，河边一下子就安静了。他这次是要去巴扎尔老人家里，越是靠近他家，他心里的想法就越折磨他。他真想放下一切逃之夭夭，可策布乐腹中的孩子让他做出了这样的决定。策布乐的笑声和桑达格冰冷的目光在他看来是那么可怕，这让他想起了与乌力吉的最后一次见面，一想到这些，他就坐立不安。

战斗持续了两天两夜，乌力吉和布里亚特小伙子巴拉丹躺在炮弹打出的沙坑里。乍一看，就像两个人挨在一起休息，可仔细一看就变成了可怕的场景：子弹从乌力吉的后脑勺儿飞进去，穿过了他的额头，他还

137

眯着眼睛，嘴角微微上扬。他的手里紧紧抓着一把沙子，军服的衣襟大开，露出了被晒黑的胸脯，他的鲜血和沙子混在一起，他看起来像个沙雕。布里亚特小伙子巴拉丹脸朝下枕着乌力吉的膝盖，后背被刺刀刺了无数次。细看就能发现这位小伙子在生命的最后一刻想爬出去，此时一发子弹刚好穿过了他的脸部。

大家围着两具死尸站着，谁也不敢说话，只有都嘎尔小声地说了一句："我说过我们应该一起走。"可谁也没听见他到底说了什么。

在战争时期发生的这件事就那么悄无声息地过去了。现在当他站在沙丘上，这一幕就像日本刺刀一样渐渐地吞噬着他，把他啃得骨瘦如柴，体内的五脏六腑已被掏空，只留下了恐惧。他觉得这样的恐惧像一套绳索，每次都拉着他走向人生的谷底。如果都嘎尔再勇敢坚强一些，就可以摆脱策布乐的纠缠。大自然却跟他开了个玩笑，让命运牵着他走。此刻他骑着马正在去巴扎尔老人家的路上。

他讨厌策布乐说他是懦夫，也悔恨自己没有当场反驳。他反复对自己说"你就是这样一个懦弱的家伙"，以此来安慰自己，他原本也是这样的人。不过策布乐肚里的孩子给了他力量和希望，让他重新发现了生活的意义。桑达格的眼神和他父亲的一模一样，这让他心生畏惧，想起自己经历的那件事，心里不禁打了个寒战。

不一会儿，他就到了位于巴扎尔老人家东边的哈达特山头，山顶上的那座峰就像个戴着帽子的人。之前每次看到这座山，都嘎尔就心生快意。不过今天只是苦笑了一下，继续赶他的路。他一笑，额头就起了皱纹，两条眉毛几乎就要连在一起。他突然看到"人"形的山峰那边来了一个骑马的人。他便赶紧勒马驻足，都嘎尔总有一种不祥的预兆。那人是桑达格，等桑达格走近的时候他都不敢抬头直视他的眼睛。这是他们俩入冬以来的第一次见面。周围非常宁静，秋日的太阳也暗淡无光。两个人相遇后都嘎尔真不知道说什么好。桑达格走到几步之遥勒马停下来，双眼恶狠狠地盯着他。

"怎么了？你妈妈好些了吗？身体难受不难受？"都嘎尔看着桑达

格轻声问了这么几句话。

"妈妈还好，不过……"桑达格咽了一下口水，不再言语。

都嘎尔突然觉得还是走为上计，他准备催马时桑达格横过来，一字一句地跟他说："请你以后不要去我家！"说完舔了舔干裂的嘴唇。

这句话让都嘎尔险些跌下马来，他的嘴里蹦出了三个字："为什么？"

"为什么？为什么？"桑达格用尖细的声音喊道，眼睛几乎要冒出火来。他流着泪继续说："你……肯定杀了我父亲。你还想和母亲一起过日子，成为我家的户主。你……你杀了我爸爸……我不会让你进门的！"

都嘎尔将他拽下马来按在地上，朝他大声地喊道："不是，不是这样的！"巨大的喊声惊动了落在石头上的喜鹊。莫名的愤怒和怨气让都嘎尔的手不再听使唤，他死死地掐住了桑达格的脖子。

"你杀了我吧！肯定会有人来收拾你！你杀呀，杀！"桑达格叫喊着，还挥动着双手还击。就在这时都嘎尔突然清醒了，他不再纠缠因为仇恨浑身像枯叶一样颤抖的桑达格，骑上自己的马，调转了马头。桑达格扔过来的石子击中了他的后背他也并不理会。调转马头前，他看到有人从远处骑马过来，也看到了桑达格的马正在拖着缰绳吃草。

都嘎尔毫无目的地打马狂奔，嘴里疯狂地大喊着："事情不是这样的，不是这样的！"他催马穿过河面薄薄的冰层，钻进河岸边的小树林里，跳下马去，他再也忍不住了，一个人"呜呜"地大哭起来。

"乌力吉不是我杀的，老天爷，我没杀过人啊。"他反复这样说，可越说越没信心。后来连自己都不相信自己没杀过人，这正是他最害怕的。现在他心乱如麻，往事再一次浮现在脑海里。

他们三个人并排躺在沙丘上，看到那边有一群身穿怪异军装的日本人正从军车上跳下来。在闷热的夏天里，那些人喊着别人听不懂的口令。在此之前他没见过日本人，被拉来充军之后他先被分配到后勤组，这几个月来都在挖防空洞，乌力吉是他们的班长。八月初，部队突然迅速向哈拉哈河挺进。他和乌力吉，还有一个叫巴拉丹的布里亚特小伙子走在部队前头去探路。日军的刀刺在阳光下闪闪发亮。都嘎尔回头一看，山川灰尘一片，觉得自己已被敌人发现，小声地说了一句："我们被发现了。"那时，他感觉心在绞痛，脸上的表情很痛苦。

"发现了又能怎样？"乌力吉咬着牙说完把枪夺过去。

布里亚特小伙子也给枪上了膛，无助地问："怎么办？"

此时日军似乎真发现了他们，正在雄赳赳地爬着坡。

"回去吧，赶紧给部队报信儿去。"都嘎尔说得很干脆，说完他看着乌力吉。

"不能，我们三个不能都走！"乌力吉斩钉截铁地说。

都嘎尔真想跑过去就骑上马，可是身体像被什么东西黏住了一样，动弹不得。

"先派一个人过去！"乌力吉说。

都嘎尔看到了一线希望，他心跳加速，小声问道："派谁？"

"还能有谁？你啊，快！"

都嘎尔跃身而起，拼命往前跑，身后扬起的沙尘落在他的头上。他准备骑马时身上的枪都成了负担。他准备骑马奔向长满野桃树的小盆地，可马儿怎么也不肯走。仔细一看，发现右侧的山头上埋伏着十几名日军。都嘎尔跳下马，趴在滚烫的沙子上，一给命令，训练有素的那匹马也趴了下来。他紧张得要命，如果敌人发现了他，肯定会朝这边开枪，可日军似乎并没有发现他，正朝着沙丘匍匐前进。他都能看得见敌人黑色的鞋底和手中明晃晃的匕首。

日军这是要从后面攻击他的两位队友，他赶紧瞄准，却没有扣动扳机。好像有人在他耳边说："他们有十来个人呢，你能打得过吗，还不如……"沙丘那边响起了枪声，子弹呼啸而过。看着正在他前面匍匐前进的日军，他心跳加快，手心冒出了冷汗，躺在那里动也不敢动，嘴里小声对自己说："等他们一离开，我就去找大部队。还是别开枪啦，一开枪就完啦，现在不能开枪，不能，他们会从后面打死我的。不能开枪，没人知道我开没开枪。"

一切都结束了。他想哭，却流不出一滴泪，战斗结束了。现在他唯一的伴儿是那匹马。

"我怎么不跟战友们一起死呢！"他悄悄地问自己，用力拽衣襟，拽得衣服上的扣子都脱落到地上，胸口灌进了冷飕飕的风。

蓝天冰冷遥远，光秃秃的细柳在风中呼啸着，好像在说：你就是人渣！

的确，他真的是个人渣。原来胆怯的人离人渣的范畴那么近，他像个被世界遗弃的孩子，孤独地躺在原地，看到天上有一只老鹰正在展翅滑翔，用敏锐的眼神观察着小树林里的风吹草动。

6

策布乐的产期已临近，她已干不动进牛圈挤奶等琐事了。现在还没到去冬营盘的时候，冷风吹进包里，没有取暖设施的蒙古包里变得冰凉。巴扎尔老人一家想在策布乐临产之前动身去冬营盘，他们正在收拾东西。桑达格出去找骆驼，很晚才将它们找回来。他来不及进包里，拿了绊绳准备放马去吃夜草，突然听见包里有人喊他。他进了包，看见母亲躺在那里，看起来很疲惫。

"妈妈，您怎么了？"

"没事，儿子。你冻坏了吧？"

"还好，我出去放马，让它们吃些夜草吧。"

策布乐连哄带求地跟儿子说："儿子，你能去一趟都嘎尔叔叔那里吗？最近一直不见他。去了你就说我们明天就要转场，告诉他我就要临产了，好吗？他家离这儿不远。"

想要出门的儿子突然站住，说："估计他不会来了吧。"

策布乐像被什么东西蜇了一下，迅速地坐起来，脸色苍白地说："你说什么？你怎么知道他不来？你们不会……"

"不来就是不来，他不会来的。"

"为什么，为什么？你……"

"上次他想掐死我没得逞，后来径自去了河边，估计是不会来了。"

“为什么？”策布乐现在只能重复这句话。

“我叫他不要来咱家，他就开始跟我动手。”桑达格说话时脸上还带着胜利者的微笑。

策布乐再也忍不住了，她不顾腹中的孩子，跑过去一把将桑达格推倒。放奶油的木桶被他撞翻，白花花的奶油流了一地。策布乐拽下挂在包里的马嚼子，开始发疯似的抽打桑达格。

“你还想怎么折磨我？我是造了什么孽生下你？”策布乐流着泪说，手里的马嚼子没有停，“我疼你疼成祸害了？真想让你死去落个清净，现在你就差煮了我吃肉了，难道我没疼你爱你吗？”

儿子扶着叠好的被褥站起来，额角流着血。看到他这样，策布乐把手里的马嚼子扔到一边，后退几步，嘴里喊着“我的孩子”。她想给他擦一擦。儿子没流一滴泪，瞪着她边往后退边嘴上说：“别骗人了，你就没疼过我。如果……父亲，还有我……你不用骗人，你根本就不爱我们，鬼话都是骗人的。”

“我的儿啊！”策布乐有气无力地喊了一声，倒了下去。

7

都嘎尔来了。冬营盘那里的松林披着厚厚的雪，棵棵站立的松树在夕阳下显得庄严肃穆。雪地上交错着狐狸、兔子和雪兔的脚印，从松树间可以看到三座蒙古包、羊圈里的羊群、头部胸部结了霜的牛和正在包外飞飞落落的小鸟。

都嘎尔牵着马站在松林里，摘了帽子听包里的动静。离他最近的蒙古包里有人在聊天，还伴着牛犊的“哞哞”声和山羊打响鼻的声音。即使他的耳朵都要被冻掉了也不肯戴上帽子，依然站着继续听。夕阳西下，松林发出微弱的呼啸。他用手轮流捂住耳朵在听，伸长了脖子努力听，生怕自己错过什么。天黑得已看不见东西，他只听到自己坐骑的呼吸声。他之前从未觉得羊哼哼、牛反刍时的声响有那么大。突然……松林开始震颤，马儿警觉地竖起了耳朵。孩子的啼哭声传到都嘎尔的耳朵里，他的头撞到了冷冰冰的树干上，困意也随之消失，呼吸变得急促，两行热泪流过早已被冻麻的脸颊。因为高兴，一股暖流迅速在他体内扩散开来，他抱住冷冰冰的松树，哭得像个孩子。婴儿"哇哇"的啼哭声久久地在他心里回荡，那是他的孩子。世间的任何力量都无法让都嘎尔再挪动一步。他用冻僵的嘴唇一次次默默地呼唤着："孩子，孩子，我的孩子！"可惜没有人能听得见。

8

火球又出现在都嘎尔的眼前。

火球慢慢靠近，令他灼热难耐。火球由红色突然变成了耀眼的白色，让他浑身颤抖，睁不开眼睛。周围皑皑一片，目光所及之处一览无余。他的耳边响起莫名的呼啸声，心跳加快。他被捆在原地，动弹不得。

"放开，放开我！"都嘎尔拼命地喊，用力地挣扎。隐形的力量似乎没听见这句话，依然我行我素。

"我要死了，求你放了我吧。"他苦苦哀求道。在乱糟糟的呼啸声中竟然能听得到策布乐的笑声，让他又喜又怕。

"你在那儿吗？"

"我们什么时候分开过？"

"孩子怎么样了？孩子……我的孩子……"

"那不是你的孩子，你没有孩子。"

"不！我有……有……"

"没有，没有！"

"有！有！"都嘎尔大喊着，他想摆脱束缚，哪怕抬起头来也好，可惜他现在根本不能。策布乐的嘲笑突然变成了乌力吉带着憎恨的呐喊，叫他缩成一团。

"完了……乌力吉这次肯定是来带我走的……"

"你一无所有，你知道吗？"乌力吉咬着牙贴着他的耳朵说，冰冷的呼吸灌进他的气管里。

"乌力吉！我还没死呢……"

"你早就死了，知道吗？你去找部队的时候就被日本人给打死了。"

"不，我还活着呢。"

"你死了。"

"不，不，我藏在那里一直没动，活着跑出来了。"

"在那儿你就死了。你该死，你应该死在那儿。"

"不，我跟你说过我不会死的！"

"如果你还活着，我们是见不到面的。"

都嘎尔没有一点力气接着再说话了。他听到震耳欲聋的声音，接着就被人轻轻抬了起来。他又看到了那颗红红的火球。

"谁？"都嘎尔喊道。

"你是乌力吉吗？"

没人回答，他开始缓缓上升。

"策布乐，你说话呀！策布乐……策布乐……"他非常害怕，使出浑身的力气喊道，"我不想死……策布乐，我不想死！策布乐……策布乐……"

来到冬营盘之后，人们发现那条名叫邦哈尔的老狗不见了，巴扎尔老人和桑达格便赶紧去找。守家护院一辈子的老家伙就那么死掉了。这么一想，桑达格开始悄悄落泪。

巴扎尔老人空手而归，坐在蒙古包的火撑子旁边，沉浸在心事里吸着烟。策布乐在包外惊叫了一声，两位老人匆忙跑出去看。桑达格从松林里拉着一个硬邦邦的东西正往这边走。原来那是挣扎在冻死与发疯边缘的都嘎尔。

人们都没注意到邦哈尔此时从另一座蒙古包里跑了出来，正舒舒服服地伸着懒腰。老狗很奇怪主人们怎么会有这么大的动静，准备前去探个究竟。从包里传来了婴儿的啼哭声，让它止住了脚步。

山峦之间的平地上覆盖着皑皑白雪，光与影将它一分为二。桑达格走走歇歇，拽着都嘎尔从影子里走出来，跨过光与影的界限，走到了阳光下。

从松林到蒙古包的雪地上留下了一道发黑的痕迹。

1982 年

贡·阿尤日扎那

　　蒙古国青年诗人、作家、翻译家和评论家贡·阿尤日扎那（1970—　），出生于巴彦洪戈尔省，1994年毕业于高尔基文学院。非韵文作品有《萨满传说》（长篇小说，2010）、《幻觉》（2002）、《狼债》（2005）、《无爱世界的短衫》（2008）等，诗集有《短诗》（1995）、《孤独的叶子》（1995）、《当时光停息》（1998）、《男人的心》（2000）、《哲理诗》（2001）等多部。文学研究与评论作品有《世界文学优秀作品85篇》（2002）、《文学随谈》（2004），并将威廉·福克纳、博尔赫斯等作家的作品翻译成蒙古文。曾获蒙古国作家协会奖和优秀作品金羽奖。

猫人的影子

贡·阿尤日扎那

1

据说以前真的有猫人。只是不知道那时候是不是叫猫人。猫这个词是从汉语传过来的。蒙古人之前没有养猫的习惯。这小东西不能看家守舍，对我们这个游牧民族能有什么用处呢？

据说第一个猫人是一位来自远方的喇嘛，每一个人都好奇他的影子。他的影子翘起尾巴，样子很怪。其实也不好说他是不是喇嘛。猫人天生口臭，每次张口，都会发出恶臭的味道。所以他一辈子没怎么跟人对过话，独自想着自己的心事，结果人们都以为他是正在修行的喇嘛，也有人把猫人称为喇嘛。

没听说过他们待在寺庙里，他们倒是手持弓箭，整日在山间寻找猎物，个个都是好猎人。他们身上挂着铗子飞跃在山间，从高处跳下来，双脚稳稳落地。真是怪人。他们不喜欢别人接近他们，也不轻易和他人说话，他们的女儿也不嫁外族。在阿尔泰，上门女婿受人鄙视，所以猫人的姑娘们只能找孤儿嫁掉，男人们则领着侄儿们游走于山石间。

这些是参加1912年科布多①战事的一位老汉告诉我的，我们是老乡。

---

① 科布多：蒙古国西部城市，科布多省的省会。

后来别人都叫他"游击队员哈斯"，他使用过的军刀应该还被省博物馆收藏着。

哈斯和一群人从故乡出发。其中一个小伙子动作敏捷，被扎喇嘛①看上，留他在身边当护卫。这位扎喇嘛，是黑帮历史绕不开的名字。扎喇嘛杀人祭军旗，活剥人皮，把敌人的耳朵都放在一个袋子里，是一个可怕的人物。他的三位贴身侍卫长相如猫，善于跑跳。或许是因为扎喇嘛，人们才管猫人叫喇嘛。口臭难闻的那个人，或许不是猫人的祖先，是扎喇嘛本人。历史在每一个人的手里都会有自己的样子。没有人知道猫人的来龙去脉，这让扎喇嘛很欣慰。别人都不知道扎喇嘛是从哪儿冒出来的。有人说他是伏尔加河畔的卡尔梅克；也有人说他是柴达木盆地的厄鲁特；也有人说他来自呼和浩特，生于阿拉善；也有人说他是阿睦尔撒纳②转世。

不管怎样，我家乡的一个年轻人与这些护卫来往密切，与一位猫人的妹妹结了婚。他的妻子连年受孕，只是到了三四个月时孩子便掉了。据说扎喇嘛有一次与她过夜，那女人像受了伤，低声呻吟，后来生下一子。

俄国人来抓扎喇嘛时，我的老乡受命去了西藏。他的三个内兄被子弹打成了筛子。俄国人走后他才领妻儿回家。他的妻子像小豹子，能在山石间自由穿梭，抓来羊羔。

十几年过去了，被抓去坐牢的扎喇嘛突然灵魂再现，来找他的侍卫。他的侍卫不轻易放走身边的人，后来销声匿迹了几年，据说是在乌里雅苏台坐了牢。他的妻子是一个奇怪的女人，走路扭动着身子，吸引所有男人的目光。她去乌里雅苏台，给那边的官员送去一个上好的马鞍，救出了她的男人。她看到扎喇嘛的尸首在乌里雅苏台被悬挂

---

① 扎喇嘛：也叫黑喇嘛，本名丹毕坚赞，出生于俄国西蒙古杜尔伯特部，1914 年关于他暴行的报告送到俄国政府处，被俄国政府送进监狱，1917 年获得自由；1921 年同流亡到外蒙古的白俄军队合作，同年失败后逃至新疆成为土匪；1924 年被一支远征军斩了头。

② 阿睦尔撒纳：生活在 1723 年至 1757 年间，清代厄鲁特蒙古辉特部台吉，准噶尔汗策妄阿拉布坦外孙。

示众。

　　当时哈斯就问他："你们到哪儿去了？"那侍卫说："好吧，我把秘密告诉你。我们去了大戈壁，那里连一只鸟都无法飞过去。我们在那里盖屋架舍住了三年。那里白天像墓地一样静悄悄的，可到了晚上就鬼哭狼嚎。我们在那边干了很多伟大的事情，像做梦一样。那里的人们没什么欲望，所以遍地是金银。扎喇嘛还让我照顾他的妻儿。"

　　他怕有一天扎喇嘛会深夜下令，总是和衣而睡。后来他的儿子长大参了军，他依然保持着这一习惯。他的儿子回来之后结了婚，育有一女。老伴儿去世之后，那老汉变得絮絮叨叨的。听说扎喇嘛的头颅被俄国人浸泡在福尔马林里，老汉说："去！扎喇嘛没死。现在肯定还活着。他早就预料到有人会暗杀。他有三个替身，和他一模一样。他们哪能知道哪个是真的，哪个是假的？红军只杀了其中一个。如果是我，看一眼便能知道真假……"

　　后来，老汉去了另一个世界。临终前，他把哈斯叫到面前，说："看来我很难在扎喇嘛面前效力了。我听说那些目光奇怪的人过来找过我的孩子们。估计你一眼就能认出他们。帮我保护家人。如果我儿子还能生个儿子，长大后一定像小豹子，能在山石间自由穿行。还望你多多指教。好了，我的心事都说给你听了。"

　　老汉的儿子没有再生育后代。他的独生女长大后找了一个富裕人家的孩子，住在城里。他们俩整天在工地上干活儿，也没误了两年内生下三个女儿。她和她的母亲一样，在特定的季节繁殖。俄国医生对此非常感兴趣，让她住进四万元的房子。她的孩子们整天在板皮栅栏还没完工的房屋里嬉戏玩耍。

　　从某天起，孩子的父亲不再回家。有身孕的母亲被医院的救护车带走了。孩子们去过一两次医院，去探望她们的母亲。又生下一个孩子后她们的母亲便去世了，孩子们被分到三个人家去寄养。说来也巧，最小的那个刚刚出生就被匈牙利夫妇抱走了。

　　小女儿嫁给了一位学者。这位在动物学方面颇有建树的男人去哥萨克①参加学术会议，回家途中遭遇山洪，年纪轻轻的就死了。他可怜的老婆受刺激变得疯疯癫癫，整日像猫一样叫着。孩子们折下树枝抽打她，然后迅速跑掉。她则像猫一样缩着身子，"喵"一声，逃到没有收工的建筑内，或到当时在乌兰巴托随处可见的板皮栅栏里躲避。他们是一群可怜的人……

2

对，对。的确有这样一个疯女人。为了能看她发出奇怪的叫声跳进板皮栅栏，我还和其他孩子们追着她跑了好久。

哈斯老人的话题还在继续："他们真是一群不幸的人。抱养小妹妹的那家原来是外国间谍，被抓走后剩下一个十岁左右的孩子在空旷的房间里。后来，她死于难产……"

我眼前开始浮现一些往事。

我还清清楚楚地记得，的确是有过这样一个疯女人。

"猫小姐，猫小姐。"孩子们喊着追她，女人则像被狗撵着，狼狈逃窜。孩子们更兴奋，叫喊声一浪高过一浪。有个男孩抓起一块石头扔过去。还真准！石头打在女人的后背上，疼得女人蹲下来，大叫了一声："喵!"孩子们笑得更欢，每一个人都拿起了石头。疯女人不再跑了，蜷缩在屋子的角落里，歪着头，用恐惧的眼神观察周围。

孩子们把手中的石头扔过去。

"哈，我扔得可真准!"

"你的手是歪的吗？总是打不着……"

我被激怒，从怀里掏出一块光滑的石头扔过去。

这时候猫人的手刚好没遮脸，她想吓唬那些孩子，发出尖叫。我扔过去的石头刚好落在她皱着的双眉中间，发出一声轻响，她用微弱的声音"喵"了一声。这声音听起来不像是从我身边发出来的，而像是来自

---

① 哥萨克：生活在东欧大草原的游牧社群。现在主要生活在俄罗斯和乌克兰。

遥远的另一个世界。猫人捂住脸，鲜血从她指间流下来。孩子们拼命欢呼："打得真准啊！"

如果不是大人出来大喝一声，嫉妒我的孩子们不知道要往那边扔多少块石头。那些满脸红彤彤、浑身是汗的孩子们或许会杀了她。大人出来喊，我们才四散。

我突然良心发现，内心开始隐隐作痛。

几天后，我们看到猫小姐的双眼肿成了一条线，脸像面具。

"蟒古斯①，猫人蟒古斯！"孩子们欢呼。

疯女人的眼睛估计已经看不见东西了。她的眼珠转来转去，想看清楚周围有没有大人。我羞愧难当。附近的孩子们，只要见到猫小姐便百般折磨。疯女人一看见孩子拔腿就跑。从那天起，我不再欺负她，不过也常去凑热闹，看那些孩子为了让她发出猫叫，用树枝抽她。

唉，童年哟。人都说童年是天真无邪的。可在我看来是那么野蛮，那么愚蠢，那么……即便是现在，我们也常常犯错，践踏他人的尊严。

听着那些故事，我轻轻叹了口气。我感到身轻如燕，长有利爪的动物正在醒来，抖抖身子，舒舒服服地伸展腰身，看起来美丽可人。

我们往往陶醉于聊天内容，忘记了照顾自己的内心。在我的内心世界里，猫人的影子正在轻手轻脚地、一步步地接近我的心。

是的，是猫人的影子。

2005 年

---

① 蟒古斯：蒙古族传说中的恶魔。

黑键旋律

贡·阿尤日扎那

曲子很怪，却有吸引人的魔力。

"是你的作品吗？"

"嗯。"

"这首交响乐叫什么名字？"

她听出我有打趣的意思，直视着对我说："《黑键旋律》。"显然，她生气了。

"《黑键旋律》？"

这名字让我更加好奇，为什么它叫《黑键旋律》呢？

她的钢琴现在已经很难叫钢琴了，木质外壳被卸了下去，我们只能依据键盘的位置说它曾是一架浅黄色的钢琴。所有弦列和木槌都露在外面，像极了人的骨骼。钢琴的全部白键也被人抽掉了，看起来糟糕极了。这应该是一个疯狂的家伙，手里拿着钎子拔掉了所有白键。我们可以想象一下：他应该是个工作狂，浑身冒着臭汗，有着食肉动物般凶猛的眼睛，相貌丑陋无比。

可你看那些黑键，还闪闪发亮呢！更奇怪的是，剩下的那些黑键像刚刚出厂似的，一尘不染。

那架破钢琴直接被放在地上，以前下面还铺着一块旧地毯，现在在这间连地板都没有的屋子里，这架钢琴显得很不和谐。

房间里没有其他家具，只有一张弹簧床和一高一低的两把椅子，现在她就坐在那个高一点的椅子上。房间里没有炉灶，很显然，她从不生火。

没有地板的郊区空房子。受过虐待的钢琴。它们之间那么不协调，可也没有一个让这一切再协调一点的方法。

"你的钢琴是在哪儿学的？"

"这儿。"

"就在这架钢琴上？"

"对。"

"多长时间？"

"两年零二十三天。"

我这都问了些什么呀？其实连我自己也不清楚到底问了些什么，我只是张了张嘴而已。是买来这架钢琴过了两年零二十三天，还是钢琴被抽掉白键后过了两年零二十三天，或者是说她在这架体无完肤的钢琴上成功弹出《黑键旋律》后过了两年零二十三天？

我没有继续问下去。

"他怎么把钢琴都弄坏了？"

"他……？"

"对啊。他为什么……？"

"你怎么还认识他？"

我还想着那个红脸汉子，只有那种家伙才会把钢琴弄成这样。那家伙……忘了是在哪儿了，我见过他。不然我哪儿来的这么大的自信？就像我跟他是老朋友，亲眼看着他把钢琴给毁成这样似的。

"他不喜欢《白键旋律》，为了不让白键出声，他就拿起它……"她说着指了指门口。那边躺着一把大钎子，和我想象的差不多。只是我以前没怎么注意而已。

"《白键旋律》也是你的作品？"

"是啊，我给你弹一下。"

钢琴上一个白键也没有。别人都喜欢《白键旋律》，就他不喜欢。

"那他喜欢《黑键旋律》吗？"

"《黑键旋律》完成的时候他走了，进去了。"

"进去了？"

"牢房。"

"因为啥事儿？"

"强奸……"

听完这席话，我浑身变得不自在。这里……窗外呼啸的秋风吹进了屋里。

"能再为我弹一遍《黑键旋律》吗？"

她什么也没说，又弹了一遍。等我拿出随身听来录音时，已经错过了开头的两三个小节。

女人的脸色苍白，嘴唇在颤抖。她的手指不好看，却在残破不堪的钢琴上弹出了美妙的旋律。

她是我的第一个病人。刚一见面她就拽着我求我让她回去一趟。她说满足了这个愿望，她就再也不来麻烦我。我找医务总监说情，满足了她。她打上出租车，跟我去了希尔哈达尽头的第七公交站那里。她回家弹了一遍《黑键旋律》后，从家里出来，用圆形大锁锁了门，把钥匙直接交给了邻居。

过了五六个月，我辞去医院的工作下海，那是 1991 年的事。下海热退去之后我开了一家药店，这也没什么好讲的。

儿子刚刚从一堆废纸和生活垃圾里找出了一盒磁带，说他非常喜欢，来问我："这是什么曲子？"我拿过来一看，上面还标着：《黑键旋律》，1990.1.9。这些字是我写的。

我和儿子坐着一起听。真奇怪，不知是那曲子让我心痛还是我真的犯了心绞痛的老毛病，疼痛难忍，我就过去关了音乐，没收了儿子的磁带，对他说："这是很早以前一位精神病人作的曲子。快回你屋去，好好学英语！"

那天晚上我失眠了。找出从医院里辞职出来之后再没用过的随身听，用耳机听着《黑键旋律》，一连听了好几遍。说实话，我不大爱听音乐，这首曲子却可以让我一直听下去。

第二天，我去找当年的医务总监朱格德尔先生打听那位病人的下落。退了休，好多人都无事可做，可朱格德尔却比以前更忙了，难得他还保持着清醒的头脑。"你说的是弹钢琴的那个女孩吧？"更难得的是，他还有印象。

几天之后，我去了一趟希尔哈达。我先查阅1990年的档案，然后又查了1991年和1992年的，却找不到她的档案。

我给朱格德尔先生打电话，他说："应该有啊，我都还记得呢。你问问护士，前年我退休时她还在那儿呢。"

护士都是一些小姑娘，和我年龄相仿的护士只有一个，是去年才从科布多调过来的。我所有的线索到这儿都断了。

我已记不清她家的具体位置是在第七公交站的哪边，找了半天才找到酷似她家的房子。一个红脸的胖男人出来看住狗，说："什么钢琴，什么黑键白键，什么精神病院，是你自己有精神病吧！"说完便重重地关上了门。他家的板皮院墙上钉着一个精致的浅褐色俄式留言板，上面写着歪歪扭扭的几个字："狗很凶，须小心！"

我一直听那盒磁带。之后听了柴可夫斯基第一协奏曲，又听克莱德曼，总之听了好几首著名的钢琴曲，觉得都没有《黑键旋律》好。如果不算肖邦的那一首曲子……可肖邦也没办法像《黑键旋律》那么让我喜欢。

有一天晚上我做了个奇怪的梦：在那间屋子里，女人坐在骨头般的钢琴前，手指在黑键上轻舞。她每触碰一个黑键，黑键就会脱落，琴键很快落光了。女人在没有了琴键的钢琴上弹，手指飞舞。她竟然弹奏了另外一首曲子。我能感觉得到，这首陌生的曲子给我的身心带来了巨大的快乐。

醒来时感觉耳朵疼得厉害，原来是我戴着耳机睡着了。随身听里的空白磁带还在转动。

我决定买一架钢琴。看到一则钢琴打折的广告，见了面才知道卖钢琴的是一位非常有名的作曲家。

"'红十月'牌的钢琴真不错，音非常准。查干达瓦公交站那里的垃圾堆里躺着一架破旧的'红十月'。我的一个学生在那边拍电影取景，他无意中按了一下那架钢琴上仅剩下的那几个黑键，音色很正。真是个好东西！"听了他这一席话，我的脑海里当时只有一个反应：那架钢琴是她的！

付钱时我把磁带也送给了那位作曲家。《黑键旋律》现在对我没有任何意义，我只想要白的。

罗·乌力吉特古斯

　　蒙古国著名诗人、作家罗·乌力吉特古斯（1972—　），出生于蒙古国达尔罕市。著有诗集《长在苍穹的树木》（2000）、《有所自由的艺术或新书》（2002）、《孤独练习》（2004）等，著有小说集《眼镜里的画面》（2004）、《城市故事》（2013）等，作品被译成英、俄、韩、日等多种文字。获蒙古国作家协会奖和优秀作品金羽奖。

小偷

罗·乌力吉特古斯

有一天她发现梳子不见了，找啊找，就是没有。去买一把新的易如反掌，可她不想去，找啊找，找啊找，找啊找。

这把梳子陪了她一年。柄子拿起来舒服温润，上面镶有亮晶晶的珍珠，看了让人爱不释手。它浅黄的颜色会随着光线的变化变成淡粉色、浅蓝色或者深蓝色，远远看上去也像黑色，的确叫人喜欢。

她在心里说："好吧，既然我已经决定这两天不出门，为了一把梳子去超市也够麻烦的。"

她连着三天没有梳头。洗了头发，用手稍稍整理一下就不去管它了。有一天她对着镜子发现这种稍显凌乱的发型比精心梳理过的发型更适合她。她很开心，险些笑了出来。

已有十天没梳头，没出门也已经有十天了。

有一天她洗澡时发现洗发水不见了。"真是奇怪，应该还没用完啊。就算用完了，瓶子也应该在啊。"

她从小就喜欢那些漂亮精致的瓶子，买洗发水时自然也会偏爱瓶子漂亮的。洗发水一用完她就把瓶子清理干净，将它"请"上浴室的玻璃台。

找啊找，找啊找，就是找不到。她光着脚在屋子里足足找了二十几分钟。那些明明知道不应该出现的地方，床下、书柜，最后连鞋柜也翻遍了，还是没找到。寒冷和疲惫让她莫名地生了气，她大喊一声，穿上衣服，走进自己的小屋坐在电脑前。她就是不想去超市。她五天都没有洗头，已经有十五天没有出门了，偶尔站在阳台上，呆呆地看一眼冷冷的秋色，深吸几口都市被污染的空气，她便又进了屋。

第十六天的早晨，一起床她就发现带有金线刺绣的浅黄色拖鞋不见了。以往她一起床就会往下伸脚穿上拖鞋，这次探了半天都没找到拖鞋，她揉着眼睛往地上看，拖鞋没了。她往床底下找，也没有。"真是奇怪！"她坐在地上想了想，最后四肢朝地，把大半个身子都挤进床下去找，还是没找到。"就是前天晚上拖过来放在这儿的呀，鞋一离脚我就上床睡觉了。平时也都这样啊，这拖鞋到底跑哪儿去了？"她呆呆地坐在那里冥思苦想，打了个哈欠。"难道在别的地方脱了光脚过来的？"这样一想（虽然她也不大相信自己会这么做），她就去别的屋子找。她从手工布艺店里买来的那双拖鞋的确不见了。那双拖鞋的里子是粗布的，鞋面是浅黄色的缎子，上面还有三棵红色的树呢。比起上次生气的经历，这次她除了生气还多了一些诧异。她利用半天时间细细地找，还是一无所获。那双拖鞋就那么消失了。

她现在还是单身贵族，从老家来到这座城市快一年了，她在这里没有一个朋友。她早出晚归，一下班就往自己的出租屋里跑。刚搬过来时，屋子里没有一件像样的家具，所以她碰上喜欢的东西就往家里搬，现在家里堆了不少东西，用她的话说就是"收集了不少垃圾"。这房子租金便宜，周围的服务设施也很到位，离工作的地方也不算远。刚开始，她还不大相信自己能找到这么好的住所，高兴得像找到了自己毕生的幸福。

事情并没有转向好的方向。整整十一个月来她都在拼命工作，可突然有一天工作莫名地丢了，十一个月的努力就这样白白浪费了。她现在有时间可以待在家里，坐吃她那点可怜的积蓄。第一周她还在操心怎么再找个工作糊口，可有一天早上醒来发现在床上抱着枕头什么也不说，哪里都不去，就这么一直睡下去是一件非常惬意的事。她发现自己在不到一年的时间里变得疲惫不堪,心理老了很多。她果断起床,带着自己那点可怜的积蓄走进了超市。她买了足够两个月吃的粮食和零食,还有各种杂志和俄文的言情小说,那是她唯一会的外语。她还买了一台红色的笔记本电脑,提着大包小包,哼着歌像个富人一样走进家门,这样一过就是二十几天。杂志在三天后被她扔进了垃圾桶;同样,让人无法信以为真的言情小说在十几天后被她放到了浴室的梳妆台上。从早到晚,她拿着遥控器不停地换台,到了晚上就坐到电脑前。因为第二天无事可做,她最近一直玩到后半夜,然后拖着疲惫的身子钻进被窝,一直睡到大中午。

昨天她就是这么过的。今天拖鞋不见了,弄得她心情很低落。她光着脚找了半天才发现自己还没吃东西,赶紧往厨房走。她现在没有一点食欲,找拖鞋耗尽了她的全部精力,使她又开始莫名地生气,可是没有力气喊出来。

她努力安慰自己:"算了,算了,那双破拖鞋早就该扔了。"虽然拖鞋几乎是新的,她努力让自己相信它已经很旧。她马马虎虎地给自己煎了一颗鸡蛋,吃了一点,又坐到了电脑前。不一会儿,脚上开始有阵阵凉意。过了两三个小时,她很不情愿地站起来,穿上了自己冬天的厚袜子。这样竟然比穿拖鞋还舒服。"去他个破拖鞋!"她气愤地诅咒那双拖鞋,继续盯电脑屏幕。

二十天,她哪儿也没去。

有一天早上,她看着自己许久没有洗过的头发和穿着厚袜子的脚,看着镜子里因为熬夜玩电脑熬成的熊猫眼,对她自己说:"是到了改变一切的时候了。"她立刻让自己行动起来,开始收拾已是一片狼藉的房间,把厨房里堆得满满的各种厨具和包装盒收拾干净,提着垃圾出了门。秋天早已袭来,五颜六色的树叶在前面迎接她。

扔了垃圾,她在走廊里站了很久。其他人都在忙碌,孩子们也不像夏天那么淘气了,他们已不再打闹,也不看彼此一眼,比赛似的忙着什么，真是奇怪。她看着马路上的车流、像在等待什么的一排排老房子、从老房子那边升起的太阳、正在匆忙挪动的白云以及无情地抖落叶子的树木，自言自语道："没意思！"她想让自己和这个纷乱的世界隔绝开来，哪怕时间很短暂也好。她回到屋里，关上房门，上了锁，又走到电脑前。

第二十五天的早晨，她比往常起得早一些，进厨房吃了点东西，回头看看自己的小屋子。小屋子……天啊，她简直不敢相信眼前的一切，她红色的宝贝不见了。她惊叫了一下后，才完全清醒，迅速扫视了一下小屋子，然后小跑着去大屋子里找，还是没有找到。

女人没再找，而是一屁股坐到了地上。她就这样在地上愣愣地坐了近半个小时。回过神来，她才轻手轻脚地再次走进那间小屋子里。她把被子翻了又翻，找遍了床下和衣柜里，甚至生气地翻开了那方形的蓝色地毯，然后去厨房、去门楼里找，最后连浴室都没放过。她红色的笔记本电脑的确不见了。她跑到阳台上，拼命地大喊了一声。

她已经有一个月没出门了。

没了笔记本，她的脾气也变得古怪，动不动就破口大骂，无缘无故地踢东西，做着饭突然会把碗筷往墙上摔。她不再去阳台，连电视也很少看了。她整天待在屋子里来回踱步，书拿起来也不读，拿着遥控器也不用。她打开衣柜开始试衣服，最后一件都没穿，统统都扔了回去。

又过了七天。

有一天早上，她突然感觉有些冷。她很不情愿地睁开了眼，发现自己正一丝不挂地躺在床上，被褥和窗帘都不见了，就连那个蓝色的波斯地毯和稍稍值钱的东西都没有了。她愣愣地看了半天才明白这里发生了什么，浑身颤抖起来。

她又冷又害怕，失魂落魄地走到衣柜面前，打开一看，眼前一下子就黑了。衣柜里的衣服全都不见了。

第二天，她发现没有吃的了。她不清楚粮食是她自己吃光的，还是被人偷了去。她赤身裸体地坐在厨房里，这一整天都没有动。到了晚上，她努力站起来，走到大屋子的沙发跟前，像猫一样蜷缩着过了一晚上。

她太冷了，根本无法入睡，夜里被冻醒了好几次。

时间又过了两天。这一天，她睁开眼就发现了情况不妙。她蜷缩在那里正等待着什么。过了一会儿，她才艰难地站起来去厨房。喝口水也好，可是……

在去厨房的路上，她看到了此刻镜子里的自己。她被自己的模样吓坏了，大喊一声"天啊"便走到镜子跟前。她发现自己乌黑的长发、眉毛、睫毛都已不翼而飞。

镜子里的女人脸色苍白、消瘦得可怕：没有眉毛和睫毛，头上光秃秃的，让人不忍看下去。她用尽最后的一点力气砸碎了那面镜子。

满地的碎片映射着她的萎靡不振和赤裸裸的样子。她想大喊一声，却发不出任何声响；她想大哭，却哭不出一滴眼泪。

"我的声音和眼泪恐怕也被偷走了吧？"她这样绝望地想。

"不管是谁，不管是谁，进来吧，放马进来吧，天啊！"她第一次希望有人进来，开始虔诚地祈祷。她知道不会有人来。她踩着满地的玻璃碎片随时准备去开门，却没有一点力气。她水也没喝，颤悠悠地走到沙发跟前，倒了下去。

夜里她好像听见有人在敲门。她用尽全身的力气，像猫一样一跃而起，跑过去开门。根本没人，寒冷和黑暗像是要吸走她，正在静悄悄地扑过来。

女人艰难地关上门，房门没有上锁。她一屁股坐在地上号啕大哭起来，这是她第一次哭，而且哭了很久。她哭起来没有声音，没有眼泪，就连肩膀也不颤抖了。

她想起自己的父母、朋友、故乡，曾经喜欢过的男人，可这一切都朦朦胧胧，不成体系。"难道我的记忆也被偷走了吗？"

第二天醒来，她发现自己又少了一样东西，却不知道少的是什么，应该是器官或内脏吧。她怕一起身就会有巨大的疼痛袭来，却发现竟然没有了痛觉。她庆幸自己没有感到痛感，心中燃起一点光亮和希望，起身去厨房喝凉水。

她觉得心里空空的，有气无力地摸着自己渐渐残缺的身体熬到了晚上，走到沙发上陷了进去。

"明天不知又会少什么？"她这样问自己，她不知道自己失去了什么，剩下的东西她也一无所知。

第二天醒来时，她觉得自己变得轻飘飘的，小偷一定偷走了她的某个器官。她现在已经不能焦躁、厌恶和苦闷，就那么悄无声息地起床了。

那天晚上，女人收到了从门缝里塞进来的一封信。她已经忘记了刚才的惊喜状态，望着信封在沙发上坐了近一个小时，然后小心翼翼地拆开漂亮的黄色信封。

信来自炒她鱿鱼的那个老板。老板希望她回去工作，说代替她的女员工好吃懒做，上班经常迟到。那封信她反反复复读了很久，然后站起来走向阳台，她好几天都没来过阳台了。她的光头在风中感觉有些冷，颤抖着在阳台上站了一会儿。楼下的人们依旧在忙碌。

"想跟别人不一样，怎么就那么难呢？"这个问题她像是在问别人，也像在扪心自问，可没有人回答她。她决定重新回去工作。

她的房间又恢复了原貌，一样东西也不多，一样也不少。梳子、洗发水、拖鞋、镜子、碗筷、盘子都有了新的，她还买了一台新的笔记本电脑，能买的东西都被她买了回来。现在她经常早出晚归，再苦再累她也不会抱怨。现在她很少想起家乡，日复一日，毫无新意的工作完全控制着她。

过了冬天和春天，经过夏天之后又是秋天了。她长出了的头发，比以前的更好看。她还在忙碌着。有时候她也会失眠，在床上辗转反侧时她也会问自己：小偷到底偷去了她的哪个器官？

2008 年

遗产

罗·乌力吉特古斯

"祖父手里的笔掉地上啦！"堂哥这样小声告诉我的时候，我正在
给祖父画像，那年我九岁。

屋里的人们停止了穿梭，好像太阳从天上消失了，可怕的安静笼罩
着屋子。窗帘明明开着，但夜晚似乎突然来临了，人们都围着老人，一
动不动地站着，活像一个个雕塑。那时候我只是个小孩。十分钟后，佛
祖带走了祖父，我从黑暗的屋子里走出来，看到外面刺眼的阳光。从那
一刻起，我便不再是小孩子了。

祖父手里的笔掉地时，我的画还没画完。听到有人喊，我站起来，
像猫一样蹑手蹑脚地走进祖父的房间。至今我也不明白平时活蹦乱跳的
我那天怎么就成了轻手轻脚的人。

正在走向死亡的人，正在吸最后一口气的老人！

我不知道围在祖父身边的人们都在想什么，可我很清楚他们看到了
什么——恐惧。是啊，巨大的恐惧！他们害怕极了。

当时的我不知道他们怕的是什么。多年以后我长大成人，有一次看
着祖父的遗像想起他去世的那天，突然明白了人们害怕的原因。我第一
次知道生活的恐怖，浑身开始瑟瑟发抖。看着九十岁高龄时离开我们的
祖父，他们其实都没有怕。他们怕的不是骨肉分离，因为九十岁也算终

得圆满。只是……恐怖依然无声无息地占据着他们的身心，他们想到自己也会那样死去，才感到害怕。这也没有什么不对。

那年我九岁。站在那里，我感受到的却是爱，而非恐怖，当场能够感知爱的就只有我。我手里拿着那幅还没完成的画，纯真地看着祖父渐渐地停止了呼吸。

他们说，祖父去世时遗书还没有写完。人们说祖父生前的遗嘱本上罗列了与他相关的好多人，每一个人都得到了遗产和临别赠言，写到最后一个人时他手里的笔就落到了地上，祖父也失去了知觉。没有得到遗产的人就是我！我默默地盯着那本遗言簿，一眼扫过其他的名字，最后才看见自己的名字。想到没能从祖父那里得到一丁点儿的遗产和遗言，我"呜呜"大哭起来。我这么一哭，吓坏了家里人。祖父给他们留下了丰厚的遗产，只是不包括他最小的孙女！当时她还没意识到自己失去了世界上那个最疼爱她的人，一想到没有任何遗产就觉得自己给祖父画像有点自作多情，愣愣地站在那里。

有人用白布单盖住了祖父的脸。

我纵身跑过去推开他的手，掀起祖父脸上的白布单，端详了一会儿，俯身去吻他的脸。

巨大的恐惧和丰厚的遗产之后，悔恨、悲伤和感恩一同向我袭来。愣在那里的人们看到我的举动一起惊呼，一位叔叔过来轻轻地拽我，叫我离开那里。

我猛然回头，吓到了那些人，他们齐刷刷地后退了一步。看到我无比镇定，还面带微笑，他们的确被吓坏了。

我逐一扫视他们的脸，举起我手中还未完成的画像，用娇生惯养的孩子常用的口吻说："我过去把这幅画画完再过来，行不行？等祖父睡醒了我再送给他。"口气咄咄逼人，带着野蛮和自信。人们一下子就安静了。我走到大门那边，用憎恨的口气警告他们："我看你们谁还敢盖住祖父的脸！"

祖父的遗产惠及他的兄弟、至亲、儿孙和远亲。他甚至给二十年前死去的弟弟的两个孙子留了一笔遗产。大家都说那笔遗产很贵重，艺术博物馆的馆长来找过他好几次，他都没答应捐献。祖父把那个带有纯金配饰的腰带送给了我哥哥，那是我们家族的见证；把白玉石的烟嘴留给了我爸爸；产自达里岗厓^①的精致马鞍送给了姐夫；祖母用过的贵族头饰和镶着珊瑚珍珠的发卡给了姐姐；存有他毕生积蓄的储蓄本交给了他的儿媳，也就是我的妈妈。他们都说祖父很早就开始准备这些，清点每一笔遗产和它应该归属的主人，毫不含糊。

只是，没有给整天黏着他的孙女我留下任何东西。

这个话题在亲戚中间持续了很久。祖父的遗产都有了归属，他们都加倍珍惜那些东西，到了迫不得已的时候才会卖了换钱。就这样，祖传的东西一件件地外流，最后什么也没剩下。那些东西就像祖父的呼吸一样渐渐地从我们身边消失了。偶尔有家庭聚会，人们才带着遗憾和惋惜提及那些遗产，说那金腰带和白玉石的烟嘴真是难得的好东西。

长大结了婚，我抱怨过祖父一次。当时我的男人赌博上了瘾，债台高筑。那晚我抱着孩子久久无法入睡，想到祖父给其他人留了那么多东西，却没有留一丁点儿东西给我，感觉鼻子酸酸的。到了第二天，这种怨气早已烟消云散。对我来说祖父本身就是个宝，我不大奢望什么丰厚的遗产。其实，也不是祖父写到我名字那儿就断了气，这应该是他早计划好的。那天早上，亲戚们围上来的时候，他还拿着遗言簿仔细核对每一个人的名字，还说了一些祝福的话呢。然后才签上名字，念诵着六字真言咒后闭上了眼睛。也就是说，这一切都在他的掌控之中。我小的时候亲戚们故意隐瞒了这些细节，等我长大懂事了他们才带着忧郁的神色跟我解释。等我完全懂事时，父亲才如实告诉我这些，他带着怜悯的眼神说了一些安慰我的话。他说："你还能想起祖父最后的几天吗？你好好想想，他没和你说过什么吧？"我并不觉得委屈，只是有点奇怪祖父立遗嘱时怎么会忘了我？不过我也一直没当回事。

---

① 达里岗厓：蒙古国地名，位于肯特省。那里的马和银匠在蒙古国非常有名。

怀上了第一个孩子，我时常梦见祖父。我也奇怪为什么梦境总是一次次重复。每次梦到祖父，我都会进入无限的悲痛中，也会勾起我儿时单纯美好的回忆。

那时还处于社会主义时期，我还小。那时我们的房子都有统一的样式，像是从一个模子里刻出来的，日子也和房子一样平淡无奇。不过房子的位置还不错，屋前屋后有用树木当院墙的花园。祖父去世的第二年我们乔迁新居，之后就很少再去光顾那座老房子了。明明知道我儿时的伙伴们都在那里等我，我依然不愿意回去，总觉得祖父在那里站着或坐着在等我。我越来越笃信这一点，为了不让我的美梦破碎，才故意不回。我相信祖父还坐在屋外的木头长椅上叼着烟斗，根本不能接受坐在那里的不是他，而是别人。只要一过去，我就会泪眼婆娑。就让过去的事情过去好了。就像那些逝去的韶光一样，我也会跟祖父离开这个世界，所以应该给世界留下一点念想才对。回忆是生活里最纯真的东西，为了保持回忆的纯真，我们有必要定期清理自己的内心；为了对得起曾经，对得起曾经的纯真，我们有必要时刻审视自己。过了许久我才明白，与祖父有关的回忆常常让我从满是污垢的现实生活里抽身，告诉我真正爱和被爱过的人如何进行自救，如何保持内心的纯净。

有一次，我告诉父亲自己常常梦见祖父。父亲瞪大了眼睛看着我，小声问道："在梦里祖父都和你说了什么？"

"不知道……应该是……不过一样的情节总是一次次被重复。"我如实地回答。

"什么样的情节？"父亲小声问我，声音开始颤抖。

"他总在老屋的花园里走来走去，指向那边说着我听不清的话。"我伤感地说。

父亲低下头，默不作声。

孩子就要降临了。我决定生了儿子就给他起和祖父一样的名字，结果我生了个女孩儿，由她的外公为她起了名。看到爷孙二人，我突然想起了祖父，眼泪"哗哗"地流个不停。我知道那是幸福的泪。

时光如梭，现在女儿已十岁。本以为会无限延长的幸福突然转了个弯，曾经每天跟我说"我爱你"的老公现在睡觉时喜欢背对着我。这样的日子整整持续了一年。

有一天晚上他又醉醺醺地回家，女儿听到动静便去扶他，给他解开领带。他竟然流着低贱的眼泪说："你是爸爸活着的全部意义。"听了这话，我便知道一切都完了。

他有外遇这件事我早有察觉，不是亲眼所见，所以也糊里糊涂地到了今日。一切就这么结束了。想到自己十年来苦心经营的幸福在一瞬间崩塌，所有的悲伤、嫉妒、气愤、厌恶、自信都变得不复存在，心里变得空落落、冷冰冰的。这样的日子也没过多久，空落落的心里又装满了气愤、厌恶、后悔、绝望和煎熬。我憎恨、厌恶那个将我的男人从我身边抢走的女人，每日以泪洗面，折磨自己也折磨他，无休无止的家庭大战就此开始。

崩塌的废墟里也有生存空间，所以我们没离婚。女儿在眼巴巴地看着我们，我俩谁也迈不出这一步。幸福的日子渐渐远去，幸福的反义词成了我们生活的整个面貌。

我悲伤地发现我的脾气一天天在变坏。在镜子里看到头发一把把地脱落，我绝望地想，什么时候这一切可以画上句号？

离开镜子的时候我也给自己打气，心想从明天起要让这些倒霉的日子去见鬼，然后才上床睡觉。

第二天睡醒后，躺在床上静静地看着自己男人的脸，我在心里悲伤地大喊："我爱他，无比地爱他。"

我的男人起床准备去上班，在门口吻了吻女儿，转过头无奈地跟我说："今晚我要早早地回来，说到做到。"他不敢直视我的眼睛。他出了门，我的后背就感觉凉飕飕的，我让自己接受这样的事实："爱，我还爱着他。"

我的心现在已支离破碎，身体被切割成了几万块。爱，不爱。爱，不爱。爱，不爱。爱……

小时候郊游我喜欢采花瓣玩。如今我要面对的是比花瓣还要珍贵、还要娇嫩的女儿。她似乎在一次次地问我：你爱不爱？爱不爱？爱不爱？你爱不爱？每每这样，我就能感受得到一些单纯的东西，那些比娇嫩的花瓣还要单纯的东西正在悄无声息地片片凋零。我在煎熬中挣扎着。

熬过七个月就像过了七年。老公决定和那个女孩断绝关系，之前他从未向我透露外遇的事，这次却直视着我说："我决定放弃她了。没有你，日子将无法继续。你能原谅我吗？让我们重新开始吧。"听到他的决心，我便断定之前的猜测很准，再一次黯然神伤。

是啊，他说了这么一句话，把一切都掏空了。我什么也没说，转身进了卧室。

那天晚上我又梦见了祖父。

他和十年前一模一样，还叼着长长的烟斗，在云雾缭绕中眯缝着炯炯有神的眼睛望远方，指着那里和我说着什么。

醒来时，我已泪流满面。他躺在我身旁，看着我流泪。从他的眼神里我看到了悔恨和期盼，突然觉得他很讨厌："我梦见的不是你，是我的祖父。"说完我便转身去睡。

两天后，我拿出自己最心爱的旅行包，把衣服都找出来往里塞。老公刚好下班回来，被这一幕怔住了。我不紧不慢地把需要的东西放进包里，最后找出雨伞准备出门。老公挡在前面不让我出去。

"让开！"这声音大得连我自己都被吓了一跳。老公笨拙地挪开身体，跪在我前面。

"不要走，起码也应该替孩子想想吧。"他的声音不大，有微微的颤音。

"让开！"我还是很决绝。

"我不！"说完他鼓起勇气站起来，张开双手扶住两边的门框。这不像是一个成年男人做得出来的动作，充满了天真的傻气、无聊和后悔。我的心里稍稍舒服了一些，不过还是给了他一巴掌。我的天哪，这一巴掌力气怎么那么大，下去之后我的委屈和悔恨瞬间消失了。两个小时之后我走出家门。发现新起点的愉悦、痛下决定的爽快包围着我，让我浑身微微发烫，那才是真正的安慰。老公怕同时失去我和女儿两个人，紧紧抱住她不肯松手，女儿拼命地喊着："妈妈，别走！"她的声音颤抖着，完全失去了理智。坐上行驶在黑夜里的火车，听着它均匀的节奏，我走进了一个全新的境地。想到第二天便能抵达故乡，我的心早已飞回那个祖父还健在时的幸福童年，单纯美好的回忆迎面扑来。我似乎能闻得到、摸得到它，可以依靠它的光芒取暖。抚摸着老屋，我的手指都能感觉得到来自内心的愉悦。

"不知那里现在住着什么人？会让我进去吗？进去了我会有怎样的感受？墙壁应该都焕然一新了吧？"带着这些种种猜测，我轻轻按响了门铃。

"啊，你是来买房的吧？"

大门开启后这是我听到的第一句话。

"是的。"

我不知不觉撒了谎，之后便不再言语。

"来，来，进来看看，屋里特别暖和。我们的广告发出去才一天您就来了。买这套房子，肯定不叫您后悔。屋里住着特别舒服，所有设施离你都那么近。你从窗户往外看，你看到用树木做院墙的花园了吧？那里特安静、特舒服。小卧室门上面的那一排衣柜有点糟糕，我准备找人弄一下……"

女房东喋喋不休地说着，她的最后一句让我幡然醒悟，我这才想起自己现在是在哪里，为何而来，今夕是何夕。我握住她的手大喊："不用，不用修！"房东被吓了一跳，仔仔细细打量着我，不说话。几分钟过后，我在小时候最喜欢的那间屋子里喝着茶，在女房东犀利的目光之下跟她聊着老屋。

"这里是我的家乡，我就是在这老屋里出生的。"说话间我险些流下了泪。

是啊，我马上就决定了，房子我要买下来。女房东听了我的经历很感动，她同时也感觉到了我的购房意向，马上抬高了房价。就这样，我买下了二十年前曾经生活过，在我梦里萦绕了十年的老屋，开始了新生活。

回老家的第一天晚上我又梦见了祖父。他手里拿着玉石烟袋坐在屋里，突然指向窗外的花园，接着说了几句话，便在缭绕的烟雾中消失了。天还没亮我就醒了，这场梦让我没有一点睡意，起床后我翻报纸，找了个装修工，打算把年久失修的老屋装点成新的居所。

装修房子花了很长时间，老屋实在是太老了。我用满是回忆的眼光看着师傅们正在揭掉的墙纸，就好像也揭着我的心。我目不转睛地盯着那里，回忆着往事。

我和哥哥姐姐小时候写下的誓言和墙纸一同被撕去，父亲亲手刷漆的窗台和妈妈隔一天就擦一次的窗户也消失了，取而代之的都是闪闪发光的新玩意儿。

"这是什么？"有人在问我。我回过头发现那个摇摇欲坠的门板被装修工拽下来，从双层的门板中间掉下来一个灰色的包裹。心跳几乎要停止，我抽了筋一样站在那里动弹不得。装修工仔细扫视了一遍，准备打开包裹。我以惊人的速度跳过去，从他手里夺过包裹，朝他喊道："不要打开！这是我的，知道吗？是我祖父留给我的。"当时我像极了九岁那年，说来也怪。

我走到屋前那座无人看管的花园里，坐在长椅上，努力让心跳归为正常，努力不让我的手继续颤抖。我在那里坐了十几分钟。

"包裹里会是什么？"我忍不住猜。是祖父祖母留下的当地特产，还是银子、族谱或者是秘藏的经文？

现在我想不起来当时想了些什么，我坚信包裹里的东西一定不是凡物。想到多年前关于遗产的那次风波，觉得祖父给我留下的东西一定是涉及整个家族的精细之物，不是他和祖母的结婚证书就是他亲手写下的个人传记。此刻，祖父一定在天上看着我。想起这些，我的眼睛又被浸湿了。

这么多年过去了，包裹竟然没怎么受损。打开包裹，我首先看到的是发黄的纸张，像一被触碰就会损坏似的。在那张发黄的纸上有祖父的手迹，还是用传统蒙古文①写的。我的喉咙里像卡住了什么东西，开始哽咽。

我拿起那张泛黄的纸，透过泪水去阅读上面的文字，试了几次都看不清。我小心翼翼地拿起包裹放在长椅上，开始号啕大哭，久久不能平静。

平静后，我用衣服的里子擦了擦被泪水浸湿的手，长长舒了一口气，开始读那封信：

> 这封信是我留给小孙女格日勒图雅·斯尔丹巴的遗书。你是我心中的太阳，你的格日勒图雅（光芒）始终照耀着我，只要有你在我身边，面对死亡我依然能保持快乐，能够安详地闭上眼睛。你是祖父一辈子做好人的理由，也是佛祖赐予我的礼物，是我耄耋之年的伙伴。我的黄毛丫头是我策·哈如拉唯一的财产继承人，我所有遗产唯一的继承人，具体内容已写在你右手的掌心上。

我激动而又伤感地读着信，完全惊呆了。我闭上眼睛，坐在那里努力让自己平静下来，把信读了十遍。

我的脑海里出现了九岁时坐在祖父腿上玩耍的情境。

那时候祖父常常观察我的掌心，微笑着吻我的额头。我想了好长时间才弄清事情的来龙去脉，感觉心里五味杂陈，再一次大哭起来。我的生活赐予了我最大的财富。

我仔细端详着自己整日给女儿洗衣服、给老公熨衬衫、忙着擦地板的手，现在手指都已变形。一出生我便有了自己的财富，它容不得玷污，不管生活有多苦，也应该拿起手中的笔。我是别人的母亲和妻子，同时也是画家和雕塑家呀！

我轻轻地吻了那封信，就像最后一次吻着祖父。再看包裹，里面还

---

① 传统蒙古文：回纥式蒙古文，1946年起，蒙古国开始使用西里尔蒙古文，即新蒙古文。2014年蒙古法律规定将于2020年废除使用西里尔蒙古文，将使用传统蒙古文。

有祖父祖母的合影一张，一个厚厚的笔记本。那是我小时候讲给祖父的故事，祖父都记在这个笔记本里，笔记本上还有不少我儿时的画作。

小时候的故事里有好多英雄，正义总是能战胜邪恶，故事的结局总是美好的。那时候一到晚上祖父就让我讲故事，然后把这些故事都记下来。厚厚的笔记本里记录了近两百个童话故事。其他孩子的祖父都给孩子讲故事，祖父却喜欢让我讲。我讲故事时祖父身临其境般瞪大眼睛竖起耳朵来听。他有听障，但能听得懂我的故事。我讲完故事，他点点头说："嗯，讲得太棒了，我的黄毛丫头可真厉害！"有了祖父的鼓励，我变得自信起来，每次都会使出浑身解数把故事讲得一次比一次精彩。

长大后我要是生孩子，希望都生男孩。他们十个人都是英雄，其中一个应该和祖父一样会写字，脾气也好。还有一个得像我哥哥那样，能跑进熊熊大火里去救人。我给十个孩子十匹长着翅膀的飞马，再建一所供他们上学的大学校，学校里的老师都得像我祖父。因为祖父爱读书，听别人讲故事从不插话。我曾对祖父发誓，要常常保持微笑，所以现在不能哭。我是那十个英雄的母亲，所以也不能总吃糖果，偶尔才可以吃一颗。小时候我对祖父发过誓，要成为当今世界最著名的画家，我要开始画马。我画的马翅膀都很长，一个是蓝色的，另一个是黄色的。我要骑着它去给那些无法独自入睡的孩子们讲故事，送给他们我的画作。得到我的画作，孩子们也会成为画家。

就算是失忆的人，偶尔也会有记忆。祖父在我心里还是老样子，他的音容笑貌依旧在我眼前。我终于明白了那场梦的前因后果，原来它一直在呼唤我。

我走到一棵大树下停下来。小时候祖父和我经常在这棵树下找"秘密"玩。我每天问祖父："您最爱的人是我还是哥哥？"祖父闭上眼睛，假装在思考，然后在我耳边说："我去花园把答案藏起来。如果你找到了写有'我爱你'的纸条，这一天你就可以心想事成；找到的纸条上如果写着'不爱你'，那你肯定要倒霉。"

一大早我便跑向花园。大树下有三处记号。

祖父和我找两种颜色的玻璃碎片埋起来，祖父背着我在闪闪发亮的玻璃碎片下压两张分别写有"我爱你"和"不爱你"的纸条。如果我挖到了写有"不爱你"字样的纸条，就会变得特别乖巧，跟祖父坦白自己做过的所有坏事，保证此类事情不再发生，得到祖父的原谅之后我才能安然入睡。到了有标记的地方，我就用大拇指轻轻拨开盖在上面的土，找出玻璃碎片下发亮的纸条。小时候可真好。

身体硬朗的祖父突然有一天害了病，整整半年都卧床不起。有一次他坚持坐起来，独自走了出去。没有人知道他出门见了谁，聊了些什么。

明明知道树下不可能有什么，我还是忍不住蹲下去挖。挖了半个小时，竟然找到了一个"秘密"。我无法压抑激动的心情，哼着歌站了很久。

早已想不起这是我和祖父什么时候埋下去的"秘密"。玻璃碎片下竟不是我和祖父写"秘密"时常用的黄、蓝、绿三种颜色的俄罗斯巧克力纸，而是一小片绸子。我非常惊讶，拿开玻璃碎片拽出绸子。绸子被人用心地打了结，装在透明的塑料袋里。我本不应该期待什么，可还是忍不住打开了塑料袋。在那张巧克力纸上用传统蒙古文的草体认认真真写着三个字。

我无比激动，蹲下来抱住那棵树，接着发了疯似的挖起来。挖了二十几分钟，找出了九张"秘密"。"找秘密"是我和祖父给这个游戏起的名字。每一个"秘密"的内容都一样，在一张发黄的纸上用传统蒙古文写着"我爱你"，字写得有些潦草，可还是能看得出是用了心的。纸张被褐色的绸子包着，被放在透明的塑料袋里。

躺在病床上的祖父那天说要出去透透风，原来是为了这个。祖父用这种方式给我留了遗产。他在跟我说，就算长大后经历了世间的磨难和困苦，也应该保持一颗单纯的初心，给生活一个漂亮的答案。

祖父年迈之后常常解读我的掌心线，说我必能长寿，智慧和善缘会一直伴随我。他一次次吻我的手掌，还把手含在他牙齿掉光的嘴里，用舌头咯吱我的掌心。我的手早已不再光滑，它经历了太多太多，它给孩子喂过乳汁，被它抓过、捏过、摸过的东西不计其数。拿着装有心灵秘密的小袋子，我竟像喝醉酒似的摇摇晃晃地朝屋里走去。

进了屋，我把装满祖父体温的小袋子放在嘴唇上吻了许久，站起来拨通了老公的电话。心里的抱怨和憎恨此时竟然全都消失了。我带着虔诚的心，用热恋的口吻把祖父留给我的那句话激动地跟他说了九遍。

我爱你。

2008 年

程·宝音扎雅

青年作家程·宝音扎雅（1972— ），生于蒙古国布拉干省赛罕县，1994年毕业于蒙古国师范大学，所学专业为教师与文学工作者。1997年出版作品集《青春篇章》，著有评论集《20世纪蒙古国文学——从皇帝到布衣》、诗集《世间的事》。他与朋友组建21世纪文学创新中心，小说集《红鸟的呼唤》由该中心出版。宝音扎雅现为蒙古国作家协会主席。

红鸟的呼唤

程·宝音扎雅

一、命运是一张网

1

我提着皮口袋，腋下夹着几本书去找我的一位朋友。我走在路上，脑子里只有一个念头：怎样才能租到一间合适的屋子？近年来，我的日子过得拮据但有趣，这一点大家都知道。这期间我换了十几个出租屋，在地下室生活了二十几天，地上生活了五个月。天啊，也就是从那一刻起，我才知道组建一个家庭有多不容易。

你们都无法想象我的第一个女房东有多可怕。她患有精神疾病，喜欢在屋里不声不响地走来走去，两双眼中闪着异样的光芒，偶尔说一句话，就像风吹着乡下人家的茶壶一样"嗡嗡"响。她的两个孩子也一样，走起路来悄无声息。他们的家庭成员之间从不说笑，用冷冷的眼光看着彼此，好像欠彼此什么东西一样。那段时间我还有过一段倒霉的爱情，我被爱情刺痛了心，很渴望听到几句温暖、贴心的话。他们肯定不是那种说贴心话的人。我也不能向同屋那个整天与落满灰尘的旧书打交道的老头讲述这段倒霉的爱情，从而听他的建议。每天晚上一回到出租屋，我就会特别难受。那个苦命的女人真叫人毛骨悚然，别说是跟她分享自己的爱情，看不见她老公和孩子就已是万幸了。一看到他们，我就觉得生活毫无意义，根本不值得再往前迈一步。这样的合租生活持续了两个多月。现在已是隆冬季节，不好再换租房，我只能在这里忍受着，等待春天的到来。有一天晚上我梦见那位患有精神病的女房东一脚踹开门，袒胸露乳、披头散发地闯进了我的房间。我有心理阴影，因为这场噩梦，我很快从她那里搬了出去。

后来我以满意的价格租了三居室中的一室，房东是一对五十多岁的中年夫妇。那家的男人像中学生物课本上一个名叫卡尔的学者，长着并不浓密的胡须，是一位瘦高个。女房东是一位长着煎锅一样扁平脸的懦弱女人。他们的生活也很奇怪。白天，当了一辈子社长的老头常用命令的口气跟妻子说："老婆子，你干活儿能不能注意一下？第一，家里明明有面包，你还买，这显然是在浪费；第二，熬奶茶你怎么可以用凉水？跟你说过多少遍了，这样会浪费电；第三，我那双旧靴子坏了好几天了，你也不说拿去修一下，你什么时候才能学会立马执行呢？"他说话都是第一、第二、第三。老婆几乎是百依百顺，我总听见她说："是吧？好吧，我马上做。靴子明天就拿去修。"他们做起云雨之事旁若无人。到了夜里，透过水泥墙，我能够清楚地听到中年女人像年轻女孩一样的淫笑声和她男人急促的呼吸声。起初我觉得别人的事与我无关，后来觉得羞愧难当，他们都到了这岁数，应该学会节制才是啊。有时候我故意咳嗽，给他们传递信号，只是他们根本不理会这些，依然我行我素。我偶尔会胡思乱想：听说他们没有孩子，他们做爱这么频繁，该怀上孩子才对啊。也可能是物极必反，做爱过于频繁反而怀不上。其实我可以硬着头皮租下去的，可是他们不适宜的做法让我实在难受，我只好选择了搬家。其实也到了不得不搬走的地步了。有一次，我曾经那段倒霉爱情的女主人说要来出租房找我。其实也不是因为想我，她是英语专业大四的学生，有一位脾气火爆的女士教她们社会学，她修完这门课程需要我的帮助。她需要我帮忙，这是好事。之前她一直不肯接受我的表白，也不正眼看我。这次她说要来，我匆忙把屋子收拾了一下，整理好书本，拿出全部积蓄买了招待她的食物和果品。这次完全是因为私事，所以她只迟到了一小会儿。我简直不能告诉你们平时约会她会迟到多久。那天晚上我拿出十分的热情，在心爱的女人面前发挥自己的长处，聊得也相当愉快。突然从隔壁传来了他们糟糕的声音，那时，我好像犯了错，在女友面前害羞极了。我浑身发热，真想找个地方钻进去。这场意外很快让我们愉快的聊天陷入了僵局。女友也害羞，一声不吭地坐在那里，我很清楚这种局面不是我造成的。相爱的两个人总是给对方优越感，可这次的确让我进入了无望的地步。

过了一会儿，女友突然问我："你的隔壁住着什么人？"

我被这突如其来的问题难住了，语无伦次地说："那个……就是一对老年夫妇。"又觉得自己说错了话，赶紧补充道："嗯，那个，我的隔壁住的……是我的房东。"

女友显然生气了，她说："他们不知道隔壁还住着人吗？这里又不是妓院！"

我不能说"是的，是的"，也不能说"他们就是这样的人"。我真想赶紧把东西给她，让她回去。可当时慌了神，真不知道怎么办才好，在慌乱中我把东西交给女友，把她送走了。她走后我心里还留着一丝羞怯，萦绕了很久才散去。女友来出租房时的那种兴奋劲儿现在碎了一地。到了第二天我还是走不出昨晚的窘态。我也无法责怪房东在女友到访时做了云雨之事，只能自己生闷气。之后每次听到他们夫妻俩做爱的动静，我都会有一股莫名的火气冲来，后来还是决定换个房子，只为耳根清净。一听到隔壁传来的呻吟声我就气不打一处来，我可不能在这里待下去啦。

2

我去敲门，过了很久朋友的妻子才过来开门。出于礼貌，我和她打招呼，她却头也不点一下，瞪了我一眼就进屋去了，似乎在说："你怎么又来了？"一看朋友的妻子这么冷漠，真想头也不回地摔门走掉，可这么做没有一点好处。乌兰巴托的人口超过百万，我却只有这么一个朋友，他们虽然不怎么喜欢我，但也不至于不让我进家门。我们不是亲兄弟，甚至都算不上老乡，就是普普通通的朋友而已。在这座城市里，我父母的亲戚也不少，只不过我很少联系，也觉得没有联系的必要。我们的成长环境不同，我也只是听说过那些人而已。

刚上大学时，父亲把我领到这位朋友家，对我说："我和你这位哥哥的父亲是铁哥们儿。你先在哥哥家待几天再回宿舍。亲兄弟有时还不如好朋友呢，以后就是住学校宿舍，也记得常联系。"就这样，大学四年里我偶尔会来一趟他家。他还真不错，用父亲的话说就是，和他去世的父亲一样亲切。他不大爱说话，偶尔才问我："老弟，学习可好？"他的老婆，那可真是个妖精，都没拿正眼看我。我都是在找不到住处时才来他家小住几天，同时担心对方厌倦，常常带一个月的伙食给他们。以前，我一个人三四天才吃一块面包，但现在我每天下班都得带着两块面包回家。为了住五六天，我还给他们买羊肉。即使是这样，那女人还是觉得我做得不够好。她总说："哟，家里的面包没有了，晚餐又没肉吃了，我刚还想着要买圆葱和土豆。怎么，你买了？好吧……"说着接过我手里的东西放进冰箱。

"你以为自己拿回来一块面包、一小块肉就可以心安理得了？这点东西算不得什么，你吃进去的比这些多出好几倍呢！"这是她喊出来的原话。每每这时，他的男人就坐在沙发上看报纸，在那里装聋作哑。昨天给孩子们盛晚饭时，女人嫌他们吃得多，还嫌他们帮不上家里的忙，警告孩子们说晚上不给饭吃，数落孩子怎么还有脸吃饭……孩子年少不懂事，挨了母亲骂并不言语，直勾勾地盯着桌上的饭菜。一旦吃到了饭，孩子们就把这一切忘得一干二净。可是我这个局外人觉得就特别难堪。

有一次我忍不住向一位朋友诉苦说，如果朋友的老婆是女人的缩影，那我宁愿终身不娶。我试着跟她老公一样从容镇定，可是做不到，就算我是个傻子，也能听出她话里有话，每一句都是针对我的。可又能怎么样呢？我总不能在走廊里过夜吧。从表面上看，每一个家庭都不一样，其实都大同小异，我也懒得去找一个新住所。

　　我觉得，与其让更多人看到自己无家可归、穷困落魄的样子，还不如在他们家忍下去，这样知道我窘况的人就会少一些。我每次走投无路时，就去敲他家的门。我得想个办法止住朋友妻子的唠叨和羞辱。离开了膝下无子的那对中年男女，我又来敲门了。从那次起，我彻底认清了朋友的老婆。之前只是偶尔来串个门，根本不知道她的脾气有多暴。不过话又说回来，谁又能事事如意呢！很快我就决定租刑警他们家的一室。离开朋友家时，我曾暗暗发誓再也不要看这个女人的脸色。可是过了五个月，我又不得不再一次敲他们家的门。那五个月的后三个月，我还算过得舒适。年龄相当的两个人一起合租，日子就错不了。除了房东偶尔带一瓶酒回来"罚"我一下，其他方面都还可以。早晨我们各奔东西，晚上回到家聊聊彼此在这一天发生的趣事，我们甚至可以通宵达旦地聊。警察先生喜欢讲街头巷尾的趣闻，诸如追捕了街头的小偷啦，把喝得烂醉的国会议员送到戒酒所啦，抓捕了一位乌兰巴托妓女，结果他的领导和妓女睡了一觉就放了人等等。他讲起来好像演着一幕幕电影，特别有趣。那段时间我几乎忘掉了还有女友，看清了她唯利是图的本质，我对她不抱任何希望了。我知道人的情感像瓷器一样易碎，仅仅过了一天，我就不喜欢她了。警察先生也正在遭遇他倒霉的爱情，他像个十七岁的男孩似的，喜欢上了部队医院里的一名护士。稍稍有空，他就掏出自己的钱包欣赏女友的照片。那位护士根本不搭理他。至今我都不明白她为什么不喜欢这么高大、帅气的小伙子。如果我是那位警察先生，都不会拿正眼瞧她，不就是一个鼻子扁平、身材发胖的女人嘛。还真是情人眼里出西施，警察先生此刻正被爱情的火焰包围着。过了些日子，听说那位护士逼迫医科大学一位有家有室有孩子且年过五旬的老教授离了婚，跟教授过起了小日子。这估计也不是什么传闻，八成是真事。从此警察先生心如死灰，时常借酒消愁。

　　"我哪一点比不上那个糊涂的老家伙？"他这样咆哮地说给自己听。

　　我只能安慰他说："像她这样的女人，满大街都是，过两天你就会把她给忘了。别再喝了，要好好工作。"他当我的话是耳边风。后来他酗酒越来越厉害，干脆都不去上班了。我目睹了让一个嗜酒如命的人回到正常的生活有多难。他的生活正在一天天地崩溃。和醉鬼合租对我来说也很难。合租都这么难，真不知道和那些酒鬼过日子的女人是怎么过的？

有一天我跟小伙子说："我要搬家了，一起合租的日子非常令人难忘，你要想办法把酒给戒了。"

他也说跟我一起合租很愉快，还说我可以继续租下去。我知道如果我继续待在这里，就只会给自己惹麻烦。我不避讳跟任何人说起我们五个多月的合租生活。如果他不酗酒，我完全可以待下去。在那里，我享受了正常人能够享受的一切，也明白了一个现实：我房子都没有，看起来过得比他惨多了，他有房子却整日酗酒，这一点上我比他幸福，没有什么财富比头脑清醒和身体健康还重要。

没办法，我又来朋友家敲门。在那里强忍了几天后，我租了一个老女人的房子。女人和自己的两个女儿、两个外甥一起住。大女儿三十多岁，是两个女孩儿的母亲，小女儿和我年纪相仿。我在那里住了近三个月，也明白了一个道理：别人强加给你的幸福，还不如找上门来的痛苦。老女人一生未嫁，她和大女儿联合起来撮合我和她的小女儿。她租一室给我不图钱，只是想留住我。她们经常美食款待我，还会把衣服给我洗好，总是前呼后拥，唯恐怠慢了我。小女儿也试着与我亲近。每当那位鼻子扁平、眼睛大得失去比例、满脸痘痘的女孩细声细语地跟我说话时，我就浑身不自在。无论怎样，我也无法和她谈情说爱。每月的二十号左右我交房租时她姐姐就说："急什么？可以缓一缓的。交了房租，你自己就没钱花了吧？我们暂时还不缺钱，如果你急需用钱就先留着。"她越这样，我就越想按时把房租给交了。作为一个男人，我即使囊中羞涩，也拒绝靠出卖色相来维持生活。我偶尔会和房东们坐在一起聊天，只是聊着聊着话题就走偏了。

老女人常说："这房子其实是我小女儿的，我们都在租她的房。等她单立门户，我就带着大女儿和两个外甥搬出去住。"她希望我能留下来，和她的小女儿过日子。我怎么可能答应呢？虽说我现在还买不起房，可我相信未来一定会有属于自己的一切，我对生活还充满了希望。我可以在三个女人的关怀下忘掉烦恼，一直这么过下去，但这样的生活不会带给我一丝快乐。

有一次我听到房东和邻居说我是她的女婿，那种忧伤叫我抬不起头来。

我不是她的女婿，也不属于她们，我只是个租客。离意已定，我就从那里搬出来，租了另外一处两居室的一室。天啊，我在这里受了莫大的羞辱。这家的男人以前是个出租车司机，不久前出了车祸，落下了残疾。我过来还不到半个月，他就怀疑我和他老婆关系暧昧，还说我想和他的女人结婚。这听起来真叫人讨厌，别说是他那个黄脸婆，就是十七八岁的大姑娘，长相一般的我都不愿意多看一眼。对我来说，租他们家的一室真是个错误的决定。一天，女房东和老公吵架之后推门进来说："我们吵架都是因为你。我老公怀疑我和你关系暧昧。拿上你的租金走吧，我们的关系刚刚缓和，你一来就全给搅和了。"我怎么能跟这种神经质一般见识呢，之后立马搬了出去。人一旦失去了原有的地位，就会变得暴躁无常、心狠手辣。不过这么厚颜无耻的家伙也少见。他的老婆和他是一丘之貉，无知地轻信她老公说的话，怪起了我这个无辜的人。如果满世界都是这样的傻瓜，人类活着也就没什么意义了。和这样的傻瓜在一起，还不如和一位心眼坏透的人在一起呢。这房东比莎士比亚笔下的奥赛罗还要狠毒。从他们家搬出来后，我无处可去，只好又去找我的朋友。

3

我在朋友家住了一天。他老婆对我还是那样凶。这一切我只能默默忍受。我偶尔会想，如果朋友的父亲还健在，她一定不会这样对我。朋友的父亲年轻时，我父亲帮过他的大忙。20世纪60年代，朋友的父亲被贬到了我们那里荒无人烟的戈壁。当他在异地他乡受难时，父亲帮了他不少忙，母亲熬了不少的奶茶给他喝。我现在说这些不是在追债，父辈建立起来的友谊我们常常怀念也没有错。其实朋友自己也没什么错，他们家的大事小事都是女人说了算。我这么一个陌生的人住在家不走，她自然要生气。从上一个租房搬出来之后，我几经周折才找到了下一家，找了差不多一周。他的妻子离疯掉就差一步了。我找熟人，租了一位七旬老汉的一室。熟人说他的儿子和儿媳都在国外工作，十九岁的大孙子恋爱之后就不再着家，小孙子才上小学一年级，需要有人搭个伴儿。他对我几乎是军事化管理。他整天坐在沙发上吸着鼻烟，把我唤来呼去的。

"孩子，你去买些面包回来，找钱时别要零钞。"我买面包回来时他又会说："你快去接我孙子放学吧，过马路得牵着他的手。"孙子刚接回家他又接着说："垃圾桶满了。小区的垃圾箱就在前面，记得把垃圾桶倒干净。"我刚倒完垃圾回来他又说："把肉从冰箱里拿出来吧，我去拿面粉，你来做饭吧。"做好了饭，我正想吃碗热面条，他又说："孩子，我这脖子酸痛的，你给我捏捏。"其实这些我还能忍受，在一起合租嘛，年轻的照顾老人也理所当然，我最不能忍受的是老人的小题大做。

三更半夜，他毫无征兆地跟我说："我不行了，你快去给我叫医生。"天寒地冻的，我匆匆忙忙穿上衣服，打电话联系，把医生叫过来时他却说："喝了点茶竟然就好了。"他几乎每天都这么折腾一回。后来我实在受不了了，经常反问自己："你父亲生病时你都没在他身边照顾，怎么无怨无悔地照顾起了合租的怪老头？"我联系好下一个房主，当天就带着皮口袋从他家搬出去了。听说老汉后来找到我那位熟人，跟他说："都说水草好的地方牛待不住，幸福的地方人待不住，尽管我很努力地友好相处，可那孩子还是搬走了。"

新房东的儿女可真不少。夫妻二人在铁路工作了二十余年，加起来有十几个孩子，成年的孩子有四五个。不过他们的脾气倒是还不错。家里的人多，他们只能从市场上买来动物的下水，填饱孩子们的肚子。两个成年的女儿虽说已嫁了人，但工作不稳定，两个女婿也没什么好工作，经常领着孩子回来啃老。成年的两个儿子境遇也好不到哪儿去，他们都是一些只会说大话的家伙。有一天，大儿子突然领着一位两个孩子的母亲回了家。对我来说，跟大大小小的二十几个人生活在一起很不容易。每一天清晨我都在满屋子的汗臭味中醒来，下班回来看到像生米粒一样乱跳的孩子，我就顿时感到疲惫。我的屋里做不成饭，小孩子们不时地探进头来看。在这样的环境里我怎么也安静不下来。我在这家住两个多月就搬出来了。很多年前我看过一本书，书上说有一种草叫寄生草，自己没有根系，依附缠绕在其他植物上，汲取它们的营养来维持生命，如果被寄生的植物死了，寄生草也活不了。原来人类当中也有它的同类。

搬出来之后我想租个环境好一点的住所，现在想来条件好的那家也毫无幸福可言。比自己的男人小很多的女人经常去夜店，因此他们家有吵不完的架。他们天天不厌其烦地吵，不吵架的日子屈指可数。我们之间虽然隔着一堵墙，我也是活受罪。每次女人喝得烂醉回来，男人就动手打她。女人一喊救命我都冲过去，要求男房东不要打，努力制止每一场战争。知道他们吵架的真正原因之后，我就不想再劝架了。听到女人在隔壁喊叫，我也只能紧张地等待战争结束。有一次，男房东喝得醉醺醺的，手里拿着一瓶酒到我屋里，跟我说了不少心里话："打扰老弟的生活了。其实我爱我老婆，不过心里也有说不出的苦衷。女人一旦变得水性杨花，你就再也控制不住了，我也没想到她会变成这样。以前我有一个温柔的老婆和可爱的孩子，不知怎么就喜欢上了她。想想这些，我都想干脆一死了之，可我还有几个孩子啊，现在已经不是一个合格的爸爸了，不能让他们再失去爸爸啦。人都到了这岁数了，按理说不应该活得这么狼狈啊。"说完长长地叹了一口气。从此我就没再出去劝架。人家两口子吵架，我一个外人出来劝，也太不着调了吧。

我的合租生活还在继续。有一天，邻居家的女人跟我说："你是个年轻人，肯定也有你的苦衷，但是你也要想想你的未来和后代，碰到肮脏的东西就应该躲得远远的。租房之前应该把前前后后都打听清楚才是。我这个邻居啊，太晦气啦。我是为你好才说这些。他们家的男人都待不住。之前他们有两个帅气的儿子，一个很小就死了，另一个都长那么大了，一场疑难杂症要了他的命。他家的女人也不安分，所以才天天吵架呢。你还年轻，这些都应该考虑清楚，我怕厄运从此跟上你。"

本来我对房东印象就不好，再听邻居这么一说，我就坐立不安。我安慰自己："应该没事吧，又不是传染病，就是两个房东吵架而已。"不过我是真怕自己的名声受损。人一旦疑神疑鬼就会坐不住。我赶紧出去找房。走在过道里，我忽然感到浑身轻松了许多。我开始明白邻居女人说的话不无道理。我搬出来不久，便听说那家的男人在家里自杀了。我知道，他的死和他老婆有脱不开的关系。

4

我在朋友那里住了一天。他的老婆更凶了，变着法儿地哭闹着数落她的男人："家里都快容不下你了，我不指望你帮忙了，怎么还不从我眼前消失？"我只是暂住几天而已，她的臭脾气和恶毒的话语我只当耳边风。我出去买了好多报纸，从上面找租房信息。大部分房东都想一次收齐几个月的房租。我不喜欢这样：一来我没那么多钱给他们，二来频繁地搬家也让我烦透了。我又租了一家，那对声称刚从韩国打工回来的房东真是杀人不见血。他们告诉我可以把两居室中大的那间租给我。他们还说："老弟，你一次性把房租给交了吧。我们过几天就去韩国打工了，不然房租也不会这么急。在异国他乡，钞票多几张也不嫌多，最近我们手头有点紧，把房子租给你，就是想让你跟两个孩子搭个伴儿。我们一去可能好几年都回不来，你付了房租就可以住在这儿，我们绝不涨房租。"

当时觉得自己特别幸运，就借点钱一次付清了他们的全部房租。那些钱对我来说绝对是个大数目。看似善良的那对夫妇把我骗得晕头转向，他们变卖了房屋又跟别人借了钱，不到一个月便去了韩国。过了二十几天后，一个彪形大汉拿着房产证来找我，说这套房子是他的，让我尽快搬走。我没有一点办法，告诉他我也是受害者。他说这些和他没关系，让我先搬出去，再去找房东。我只好搬出去，报了案。一位戴着中尉肩章的年轻警察过来冷漠地对我说："我们不敢保证能挽回您的损失，交易过程中您没留任何证据，不懂法吃亏了吧？你怎么证明自己交过房租？房东他们怎么狡辩都有理。不管怎样，你先把报案材料放在这里吧。"走到这一步，我才知道自己被那对夫妇给骗了。想到那些房租，我真是欲哭无泪，以后靠省吃俭用来还债。后来我经大学同学介绍，租了他亲戚家的一室，条件是房租可以按月交。起初我们过得还算和谐，后来我们就不再是合租关系了，简直就像一家人。他们一家人可以随意进出我的屋子。刚开始，那家的大儿子偶尔跟我借西服穿两天，后来他想什么时候穿就什么时候穿，好像西服是他的。男人嘛，都好面子，我虽然心里不大高兴，可也没表现出来。作为合租者，我也可以随意出入他们的屋子。对于我而言，现在就只有我的内衣不是公共财产了。正在这时，那家大儿子的钱包不翼而飞，房东立刻怀疑是我拿的。

女房东不给我留一点情面，直截了当地跟我说："我们家人之间不可能偷鸡摸狗，如果谁想用钱，说一声就是了，钱包肯定让你给偷去了。你知道自己是个无家可归的流浪汉吗？我们把你当人看，你做出来的事却猪狗不如。人可以被生活磨平棱角，应该学会容忍。只是，人的容忍是有底线的。为了保持名誉，人可以忍，不过名誉有时候也会毁了容忍。"被房东这样诬蔑之后，我忍无可忍，直接去报了案。警方介入洗清了我的冤屈。原来，房东的大儿子偷了钱，钱包藏得连自己都找不到。之后那孩子锒铛入狱，我也没觉得自己的心里有多解恨。

我从不觉得这是他们罪有应得。我只想还自己一个清白。从头到尾错都不在我，可我也受了伤。至此之后，我不再轻易相信别人了。

这个习惯折磨了我很久很久。

5

我去朋友家住了三天，他老婆越来越凶了。面对她的坏脾气，我努力把每一句话都当成耳边风，同时加快了寻找新租房的速度。真是欲速则不达，我在好几家报纸上登了消息，都未见回应。平时少言寡语的朋友看着妻子也开始烦了，这几天老问我是否找到了合适的地方。

我只能如实地回答。我自己不知道下一个房东在哪儿，我什么时候才能租得上，可我不能为了面子含糊地回答今天或明天。一直说实话，就用不着圆谎了。

有时我的心中莫名地有一种可怕的孤独。每每想到我只不过是这座城市里千万人当中普通而卑微的一个，就真想找个地方自尽，或者干脆消失得无影无踪。有时，我也努力赶走这些孤独，告诉自己不是这座城市里最不幸的人，只不过是遇到了一点小麻烦而已。和我一样为了能在城市里扎根而奋斗的年轻人，大多数有和我一样的经历。成千上万的人过得都比我差，可是为了生活和理想，他们像雄鹰一样把自己的理想都放在了无人能及的高处。他们当中有创造奇迹者、成功创业者、小偷、流氓、啃老族和悲观主义者。同龄人现在正享受着成人会有的幸福，也承受着成人会有的悲剧。想到这些，我又对未来充满了信心，忘掉了眼前的痛苦。我正在经历的不是苦难，而是缘分的一部分。人们看尽日出月落，遇到爱情，然后举行婚礼组建家庭。这些也都不是一朝一夕的事，需要慢慢经历，一个人走着走着就会找到自己的幸福。我相信总有一天我也会找到属于自己的幸福。这么一想，生活真是美好。所以我不嫉妒谁，也不敢妄言谁的生活犹如幻影。命运是挡在希望前面的网，只有冲破那张网，才能抵达希望的彼岸。或许，我的想法和别人的不一样，可这些都是真理。今天，我正在努力冲破命运这张网。这三年里，我遇到的种种困难和那些房东们的经历颇为相似。我觉得那些房东有的可怜，有的可悲，我却没有厌恶，更没有嫉妒。我们是彼此的匆匆过客，没必要那么认真。在上一个租房被人怀疑成小偷之后，我暗暗给自己立下了一个规则：不管我的一室有多拥挤狭窄，我都是那里的主人；不管合租的人工作多好，生活多富裕，都不能让他们越出界限。我平时很少给自己立规，现在只能这样了。我也不喜欢随随便便就发誓立规的人，这次却只能这样了。家庭与家庭之间本来应该分清你我，保持相对独立的地位，总黏在一起，也没什么意义。

从上一个房东家搬出来之后，我又迅速换了三个房子，房东分别是三个婴儿的父母、单身的穷喇嘛和膝下儿女成群的中年女人，他们的生活也都一团糟。三个婴儿的父母一天到晚都在给别人装修房屋，干得累死累活挣钱却很少。他们偶尔向我秀幸福时我选择了默默地聆听，他们匆匆忙忙，现在的年轻人同时抚养三个婴儿并非易事。现在我还没结婚，没洗过尿布，可也能体会其中的艰难。屋子里每天都弥漫着孩子的尿骚味，他们却一点都不在乎，我却已到了忍无可忍的地步。女同事还跟我开玩笑说："你是不是直接娶了一位单亲妈妈？怎么浑身都是尿骚味？你可真会见缝插针。"还有一位历史学家同事有一次用长辈的口吻提醒我："年轻人不应该这么急着要孩子。"

在这样的关键时刻，我看到了一则广告，上面写着："租一室，详情请在晚间联系普仁莱喇嘛。"我赶紧找到喇嘛，谈妥条件就搬了出来。普仁莱喇嘛年轻时满腹经纶，年老时却落了个无依无靠。膝下无子的他到了卧床不起的年纪才想起要和别人合租。除了替人算风水的那点钱，他没有其他收入。因为他是喇嘛，手头儿没缺过零钞。在他的房子里，我看到膝下无子的老人有多孤单，就像落叶总要归根一样，在生命的最后时光里，普仁莱喇嘛承受了太多的孤独。我搬过去没几天他便圆寂了，在此之前照顾过他的兄弟二人立马乱成了一团。喇嘛膝下无子，房产没有直接继承人，为了这套两居室，他的两个亲兄弟险些动手。第二天，我便收拾东西搬了出来。在他生命的最后几天里，我一直陪在他身边，他的兄弟不管不顾，最后还为了房产闹得鸡飞狗跳。人类如果真的有灵魂存在，真有转世的说法，死者应该看清他亲兄弟的真面目。

从喇嘛家搬出来之后，我去朋友家听了几天他老婆的唠叨，才找到合适的租房。房东的膝下儿女成群，我搬过去时她的男人刚刚死去。孩子们正在长身体，她微薄的收入根本无法糊口，我在一个多月之内预付了三个月的房租。那位房东手头紧张时直接过来跟我借钱，我就赶紧把省吃俭用的钱借给她，希望可以解她的燃眉之急。两个大一点的女儿每天出去找工作，可总也找不到。他们的生活像被夹在岩缝里的雏鸟，很难再往前了。这时候她儿子已被一所学费昂贵的国外大学录取了，她决定卖房。

"我把房子卖了还你钱。"女房东跟我说。

"就当是我捐给你儿子的。"我说完,转身出门时我又跟她儿子说道:"老弟,你应该好好想想你母亲是怎么供你上大学的。"那孩子默默地点了点头。我腋下夹着几本书,提着发黄的旧皮口袋从他们家搬出来了。

二、生活有时不尽人意

1

我在朋友家住了十几天后才找到一处住所。这期间,朋友的妻子简直快要疯了,她说尽了世间最难听的话。老实说,我那位朋友也够不幸的,世界上脾气最糟糕的女人成了他的妻子。如果她稍稍懂点事,就不这样折磨自己也折磨别人了。暴躁的脾气说明她不懂事,我的朋友也为此备受煎熬。或许他在前世造了孽,今生才这样受难吧。想一想,如果妻子一天到晚这么絮絮叨叨的,谁能幸福?那简直就是生活在地狱里。反正我是不能和一个像母鸡一样叫个不停的人一起过。这日子一过可就是一辈子啊。早晨一睁开眼就必须得听唠叨,也甭想听到什么好话。这是朋友的私事,一成不变的生活或许让他感到幸福。孩子们应该不会觉得自己幸福。他们以后会不会像母亲一样折磨自己的孩子,那要看他们日后的造化了。

一找到住处,我立马从朋友家里搬了出来。新房东家的人比我想象得要少,又矮又瘦的动物学家楚伦和他的妻子在那里生活。看起来他们并不般配,妻子大眼睛、皮肤白皙,一举一动都透着优雅。破旧的家具和脱了漆的木地板显得陈旧,他的妻子却让人眼前一亮。因为反复洗了很多次,桌布褪去了鲜黄的颜色开始发白,那颜色看了叫人心生寂寞。结婚三四年,他们还没有孩子。研究啮齿类动物的那位学者日复一日地过着朝九晚五的生活。不管是上班之前还是下班以后,他从不做家务。他在家里阅读啮齿类动物的相关资料,或者去三居室中最小的那间屋,一连几个小时观察笼子里的老鼠和兔子。他的妻子内外兼顾,每天把脱了漆的木地板擦得干干净净，在厨房里把锅碗瓢盆洗得发出清脆的响声。每天晚上她都把自己男人的衣物整理得一尘不染。她忙个不停，但他似乎也没有因此而欣赏她，好像那些活儿都是她应该做的。他偶尔还会这样数落妻子："嘎娜，你的动作怎么那么慢？不是跟你说过我明天要给学生开讲座吗？从我的西服里选一件最好的给我熨一下。这件灰色的根本穿不出去，你也不想想我穿这件西服出去别人会怎么看我？粥你自己吃了吧，这黏糊糊的东西我可咽不下去。"妻子则会低声回应说马上去做。从外表看，没有任何优势的楚伦对妻子如同老虎一般，妻子跟他要一点钱去买食品时，他都生气地说："你的工资呢，都吃完了？"

　　现在我就要跟他们合租了。除了男人对老婆的态度恶劣了一点，他们没有其他矛盾。啮齿类动物学家不抽烟、不喝酒，他的妻子也不那么挑剔。她可能觉得我这个单身汉有些可怜，经常会请我跟他们一起吃晚饭，但我一般都说自己已吃过。她的温柔让我觉得生活很舒适，我有时会胡思乱想："这女人的确不错，谁娶了她谁就享福啦。那个长着绿眼睛的动物学家可真够幸福的，娶了比自己小那么多，又这么漂亮的女人。"不过现在我有一件事还不太明白。我来租房时他跟我说："房子你可以租到明年五月。房租可以按月交，但不能超过每月的二十号。房租你不要交给我老婆，直接给我就行。"之前我还以为他老婆是个好吃懒做的女人，现在看来她不是那样的人，他也不让老婆手里有一点点零花钱。这一点我很不理解，觉得他是一个吝啬的家伙。

2

　　我搬进来有一个多月了。男房东依然忙着研究他的啮齿类动物，女房东忙着拖地做饭。她真是个好人，我在她身上发现了诸多优点，而且每一天都能发现一些新的。不管男人怎么数落批评，她从不顶撞，而是用小鹿般的眼睛看着他说："对不起。"我有时候真想回她男人几句，她那么好，他还故意找茬，简直就是在从鸡蛋里挑骨头。

　　"今天的饭怎么又晚啦？都七点多了，等你做口饭，我都要饿死了！"

学者又开始发飙了。妻子看着他的脸色说："对不起，今天幼儿园有个家长迟迟不肯来接孩子，我不能扔下孩子不管呀，所以做饭就晚了。"

这只是男人数落她的诸多理由之一。

不就下班晚了一会儿嘛，有什么好生气的？她的男人一点小事都不放过她。他可能觉得女人一下班就应该早早回家，任何理由都不应该成为晚回来的理由。在我看来，他的好多指责都是多余的，上班族谁还没有几次下班晚的时候啊，如果是正常情况就应该说明，可女人从来不说，弄得男人越来越放肆。如果女人顶一句"你少来这一套！"之后夺门而去，男人估计也不能拿她怎样。像他这样的男人，不可能找到比她更好的女人了。她的男人大概也没想过这些，找了一个比自己小很多、又那么漂亮的女人，应该细心呵护才是。可事情也说不准，说不定他就是她眼里的白马王子呢，为了不失去王子，她可能才这样百般容忍。不过至少在外人看来，这个男人太逊色、太可怜。

3

房东真是个温柔、善良的女人。合租了近两个月，她的美丽和优雅让我着迷。我从未见过这么优雅的女人。我是年轻人，碰到美女难免要多看几眼，其中也不乏美得让人惊叫、美得让人每晚入梦的女人。我见过好多美女，她们有的虽然漂亮但是脾气很坏；有的虽然漂亮但孤芳自傲、贪婪无边；有的女人脾气不错，但长相实在是惨不忍睹。可能是因为我太敏感的缘故，只见一次我就能看出好多女人身上的缺点，再慢也不超过一个月。不过到现在我还没发现女房东身上的缺点呢，她的长相、身高、性格都很不错。我曾在内心深处呼唤过这样一位完美的女性，她可以完全征服我的身心，只可惜那个女人没有出现。说实话，遇见了新房东嘎娜，我觉得她就是我期盼的那个完美女神。有人会说，你怎么喜欢上了一个有夫之妇呢，而且还是你房东。别人怎么说都没关系，我觉得她就是我的女神。

有时我也怀疑自己怎么就突然喜欢上了一个有夫之妇？可是见了

她，还真不知道说什么合适，有时手里还干着什么活儿，一想起她就会走神。上班时想的全是她，有一次我不知不觉地在一张纸上写满了她的名字。那张纸被我们一个爱传闲话的同事看到了，她大声喊道："哟，你是喜欢上人家女孩了吧。她应该很可爱，名叫嘎娜？快介绍姐姐认识认识，我帮你定夺一下你俩合适不合适，估计她也爱你吧？"当时我特别尴尬，真想找个地缝钻进去。我没向任何人说起过自己喜欢上了女房东，所以没有人知道这事。隐瞒真相也不是易事，这位同事突然喊了一声嘎娜的名字，真叫人尴尬。我甚至觉得所有人都已经知道了我的秘密。同事们应该还不知道，如果知道了，肯定会问："看来他的确喜欢上了一个人，她是哪儿的？"幸好这事没在同事中引起任何波澜，虽然我没有作声，可已经心乱如麻。从此我变得更加谨慎，一言一行都三思而后行，努力守护我的秘密。不过只要细心观察，看破我的心事并不难。平时我喜欢留下来加班，现在一下班就忙着往家里跑。我是一个单身汉，租房住，所以没有必要一下班就往家跑，除非有急事。现在我每天和男房东比谁先回家。我不知道这是尊重内心的呼唤还是情不自禁的表现，反正人们会在走廊里看见那么一个人正在匆匆忙忙地回家的身影。临近下班，我的身体就像要奋力奔跑的马一样，非常兴奋。如果这都被同事们发现了，他们肯定觉得我太夸张了。

有时我也自责。什么都还没开始，怎么就那么急着回去见一个已婚的女人？她能带给你什么？可是已经形成的东西就不容易被人左右了。我需要多么大的定力才能控制自己？我不是一个没有节制的人，平时我常告诫自己要低调再低调，所有的大道理我都懂，可为了她还是忍不住往出租屋里跑。看样子，我是喜欢上了女房东。

她可是一位有夫之妇，一想到这个，我怎么也兴奋不起来。她是别人的妻子，再好再近也不属于我，属于别人。这两种想法经常在我的心里相互矛盾，我好像喜欢新房东，似乎也没有。尽管那位动物学家没做过任何对不起我的事，我也厌恶他。看到他对妻子发号施令，我立马就热血沸腾，心中有一股莫名的火。人家两口子吵架，与我何干？人们无法完全了解彼此才要用这种极端的方式吗？喜欢他的女人，我才开始厌恶他的吧，这在外人听起来多可笑。

4

我真心爱上了那位有夫之妇，满脑子都是关于她的点点滴滴。我越来越觉得她漂亮，任何词语都无法形容她有多美丽。我越觉得她美若天仙，就越感觉她的男人丑陋无比。每次看到那男人的绿眼睛、稀疏的黄卷毛和瘦削的双肩，就无法理解嘎娜怎么会看上这么一个"瘦羊羔"。别说嘎娜这样的美人，就是一个普普通通的姑娘也看不上他。比起他，我可是个真正的男人，要长相有长相，要身材有身材。既然嘎娜能看上这么一头老牛，肯定会爱上我。研究啮齿类动物的这个家伙有幸遇上嘎娜，还和她一起生活了几年。如果和我在一起，嘎娜就不用被呼来唤去了。他不就比我多了一套地板脱了漆的三居室吗？还能有什么。如果是我，一定不让嘎娜过这样的日子，老婆连几套换洗的衣服都没有，他竟然还可以那么神气！他的心里只有那些兔子和田鼠，根本装不下嘎娜。如果带着嘎娜私奔，他估计也拿我没办法。

有位哲人说，任何事情过了临界线就会进入病态的发展，就像现在的我。有夫之妇夺走了我的心，有一天晚上我竟然梦见了她：我和她正在私奔，男房东为了他的妻子，手里拿着枪，赤裸着上身追我们。我牵着她的手跑上一座山顶就没了路，男房东把枪口对准我，扣动了扳机。枪声一响，我便跌下山谷，感觉像是在飞翔。

我从梦中惊醒，不知道这场梦持续下去还会发生什么。在梦里我看到男房东的绿眼睛，他应该做得出任何极端的事。第二天起床后我想到昨晚的梦，不敢直视他，我感觉自己后背凉飕飕的。之前只顾着喜欢他的妻子，完全忽略了他的存在。我无法掩饰日益膨胀的欲望，自从看上她，我再也不敢直视他。

还和以前一样，我一下班就急急忙忙跑回出租屋，进了屋把门关严实听隔壁的动静。他们的生活一切照旧，除了偶尔和妻子大声说话，动物学家平时都像个死人一样保持沉默，估计他正忙着研究他的啮齿类动物。妻子则忙着擦拭那脱了漆的地板，忙着在卫生间里洗漱，或者在厨房里弄得锅碗瓢盆叮当作响。我真想把她领进屋里，让她远离整天被人呼来唤去的苦日子。让我苦恼的是，我一直没找到合适的机会。

5

我越来越厌恶那位研究啮齿类动物的男人。这不怨我，是他自己埋下了祸根。星期天，我正百无聊赖地躺在自己的房间里，他请我去他的动物观察室跟我聊了很多。他说："在我们这个星球上，啮齿类动物的体积最大，危害也大。所有啮齿类动物都希望自己有个窝，它们在自己的窝里和老婆孩子一起生活，目标只有两个：住所和饮食。啮齿类不与其他动物为敌，可为了地位、住所和饮食，同类之间相互残杀的事情却时有发生。"

他说自己的研究课题是"雌雄啮齿类动物的集体生活"。他已经掌握了啮齿类动物的部分生活习性：在自然法则下雄性动物必须占据主导地位，这条规律同样适合于走兽、飞禽、爬行动物、啮齿类动物、鱼类和昆虫。动物的雄性很自然就觉得自己要承担照顾家庭的重任，如果雌性占据了上风，则会扰乱自然法则，严重的会给这类动物带来灭顶之灾。有人研究过蜘蛛，发现雌性蜘蛛和雄性蜘蛛虽然生活在一起，可有时雌性蜘蛛会占据上风。每每这样，雄性蜘蛛就找来食物献给伴侣，有时它自己也会成为雌性蜘蛛的美餐。同样的法则也出现在了他正在潜心研究的鼠类和兔类的生活中。这位动物学家首先把雄性兔子和雄性老鼠隔离开来，让雌性兔子和老鼠挨饿，听到伴侣因饥饿而发出的惨叫，大多雄性动物都给伴侣留了食物。相反，给雌性动物食物，让雄性兔子和老鼠挨饿，实验结果是雌性兔子和老鼠没有给雄性留下任何食物。他得到的结论是：雄性动物觉得自己有养家糊口的任务，而雌性动物都觉得应该由伴侣来养活。

动物学家还拿老鼠和兔子做了三次实验。第一次把雌性和雄性关在一个笼子里，一连几日都给雌性动物大量的食物，不给雄性动物任何食物。几天后，同时给它们足够的食物时，饥肠辘辘的雄性和吃饱喝足的雌性会抢食物吃。第二次把雌性和雄性隔离开，给雄性足够的食物，只分一点食物给雌性。几天后，只给它们少量的食物时，雌性动物并没有来抢食物。第三次把雌性和雄性动物关在一个笼子里，一连几天都不给它们任何食物。此时雌性动物会追着雄性动物跑，示意让它们出去找食物，也可能是要把雄性当作食物吃掉。动物学家得到的结论是：如果啮齿类动物的雌性占了上风，雄性动物一定会被毁掉。他也发现如果雄性动物一直完成最主要的任务，雌性动物就愿意依偎在它身旁；一旦雄性动物失去了这样的能力，雌性动物就会对它又啃又咬。

基于以上实验，动物学家得到了如下的延伸结论：啮齿类动物的这种生活规律不仅适用于其他动物，同样适用于人类。男人就应该养着女人，男人如果做不到这一点，女人就会试着重新选择。他这些无聊的理论让我彻底无语。

我想，他说这样的法则同样适用于人类，人怎么能和啮齿类动物一样？人类可以彼此爱慕、相互帮助，和动物有本质的区别。他把人类的生活和动物相提并论，简直是无稽之谈。

了解了男房东的职业，我看都不想看他一眼了。在我眼里，他自己就是雌性蜘蛛和正在挨饿的雌性兔子。天啊，我怎么可以那么讨厌他，他并没给我使过坏啊。他认为人类和啮齿类动物一样，所以生怕有一天地位不保。你们想想看，娶她时他承诺要给她幸福，现在却把她比作啮齿类动物来展示性别优越，原来是为了保住自己的地位。

6

我渐渐明白，他在家庭里实施的正是他的实验结论。破旧的用品、洗得发白的桌布、多年没有上漆的木地板原来都有它存在的道理。动物学家活着的意义是让妻子在物质上匮乏，好让她生活在自己的监视范围内。我终于明白他刚刚跟我说的那些话也基于这个理论，每个月的房租只有四千图格里克而已，他怕这些钱如果落到妻子的手里会打破原有的生活。他不希望妻子手里有一点点零钱，区区四千图格里克，能做什么呢，更何况她还是个女人，这钱连一双时髦的皮鞋都买不到。在他眼里这可是一笔巨款，所以之前才让我把房租直接交给他，而不是他的妻子。和笼子里那些为了一点食物相互撕咬的啮齿类相比，人类还是大不一样的。他大概没有想过在大街上与他擦肩而过的人们都有自己的期盼，每一扇窗户里面的人们都在开拓新的生活，而这一切都是为了家人的幸福。在他看来，人类的生活和笼子里的啮齿类动物没什么不同，所以他每天只关心他的啮齿类动物，与它们分享自己的秘密。他或许并不知道世间如此广阔，与笼中的啮齿类动物和他铺着旧地板的房子是两种风景。知道了他的想法，我的脾气就变得更暴躁了。妻子出门上班时他大声吩咐道："嘎娜，你今天要早点回来，明天学术委员会要开会。"难道明天的会他让妻子提着啮齿类动物的笼子跟他一起去，还是把自己当成展品，在脖子上挂个牌子告诉大家她就是学者楚伦研究啮齿类动物、实施实验理论的代言人？想到这些，我开始莫名地生气，随手拿起桌上刚买来的新书狠狠地往墙上砸去。那本价格不菲的书已四分五裂，让我很后悔。看来情人眼里出西施这句话的确有道理，现在我越看越觉得她漂亮，像朵娇艳欲滴的红玫瑰，让人忍不住地疼爱，但她碰上了这么一个无聊的家伙，再好的玫瑰也会早早地凋谢。

有时我甚至想把他关进笼子里，让他和那些啮齿类动物一起生活。既然他觉得人类的生活和啮齿类动物没有什么区别，这样的惩罚对他而言非常合适。或许他还能在那里找到在人类生活中从未体验过的幸福呢。

三、黑暗无法消融所有的光明

1

我在动物学家的合租房里生活了三个多月。房东没给过我任何压力，可我依然生活在巨大的煎熬中。明明爱上了女房东，我却不能公布于众，加之非常讨厌男房东，我的心里有说不出的苦衷。最让人难受的事，莫过于不能向心爱的人袒露自己的内心，不能向厌恶的人发起攻击。其实只要我愿意，随时都可以搬出去，再找个合适的租房。没有人求我留下来，更没有人阻止我，我想怎么样都可以。只要我说一声"我搬走了，谢谢你们俩"就可以了，说完就可以搬出去。

可惜我做不到。我怕自己就这么走了，会有东西遗留在这里。如果我就这么关上房门决然地离开，真害怕自己走不出多远就因心力不足而跌倒，再也站不起来，我也不知道自己怎么会变成这样。她的男人对她再怎么样，终归是她的丈夫，我怎么会爱上一个有夫之妇？她的哪一点在吸引我？我不明白。我还很年轻，还有很长的路要走，可我现在爱上了别人的妻子，还讨厌她的男人。天啊，这日子太难啦。更难熬的是，我喜欢的女人就在隔壁和别的男人在一起，这也太痛苦了。在生活中，人们难免经历种种磨难。我是个年轻人，遭遇一场暴风雪或者在炎热的夏日里穿越沙漠都不算什么，看到心爱的女人和别的男人睡在一起，而且近在咫尺，近得我都能听得到他们的呼吸，这才叫煎熬。她男人还是个比她年龄大很多、长着绿眼睛的家伙。有时我难受得整晚都失眠，一想到他正在享受我心仪的女人，就完全没有了睡意，只能生着闷气辗转反侧，度过漫长的黑夜。早上起床发现盖在身上的被子像被春天的大风吹了很久的羊皮大衣一样没了样子，褥子像被揉在手里的纸团一样变得皱皱巴巴。被褥都已如此，更何况是躺在上面的我！熬过一晚上，我常常浑身湿透。都说人活着只求一个内心安稳，其实喜欢一位有夫之妇，我也没什么可后悔的。如果发现妻子有了外遇，与她同床共枕的男人会怎么想？一辈子只能娶一个女人，她还爱上了别人，戴了绿帽子的男人能好到哪儿去？一定会向女人撒出他所有的野蛮行为。

我在这里已经三个多月了，我遭遇的煎熬亦是幸福，我再没有幸福可言。动物学家还在研究他的啮齿类动物，她正在验证他的实验结论，岁月一天天在流逝。我依然保持着一下班就跑回出租屋的习惯，内心的煎熬还在持续，生活还是老样子。那位老历史学家已退休，代替他的是毕业于大学历史专业的女生。临近退休时老人很不情愿，逢人便说："我就要离开工作岗位，成为一个无用之人了。人这一辈子做点事，年龄是最大的障碍。"我们几个谁也没往心里去。我想，这些话都是他经过深思熟虑之后说出来的。这位资深的历史学家正在写一部三卷本的《蒙古历史新编》，退休前只写到了17世纪，他的计划是写到20世纪。他在思想被禁锢的年代里度过了最美好的年华，本想在事业上有所建树时却已到了退休的年龄，这种感受我们当然体会不到。老人的著作现在都还只是厚厚的手稿，他的理想还没实现。现在我常常想起老人说过的话，我也是一位历史学家，作为年轻人，我也想给国家和人民写好历史，这是我的理想。现在每天忙着租房过日子，还喜欢上了女房东，每一天都过得浑浑噩噩，大好年华都被浪费了。想到这里，我真想赶快离开租房里，开始新的生活。

2

人的确有野性，包括我。有时我真想一刀杀了男房东，那位动物学家。那女人以后跟谁过日子都不重要，重要的是我真想让这家伙消失。估计她离不开那个男人。

上了床，个子矮小的男人或许会在她的耳边说："我爱你，如果你离开了我，那我先杀了你，然后再自杀。"她一定相信这些鬼话，被感动得一塌糊涂。我却还在这里想着用各种方法结果了他，想想这些办法也太幼稚了吧。我经常想象他站在阳台的时候突然跑过去吓唬他，让他坠楼而死，或者直接过去推他一把，要不趁他不备时往他的茶水里放安眠药。我知道这样做太幼稚，可我愿意冒险。我本来就讨厌杀戮、暴力和暴政，人类越讨厌暴力事件，就说明越有暴力倾向。小时候别说杀人，看到别人被打得鼻子流血我都特别害怕，现在都有了要杀人的念头，可见每个人都有野性。他正在研究为了食物可以残害同类的啮齿类动物，估计也想过用各种残忍的方式结果自己不喜欢的人。有一天他真做出了这样的事，我也不觉得奇怪。我曾在一本研究人性的书上看过这样的结论：个头矮小的男人往往更加残暴。因为小时候他们经常遭人欺负，从而产生的憎恨和嫉妒会让他们在成年之后做出可怕的过激行为，甚至是大屠杀。例如，烧杀、掠夺欧洲的拿破仑，身高只有一米六二；杀害过近六千万人的法西斯头目希特勒，身高只有一米五八；把拒绝自己的女人杀了放进冰箱里吃肉的日本男子身高只有一米五四。这样的例子还有很多，也就是说，如果谁欺负了个头矮小的人，就等于给自己的明天备了一把匕首，随时可能遭遇伤害。

矮小者比其他人更好胜。不是因为我认识的所有矮个子都那么残忍，他们当中也不乏忠厚、善良的好人。不过我也注意到矮个子男人的眼神中暗藏着某种冷漠。我见过这样的人，也曾被他们欺骗和利用过。我相信矮个子男人会用冷漠的眼光观察周围，男房东就是。看到他的绿眼睛，就觉得他可以冒任何险，只要法律允许，他会不惜伤害任何人。遇到比他强的人，他肯定想办法让对方跪下来。如果条件允许，他的实验室不应该是三居室中的一室，而是整个城市，这样他就可以拿实验的名义残害更多的人。好在人类有办法叫这些人收敛，要不然他的实验对象恐怕不是兔子和老鼠，是全人类。我想杀了他，此时他可能也正酝酿着要杀了某人。

3

现在我经常想如何让他们离婚，是男房东古怪的性格让我有了这样的想法。按常理来说，有几年婚龄的女人都想要孩子，他们却没有孩子。女人都喜欢天真可爱的孩子，所以才买洋娃娃玩。女房东就是这样的人。或许是她的男人无法使她怀孕的缘故，她特别喜欢小孩。如果他们沉闷的家里有了孩子的啼哭声，估计一切都会发生变化，整日以研究兔子和老鼠取乐的男人也会变成另外一个人。我能看得出她很想要孩子。有一天她抱了一个婴儿般大小的洋娃娃回家，心情特别好，嘴里一直哼着歌。无论是下厨做饭还是洗衣服，洋娃娃始终陪在她身边，想必她非常孤独。

如果那位冷漠无情的男人看到这一幕，把她当孕妇来呵护多好。他却截然相反，那天他见了个朋友，很晚才回家，走进厨房看到洋娃娃就大声责问女人，正在打盹的我也被吵醒了。

"家里怎么会有洋娃娃？是谁的？嘎娜，是你买回来的还是别人送的？"他大声喊道。

"对不起，是我买的。今天我们发了工资，我去超市逛时看到它，特别可爱，就买了。"妻子说。

男人简直要气疯了，他说："是吗，你都到这地步了？我们连伙食费都没有，你还买这种垃圾回来。这东西能吃还是能穿？"

男人嘴里说着："我叫你买，叫你买！"估计洋娃娃被撕得七零八落，女人则吓得连一句话也没回，一整晚男人都在数落妻子的不是。进了被窝说不定他会像啮齿类动物一样掐、啃妻子。第二天早上我去厨房打水，看到那个洋娃娃时险些喊出声来。它被撕得七零八落躺在垃圾桶旁边，天蓝色的连衣裙被撕成两截躺在垃圾桶上。洋娃娃的眼睛和土豆皮、茶叶根、废纸一起被扔进了垃圾桶，求救似的盯着我，看了叫人心疼。看到那双眼睛，我极力告诉自己那不过是玩具而已，可心里还是无法平静。直到垃圾桶里被塞满了垃圾，那洋娃娃还一直躺在厨房里。我觉得男房东撕扯的不是洋娃娃，是我。想到垃圾桶里的洋娃娃还盯着我，我就更加厌恶男房东，觉得他是个无情的猛兽。我怕有一天他也会把美丽、善良的妻子撕成碎片，所以我得赶在他动手之前保护她。想到她可能会在他身边忍受一辈子苦，我的头皮就有些发麻。

4

看到男房东的表里不一，着实让我吓了一跳。男房东对妻子凶狠至极，对领导却尊重有加，我觉得很不可思议，再看他细声细语、鞍前马后更让我"佩服"到了极点。长着绿眼睛、个子矮小的男房东在那个被称之为学院学术科主任的红脸高个子男人面前的表现真叫人瞠目结舌。

他常对妻子咆哮，对主任却低三下四。看到他这样，我真是又气又觉得好笑。

那天他叫我过去跟我说："如果你有空就陪主任聊聊天，我不喝酒，所以也陪不好客人。"

虽然不是很情愿，可我还是很好奇，就说："好的，好的。只要不打扰你们就好。"舍不得妻子去买面包的男人今天却格外大方，美食美酒摆满了桌子。酒过三巡，主任脸色变得通红，人也成了话痨。他说男房东与人为善，却常被坏人利用，还说他具有升职潜力。他还说房东一心做学术，生活技能就弱一些。我从主任那里得知原来男房东有婚史，前妻是毕业于艺术大学的演奏家，而且是位高干子女。她找到有钱有势的男人后便弃他而去，走之前榨干了他所有的财产。如果主任说的句句属实，矮个子房东简直就是落入凡间的佛祖菩萨。房东不插话，坐一旁听主任说，偶尔附和着笑一下。喝醉后主任直接表示会提携他，还说他的课题新奇，如果政府资助的是真正的学者，房东早就拥有了属于自己的啮齿类动物大院，现在政府黑暗才使他没落到如此地步。烂醉如泥的主任不吝言辞地夸赞他，房东也成了最幸福的人。主任喝到很晚才由房东搀扶着下了楼，之后摇摇晃晃地回了家。

送走主任，房东便有了满脸的愤怒和郁闷。我实在搞不明白，五分钟前还那么灿烂的笑容怎么会这么快烟消云散。他压抑不住内心的气愤，对我说："我们这个主任可真是个窝囊废，我想让他批一个实验室，好几年了还没办成，我早晚要找他算账。"

"我看他人还不错呀，既然说了要提携你，应该不会是空话。"我说。

房东说："酒话哪儿能当真。你没看他下楼梯时差点摔死的样子吗？不要说提携我，他能活着回家我就得谢天谢地了。"

我差点一屁股坐在地上。刚刚还一口一个主任呢，一转眼就骂他是醉鬼了。如果每个人都这样，我们还能相信谁？依靠谁？不过刚才的话题只有两点吸引我：第一，是他的前妻；很显然，这话题太敏感，我不好意思问他的前妻为什么跟人跑了；第二，原来在他的眼里，包括妻子在内的所有人都是啮齿类动物。

看到房东虚伪的两张面孔，我想到了这些。

5

我的想法完全正确。

有一天，我在厨房里看到男房东落下的笔记本，捡起来一看，原来是啮齿类动物的观察笔记。笔记中这样写道：

> 啮齿类动物在笼子里的生活方式与人类相同。在笼子里增加一只异类，新来的异类就会变得焦躁不安，给它再多的食物，也无法消除它在笼子里的孤独。一个月后，新来的动物逐渐消瘦，如果这样持续下去，它可能会因孤独而死去。对啮齿类动物来说，独立的住所和阳光、水、食物同样重要。

我一点都不喜欢这段话。动物学家给我租房也是为了拿我和它们做对比。换句话说，他给我租房是为了看我如何对待孤独和煎熬，对他而言，我不是合租者，而是实验对象。我成了他掌心里的啮齿类动物。在知道了这些后，我更加自卑起来。作为年轻人，我应该容忍这个有些变态且丑陋无比的男人吗？我开始对他有了仇恨。之前我从未记恨过谁，这次的记恨来得却如此强烈。我喜欢的女人不仅是他的实验对象，还是家奴，世界上竟然还有这样不公平的事。四个月来他把我当成啮齿类动物，我却爱上了他的妻子，整天在那里胡思乱想。想到这里，我萌生了一个彻底报复他的想法。

既然他把我当实验对象，我就要让他的婚姻再次破裂。我要让那位美丽、善良的女人离开这垃圾般的生活，这是他四个月来窥视我的代价。有了想法，我下一步的打算就像掌上的纹路，变得清晰可辨。我不能动武，也不开杀戒，如果这么做了，对他而言不是惩罚而是奖赏。最好的惩罚是让他一个人孤独到底。在孤独的环境里，他会备受煎熬。天啊，我真就是这么想的。我想让生活中的光明都被吞噬在黑暗里，这也算合理吧。我要让他的婚姻再次破裂，我一定能做得到。

四、生活有时是实验室

1

我的一举一动开始吸引女房东的注意。我喜欢她，也希望可以对付她那位动物学家。据说物质之美和言语之美都可以让女人失去自我。之前我从未如此喜欢过一个人，现在正在努力让她也喜欢我。新来的女同事跟我说："女人习惯了也就喜欢了。每天送她个小礼物，说些让她高兴的话就行。"我下班回来时带一些小礼物给她。起初她会说："不要买了，这多不好意思。"后来只说声"谢谢"就收下礼物了。如果每个男人都像我这样每天为心爱的女人花钱，那就糟糕了。我给她的东西不过是一两个苹果、一包糖果、一盒口香糖、一袋巧克力而已，可那也花了我不少钱。我的工资平时用来付房租和吃饭，加班费和奖金才是我的零花钱。我每天都给她买小礼物，很快便囊中羞涩，还跟那位女同事借了几千图格里克。借时说好发工资之后还钱，可工资还没发下来时我已负债累累。拿到工资后，我先把房租交给动物学家，然后好说歹说让女同事宽限几天，允许我下个月还她的钱。奇怪的是，这种境遇并没有让我沮丧，反而让我兴奋。女房东既然收了我的礼物，就等于收了我的心，这说明我还有希望。人不会无缘无故地送对方礼物的，如果不是有利可图，那肯定是为了感谢。我也没有跑前跑后地给女生送过礼物，为了女房东这次才不惜代价。她或许会在心里拿我和自己的男人对比。和处处为难她的那个矮个子比起来，我简直就是童话里那个善良的英雄。这也是我报复动物学家的手段之一。眼睛发着绿光的那个家伙不是在做诸如啮齿类动物的雄性完成主要任务后对雌性有多大的吸引力之类的古怪课题吗？他不是喜欢拿活人当实验对象吗？这次我要"以其人之道，还治其人之身"，看看到底谁能笑到最后。我在他的妻子面前表现得很绅士，她肯定会抛弃动物学家投向我的怀抱。如果能达到这目的，就算花掉我一个月的工资也不可惜。

日子就这样一天天地过着。对我而言，勾引女房东最难的是说好话给她听。我从小在乡下长大，老家在东戈壁省①。如果让我跟一个女人说"你真漂亮""今天你看起来真美"，就会显得特别空洞。可是现在命运叫我必须这样做，我只能硬着头皮假装在用心赞美她。我相信打动她的不是我送的那些糖果，而是那些动人的话语。新来的女同事从女人的角度给我的建议恰到好处，她也希望我的爱情可以修成正果。

"她收了你的小礼物？你有没有跟她说说情话？"有时女同事会这样问我。

为了照顾她的情绪，我只能说："是的，我没送过她什么像样的东西，好在她也不嫌东西不好。"

女同事微笑着跟我说："一个女人收了你的礼物，就说明你还有戏，记得要坚持。"

2

我的计划正在顺利实施，女房东正在一步步被我吸引。不知是害怕她的男人，还是出于本能的害羞，以前她从不进我屋，现在只要她的男人一出门就进来和我聊。每一次她都特别谨慎，门铃一响就迅速跑进厨房或卫生间。大概是她特别害怕自己的男人知道我们的暧昧关系。她越这样，我越觉得她可怜。

在监视下过日子的确不易。她是房东，可日子还不如我这个租房者。是那个不把人当人看的男人让她过着这样战战兢兢的日子。看到她不如意，我对她的爱就会更强烈，这当然不等于我爱上了她的不幸，每一个男人看到自己心爱的女人因为惧怕变得战战兢兢，都有前去呵护的冲动。

有一次，她在我屋里聊天险些被发现。他出门时说有事，可那次突然打道回府，我们聊得正投机，看到丈夫回来她就像被毒蛇咬了一下，一跃而起跑进了卫生间。我不知所措地从房间里走出来，看到动物学家正在开门，脸拉得很长。我就像犯了错似的，完全怔住了。后

---

① 东戈壁省：蒙古国21个省之一，位于蒙古国南部，面积11.5平方公里，南面与中国接壤。

来我问她：“你怎么知道他回来了？我都没听到，当时完全傻了。”她说：“我也是，完全傻了。如果他知道我随意进出你的房间，肯定会数落个不停，或许还会把我赶出去。幸亏我听到了门外的动静，钥匙一响就知道他回来了。”

有了这件事，我们在一起的时候都学会了耳听八方。能让嘎娜来我屋里和她天南海北地聊一聊我就很幸福。一聊天我就忘了自己是谁，还以为是和自己的妻子在家里聊天呢。她跟我聊起她的工作和朋友，我虽然不了解她的工作，也不认识她的朋友，但是喜欢她的小嘴优雅地开启，脸上挂着微笑说话的样子。这样聊上几个小时，甚至是几天几夜我也愿意，如果和别人聊，我肯定做不到，即使只听她一个人在那儿说，也是一种享受。我们的聊天每次都受限制，她恶毒的男人一回来，聊天就得马上终止。和她在一起让我知道什么叫话不投机三句多。如果对方听不进去你说的话，什么金玉良言也都是对牛弹琴。只有懂得相互倾听，一起聊得开的人才能走到一起。我和嘎娜心有灵犀，因此喜欢坐下来一起聊天。我们的压力很大，不过没关系，至少她现在离我非常近，这是我想要的。

3

女房东和我的关系的确亲近了。我每晚送她小礼物，也学会了说甜言蜜语。她开始关心我，跟我说：“你不要再破费了，省点钱给自己买一件衣服穿吧，我知道你手头也不宽裕。”

我说：“一点点小礼物算不得什么，一片心意而已。”

她说：“那可不行。我每天要你的东西，那多不好意思。如果你是为我考虑，就不要送了。无功受禄我内心不安啊，下次你再送，我也不要了。”

我没说送，也没说不送，只是每天晚上趁她男人不注意把东西送到她手里。随着时光的流逝，我和女房东的关系到了无话不说的地步。有天晚上，她简单地说了一下自己的身世后，我发现自己更爱她了。原来她的生活也并不如意，她很小的时候母亲就已去世，她是在父亲身边长大的。因为女儿失去了母爱，父亲很疼她，只是在她七岁时也去了另一个世界。父亲生前常提起她的母亲，说她是一位幼儿园老师，所以嘎娜从小的理想就是当一名幼师。现在她最为得意的是从事着和母亲相同的职业。别人都夸她的母亲是个美人，在高校工作的丈夫对她百般宠爱。每当听到别人说母亲漂亮时，她觉得很幸福。

聊到她的男人，她只是轻描淡写地说他是父亲的朋友，她大学毕业之后便和他结了婚。可能是经历了许多风风雨雨的缘故吧，她变得小心谨慎。她一定跟那位动物学家提起过自己的童年，如果他是一个正常的人，应该加倍呵护她才是，可他却像个啮齿类动物一样无情。经历了上次的事，我觉得得想办法让她的男人放松警惕。终于想到一个计策并缠着女同事要了一张照片，拿回去跟男房东说："我爱上了这个女孩，是我的同事，看着人还不错，不知结了婚会怎么样。"

他戴上眼镜，手里拿着照片端详了一会儿说："姑娘挺漂亮的，不知人品如何？不过男人娶亲就得考虑脸蛋，女人就是女人，人是自然界的动物，完全没有必要讲过多的情感。你爱上了一个女人，可是如果这个女人爬到了你头上，那就麻烦了。必须让女人像个女人，不能让她们远离厨房。一旦走出厨房，她们就会上纲上线。按照自然法则，女人是给男人洗衣做饭的。我们不应该让人类偏离了自然界的法则，自然法则适用于动物，同样适用于人类。你看我研究的啮齿类动物，就是按照这种自然法则来生存的。"

他讲了整晚的理论，让我觉得非常好笑："你就按照自然法则对待她吧，早晚有一天我要让你知道人类有爱和被爱的需要。"

动物学家坚定地认为我爱着我的同事。

4

我要忍到什么时候啊？还是跟女房东表白吧，这样自己的心也没那么累了。嘎娜一定会和那个崇尚自然法则、比她大二十岁的男人离婚的。我已习惯了有她陪伴的日子，她也应该习惯了。她是女人，或许正等着我表白。没有她，这日子完全没意义。女人依靠男人，男人也需要女人。

我爱上了嘎娜，她的一言一行对我而言都有魔力。我不能再像一条狗一样，趁她男人不在时和心爱的女人说几句话。让美好的时光这样白白流逝，太可惜了。我不管男房东说什么，也不在乎他说什么，只要嘎娜理解我并接受我的表白就行了。我相信她，她应该已经习惯了有我的生活，不然也不会背着她的男人悄悄溜进来和我聊上几个小时啊。她开始关心我，背着她的男人给我洗衣服，把我的领带熨得平平整整。只要有女人打理，男人的生活一下子就亮堂了。

爱传闲话的女同事说："最近你混得像模像样，看看这身衣服，干净得闪闪发光。是不是背着我们结婚了？什么时候请大家喝喜酒啊？我们也想认识一下你的老婆。"

新来的女同事也微笑着跟我说："和那个女孩同居了？行啊，你。女人可得好好研究，婚前温柔、可人的美女婚后会变成另一个人。所以你不要急着结婚，先观察观察再说。"

我说："还没到那地步呢，不过她送了我个礼物。"说着把嘎娜送我的雕塑拿给她看，那是一只正在飞翔的老鹰。之前不拿出来，是因为我怕同事说我自作多情。

她看了看说："她喜欢你。"我不知道老鹰是用什么材料雕刻的，那种闪闪发亮的黑石头我很喜欢。不知嘎娜是收了我很多小礼物过意不去才送我这个，还是想借礼物暗示什么。她送我老鹰时说："记得要好好珍藏啊，别顺手给扔了。"我怎么能扔了它呢，恨不得睡觉都抱着。不怕大家笑话，直到今天，我还没有收到过女生的礼物，它是第一个。能收到她送的礼物，感觉很幸福。

收了礼物，我想表白的意念便更加强烈了，她应该不会拒绝吧。

5

我等了很长时间。

我想说："嘎娜，我爱你，自从爱上你以后，我就不会再爱上其他女人。"可我还是没有勇气。那一天嘎娜没有去上班，碰巧那天我总咳嗽，跟单位请了病假,一整天我们都在一起,这是一个好机会。我们一直在聊,刚开始聊工作,接着聊历史,最后是生活。其实更多的时候是我在说她在听。我给她讲小时候那些单纯、美好的爱情,她听得非常认真。我从未向别人袒露过这些,也不喜欢为了增加聊天的趣味故意夸大或缩小事情本身。我这样给嘎娜讲自己的初恋:

我出生在牧民家里,兄弟众多,共有十一个。我在花朵之间听着婉转的鸟鸣声长大。我喜欢家乡春天时接羔的忙碌,喜欢秋天的鹿鸣声,喜欢来自乡下的每一种旋律。可我不喜欢在乡下生活,从孩提时代便希望自己是城里人,我喜欢在人群中为了理想奋斗,它伴我度过了许多个春秋。乡下人的善良不足以吸引我。我不喜欢他们的思维方式和生活模式。乡下的中学老师更是糟糕透顶,他们根本不知道学生想要什么,教文学课的老师没有任何师德可言。中学时,我的文学老师名叫尼玛,他没读过一部文学作品,断送了不少学生的理想。七年级时,我们班有一个女孩喜欢写诗,现在我还记得她关于生活、爱情和大自然的诗篇,是那个女孩带我进入了懵懂的初恋。她来到县里,让我懂得生活原来还可以有另外一番模样。她身上总是散发着香水味,却不知道她用的是什么牌子的香水。乡下女孩都嫉妒她,其实我一点都不喜欢那些乡下女孩。她的到来,让远离城市的戈壁滩变成了我的梦中家园。有一次在一群乡下女孩的推波助澜下,她的诗集落入了尼玛老师的手里。

老师严厉地批评她,说我们是社会主义的接班人,不应该写这种情诗。老师的批评很快传遍了校园,大家你一言我一语,都觉得这么小的孩子不应该写什么情诗。大人小孩都嘲笑她,害得她不能继续待下去。很快她就回城了,我是唯一一个替她惋惜的人。女孩回去之后,班里的女生说:"那个爱用香水的女孩终于滚回去了,真叫人解恨。"当时我听了非常生气,但也没有说话。我在心里默默地想了她很多年,上了大学我才和她见了个面。可她早已不是小时候的那个女孩了。我问她还写不写诗,她瞪了我一眼,说:"你不要这样侮辱人。"我终于明白,写诗对于现在的她而言成了一种侮辱。她变成今天这样，尼玛老师有不可推卸的责任。我心中的女神变成这个样子，真叫人失望。不过我得感谢她给了我观察生活的全新角度。如果我回去，会是一名历史老师，有稳定的住所，不必像现在这样东奔西跑。我不愿意跟讨厌香水和诗歌的人在一起，那些爱传闲话、爱告状的女人也不会有什么好结果。

这就是我的初恋。她听了觉得非常惋惜，她也给我讲了她的初恋。

6

我的女房东，我心爱的女人嘎娜，她的初恋跟我的完全不一样。每个人都应该有属于自己的初恋故事，可是我们两个人的故事也离得太远了。

嘎娜的初恋对象是她在幼儿师范学校时的同学。他在福利院里长大，是个热心肠，嘎娜就动心了。他不懂嘎娜，此时正爱着另外一个女孩。那个女孩经常混迹于成人场所，很不安分。

嘎娜不止一次地跟他说过不要和这样放荡的女孩在一起，有那么多好女孩在等他。可男孩哪里听得进去。嘎娜把爱都藏在心里，他还不知道嘎娜有多爱他就死了，是自杀。有一天他知道自己喜欢的女孩竟是乌兰巴托市的妓女，他无法接受这个事实，选择了卧轨自杀。警察从死者的衣兜里找出了一封叠好的信，是他写给那个女孩的，信上说：

> 阿茹娜，我一直以为你是一朵不食人间烟火的玫瑰，没想到你是一株长在垃圾堆里的野草。这世界本是一个垃圾场，所以没有玫瑰，只有野草。我要离开这个垃圾堆，去寻找美好的世界，可惜你没有缘分与我一同去那里。

嘎娜的初恋就这样草草结束了。她觉得这起命案的罪魁祸首不是那个妓女，而是福利院从小给他灌输的教育。嘎娜说如果她能够趁早表白，事情或许还可以逆转。

听了嘎娜的初恋故事，我的心里产生了一个奇怪的想法：面对那些疲惫不堪、走投无路的人，女人都喜欢给予更多的爱。我喜欢跟他们保持距离，世界上有那么多悲观的人，照顾不过来。我觉得嘎娜初恋男友也没那么惨，只不过是喜欢上妓女丢了自己而已。别说是妓女，就是天仙也不值得我去自杀，自杀是懦弱、胆怯的表现。有一点让我觉得很奇怪，女房东为什么愿意把爱献给那些对她不好的人？她的初恋男友和现在的男人竟然有异曲同工之处，而我和他们不属于一个世界。我和她就这样交换了秘密。我的目的还没有达到呢，我要跟她表白。

7

和她畅谈一次之后，我变得自信满满。

她把爱献给那些冷漠的人，也属无奈之举，那是她低估了自己，抬高了别人。美丽和力量是人类所向往的，没有哪个男人不喜欢漂亮的女人，没有哪个女人不喜欢有力量的男人。如果不喜欢，只能说上帝没给他们健全的心灵。嘎娜不傻，一定不会对那位动物学家死心塌地，她是怕自己成为剩女才和他结的婚。婚后她可能觉得离开他也找不到合适的，才撑到了现在。跟着一个专横、丑陋的老男人出门，她一定觉得很丢脸。再穷我也有好多优势，最起码我还年轻，那可不是一套房子能换的。我稍稍努力就能买房子，这不用急。

每一个人都有自己的时代，有一天我会成为时代的主宰者。研究啮齿类动物的糟老头已经永远回不到他的年轻时代。不知他年轻过没有？至少现在他离年轻相当遥远。即使我囊中羞涩，可还是年轻好，佛祖让人在年轻的时候没有钱，年老的时候有钱却没有力气。我现在拥有的青春，别说是这个动物学家，就是亿万富翁也买不到，所以我比他富有。我能想到的这些，嘎娜一定也知道。或许她早就爱上了我，正在等我表白。她一定会恳求我带她远离现在的生活。只要我开口表白，她就会毫不犹豫地跟我走。

8

谢天谢地，幸亏我没跟她表白，如果表白了会后悔一辈子。幸好在我什么都没说的时候她向我袒露了心声。我以为她会无怨无悔地跟我走，试探着说："你男人的脾气真古怪，你能忍受吗？"这下嘎娜向我说出了藏在她心里的所有秘密。我还是不了解她，事情并不是我想的那样。嘎娜说不管别人怎么想，她都不会离开他。

她跟我说："我的男人就像我父亲一样，一直缺少女人的关爱，脾气才变成现在这样。他与前妻的婚姻并不幸福，女人在他心里也并不完美，我正在努力改变他的看法。等他的职务步步高升，有了我们自己的孩子，他一定会变成另外一个人。我母亲去世早，父亲一个人带着我受了不少罪，我不想我的男人也生活在缺少关爱的环境里。他跟我父亲一样都受过苦，对我也像个严厉的父亲，我心疼他才和他结婚。人这一辈子会碰到很多事，只有经历过苦难的人才会风雨同舟，没有共同经历过苦难的人，都会大难来临各自飞。我不否认他的脾气很坏，可是等有一天苦难来临时，他会是我最好的伴侣，跟他在一起，我不担心任何事情。"

其实我很想说，我喜欢你，我不想让你过这样的日子。你的男人只把你当成笼子里的实验对象。既然她这么想，肯定不接受我的表白，所以还是不说为好。如果一个人坚信自己的理想会实现，突如其来的打击就会让他寝食难安。嘎娜这么一说，我完全傻了，她还说了些什么，我完全不知道。那天晚上我只觉得天旋地转，没有一点睡意。

等平静下来，我觉得自己非常可笑。她拿了我的小礼物，我就认为她爱上了我，会毫不犹豫地跟我走，真是一厢情愿。幸好我还没有向任何人提及这些。天啊，如果我向她表白，那该有多可怕。她给我洗衣服，是想给我一些女性的关爱，我还以为她喜欢我才这样做呢。她本想给我一些女性的关怀，可我想到哪儿去了？天啊，没有向她表白是我不幸中的万幸。

9

我提着发黄的皮口袋，腋下夹着几本书往朋友家走。房租还有一个多月才到期，可我没有一点心情再住下去了，我不想再眷顾那个地板脱了漆、家具陈旧、桌布发白的房子。搬出来时我的心情格外沉重。我在这里生活了几个月的时光，那里珍藏着他们夫妻两个人的希望，而他们对生活的理解和我完全不同。从那里搬出来后，我的心被掏空了。

在他们家，我从近处观赏了生活的光明与黑暗，那光明叫我留恋。可我知道不只他们家拥有光明，也不只他们家藏有黑暗。世界太大，光明无处不在，黑暗也无处不在。关上房门，我突然觉得眼前的世界漆黑一片，面前的路没有了。这当然是我片面的理解，此时我隐隐约约听到了童年的红鸟正在一声声地呼唤我，引领我走向更加光明的未来。是红鸟在呼唤，它让我走向无尽的光明。只要红鸟在呼唤，光明就会带来吉祥，生活之路还会伸向远方。时至今日，红鸟还在呼唤，呼唤我走向灿烂辉煌的远方。

目连救母[①] 新传

程·宝音扎雅

　　他的长相和其他小孩截然不同,故事就这样开始了。他的牙齿洁白,嘴唇很厚,鼻子大、鼻梁高,眼睛很黑且清澈见底。男孩倒希望自己和其他孩子一样,没什么区别。他一天天长大,这样的区别就越发明显。他的头发像布娃娃一样打着卷,让他心生烦恼。面对这些,他自己也很无奈。

　　男孩希望自己有一头飘逸的直发,这样他就可以随意偏分,可他的头发像小尾寒羊一样打着卷,脸庞像湿透的大鼠兔一样黑。看着镜子里的自己,男孩常常想,如果我的脸不是黑的,像照日格的脸一样红扑扑的,那该有多好;如果是像苹果一样红扑扑的脸,额头上再有一些汗珠那就更好了。如果我的眼睛没那么黑、那么大,是个眯缝小眼就好了。可我也不能左右这些啊。每每想到这些,他会轻轻地叹口气。周围的孩子知道了男孩的短处,见到他便喊:"臭尼日利亚,非洲瘦猴!"每每这样,男孩的心中就会无限失落,不禁落下眼泪。他曾试图把泪水往肚里咽,可它就像奶茶里放多了盐,又咸又苦难以下咽。

　　孩子们无缘无故就欺负他是"尼日利亚杂种,婊子养的"。男孩知

---

① 目连救母:佛教故事,可参见《佛说盂兰盆经》。

道他们为什么这么说，真想找一个清静的地方躲起来。

男孩很早就发现了自己和别人不一样。有一次他的舅爷喝醉了上他家里来，和外公外婆聊到天亮。那些话男孩听得清清楚楚。

"达日玛老哥，说句实话，其实我并不怎么担心自己的孩子们，只担心你家的外孙。不知是哪里来的孩子跟我们攀了亲，真够可怜的。别的孩子侮辱他时，我骂过几次，那些孩子也不听。他正默默地承受着压力，等他长大了，压力会更大。我们的松吉雅（男孩的母亲）也真是的，怎么就找了一个远在天边的黑人？如果喜欢外国人，还不如就近找一个俄罗斯人呢！两个人又走不到一起，就丢下他这么一个小东西，真是可怜。"

外公伤感地说："谁说不是呢？我也不知造了什么孽，老都老了还帮着带孩子。人言可畏呀，他是我亲闺女的孩子，我想想就心疼。这孩子也怪可怜的，没怎么麻烦我们老两口就长大了。一想到他是我闺女的儿子，我就整宿整宿地睡不着。我就是豁出这条老命，也得把他抚养成人，他成了人，我就死而无憾啦。"

这时外婆也来插嘴，她说："听说孩子的父亲是个非洲人，只听松吉雅说起过一次。据说那里很热，孩子的父亲是什么民族来着？反正听起来很怪。"

那天晚上，男孩知道了自己不幸的身世，躲在角落开始独自伤心。

他不喜欢去母亲那里，母亲和他的弟弟们，还有他的继父在城里生活。继父是一个戴着眼镜、有些谢顶的中年男人。谢顶男人从没拿正眼看过他，稍稍不顺心就跟男孩的母亲说："你这黑不溜秋的家伙可真能吃，我都快供不起他了。我说，他身上的异味怎么就洗不去呢？"他经常当着别人的面这么数落男孩。

两个弟弟也不把他当人看。"这个臭黑子，怎么那么馋？"他们说话很过分，不把男孩当哥哥，动不动就叫他滚蛋，他们简直就是男孩的小祖宗。他们喜欢用像爸爸那样冷冰冰的眼神瞪男孩。这些倒无所谓，关键是母亲也不疼他。有一次，她因为男孩和丈夫吵得天翻地覆，直接给了男孩一个耳光，说："你可真是个倒霉蛋，因为你我吃尽了苦头。"男孩伤心地回到了外公外婆身边。从此以后，他不再向往城市，也不爱去母亲那里。他承认城里的居住条件比外公外婆生活的山脚下好很多，应有尽有，他特别喜欢看电视。即使城里再好，男孩的幸福不在那里，他也不爱去。有一天男孩把弟弟怎么对他的，自己怎么伤心的等等心事说给外公听。

"孩子，你不能这么想。或许妈妈说错了话，还动手打了你。比起她的恩德，这些简直就是九牛一毛。就算你收集清晨的露珠熬了一锅奶茶，也无法报答她的恩德。"后来外公给男孩讲了目连救母的故事。男孩听懂了那个叫目连的人怎样从地狱中救出母亲，一路背着她走向天堂。男孩觉得挨过别人嫉妒、谩骂、使坏和经历过各种苦难的目连很可怜。他觉得自己也应该这样报答母亲才是。故事里说那个母亲让孩子背着走的同时，还不忘用脚趾掐花朵造孽，男孩觉得自己的母亲没那么坏。这是故事的高潮。

听了目连救母的故事，男孩迷上了佛教。稍稍有空，他就缠着外公讲佛教故事，体会修行者是如何成功的。他听说丹津热杰 ① 六岁便创作了《苍天》那首歌，让人很是佩服。他让外公读《苍天》里的四行诗，自己反反复复地读，直至倒背如流，还悟出了诗歌中蕴含的人生哲理。那四行诗是：

> 乌云密布天要下雨，
> 屋内屋外有何区别；
> 众人哭泣你要归西，
> 年少年老有何区别。

看到男孩的心理变化，外公很开心，跟人直言不讳地说："我死去

---

① 丹津热杰（1803—1856）：蒙古族活佛、诗人、剧作家，精通藏文与蒙古文。

的时候，有人可以给我做法事啦。"男孩听外公讲喇嘛们在山中艰苦修行最后功德圆满的故事，也努力让自己的心安静下来，他要成为一个有耐力的人。看到男孩的变化，人们没有一个喜欢的。他们说这个黑家伙会玷污了我们神圣的佛教。男孩唯一的朋友，也是他的邻居照日格跟他说："我们的区别太大，你不能信仰佛教。我爸妈说，你们非洲的宗教和我们的完全不一样。"人们的厌恶让男孩很不服气，他觉得这都是嫉妒引起的过激反应。他想要功德圆满，佛门是他唯一的途径。

　　长到十岁，男孩才去上学。如果和其他孩子一样八岁就上学，他肯定会受人欺负，所以等到十岁，外公才送他去学校，可情况还是很糟糕。高年级的孩子说他是"尼日利亚黑人"，经常打骂他。同班同学都喊他"尼日利亚，尼日利亚"。其实男孩不喜欢上学，外公外婆这样要求，他才硬着头皮上。如果可以，男孩只想让外公教他读佛经，这比上学有趣多啦。这一切，不是他能决定的。男孩在学校里被同学欺负了三年，第三年他的外公就去世了。其实再过五天就是男孩十三岁的生日。

　　外公一去世，男孩的日子就变得更难了。母亲最小的弟弟——男孩的舅舅过来说不能让黑人继承他们家的一切财产，亲戚们也都支持他。不久，那位舅舅便说要赡养男孩的外婆，便把他一个人留在家里。男孩的舅母，那个矮个子的黄脸女人到处使唤他。稍稍怠慢，她就说："你这黑乎乎的家伙在那儿愣什么呢，动作快点！"她的孩子们也不放过任何欺负他的机会。男孩承受着所有的苦难。外婆会偶尔过来看他，给他带一些零食来。她知道男孩的苦痛，可也爱莫能助。外婆搬出去之后，男孩一个人住在那里，屋子里变得空旷可怕。秋风萧瑟的长夜里，男孩的小脑袋里想着大事。他想念自己的外公，外公在世的时候他比现在幸福多了。外公在去世之前想过让他给一位喇嘛当徒弟，喇嘛当面拒绝，说他不收黑人徒弟。男孩知道喇嘛为什么这么说。外公让男孩出去玩，男孩站在门外断断续续地听到了外公和喇嘛之间的对话。他听到外公说："佛教应该不分肤色吧？如果细分，佛祖释迦牟尼和我们的肤色也不一样啊。"喇嘛说了什么，男孩没有用心去听。外公的这句话让他很开心：

佛教徒原来可以不分肤色。听了这话,男孩相信自己也可以像释迦牟尼、像目连一样终得圆满。

　　有一天晚上,男孩想着外公去世之后自己的生活,突然开了窍：他也可以去山中修行,终得圆满啊。他想要离开现在像地狱一样的生活,去找外公。如果外公生前造了孽,就应该在地狱。他可以背着外公去极乐世界,再消除母亲的罪孽,报答她的恩情。就这样,男孩穿了一件最暖和的大衣,戴上外公生前用的那顶旧帽子,往大口袋里装了几块晒干的奶豆腐,在一个深冬的夜里拄着拐杖出发了。这是故事的结尾。因为男孩并没有达到自己的目的,顺利地到达远山修行一百零八天。他走向远山,嘴里默念着外公教给他的口诀,没走多远便坐下来沉沉地睡去了。在梦中,男孩把饿狼的狂吼当成了来自寺庙的阵阵法号声……或许,男孩早已终得圆满,现在正忙着消除母亲的罪孽。他是凡胎肉身,自己怎么能猜得到这些呢?

2001 年

普·巴图胡雅格

　　作家、诗人普·巴图胡雅格（1974—　），生于蒙古国乌兰巴托市一个公务员家庭。1992—1996年在明安嘎日布东方文学大学就读文学专业，1996—1998年在蒙古国国立大学蒙古学学院攻读硕士，1996—2000年在蒙古国语言大学任教。他是新派文学团体"呼热兄弟"的创始人，著有《陨落时刻》(1998)、《飞起陨落时刻——变革》(2000)、《我与新味》(2005)、《诗是我的窗户》(2007)等多部诗集。普·巴图胡雅格系1993年蒙古国"水晶杯"诗歌大赛大奖获得者。

不同寻常的眼泪

普·巴图胡雅格

七月的酷热还在继续。灼热的太阳照在头顶，周围沙漠中的沙砾都被烤得滚烫。四周静悄悄的，只有沙子流动时发出的沙沙声。蜃景缓缓接近，又飘然远去，与其说它是自然景观，不如说它正在展示着人心的虚幻。佛祖不大相信人类能猜透这酷热、虚幻和大自然存在的意义。为了解开佛祖的疑惑，多年前在阿拉泰的茫茫戈壁里发生了这样一件事。

戈壁深处有三顶帐篷，一个九岁的男孩守着三顶帐篷住了两天。很多人都相信男人向来心狠，他们不相信眼泪，所以也做尽了世上残忍造孽的事，杀牛宰羊、残害生灵、喝酒惹事都归他们，可他们自己完全没有意识到这些错误的行为，还愤愤不平地抱怨为什么女人总比他们长寿。女人也有缺点，她们很难改掉自己的性格，总是转动着眼珠子耍心眼儿，干活儿避重捡轻。好了，咱们先不讨论男女有别这个话题，一起来关注大漠中的那个男孩。

父亲准备野外作业，恰逢儿子放暑假，就把他带了出来。一大早他就带着三个同事去了县城，打算弄一些吃的回来。本来说好要在天黑之前赶回来，可没能如愿。头一天晚上男孩被吓得一夜未合眼，直到天亮时大人们还是没回来。男孩独自待在这荒无人烟的沙漠里，抱怨父亲的失信，也担心他的安全。第二天晚上孩子沉沉地睡了一夜，睡前曾默默祈祷，希望第二天醒来时父亲能出现在自己身边，可他的希望再一次落空。无论去哪儿他都是父亲最好的伙伴，正因为这样，父亲在哪儿都愿意领着他。头几天里他听着大人们的聊天，在沙漠里过得非常愉快。大人干的是重体力活儿，所以吃得也不少，过不了几天就得去一趟县城弄些粮食回来。这一次，钻井队员们想去县城好好洗个澡，把两个空帐篷和所有值钱的东西都交给男孩看守。他们走了两天依然没有消息，不知是汽车坏在了半路上，还是在这茫茫大漠中迷了路。男孩躺在帐篷的阴凉地里，听到汽车声便会站起来看，可惜的是，除了蜃景之外他什么也没看见、没听到。

他一个人无聊至极，抓几个蜥蜴来，用细铁丝把它们的尾巴连在一起打发无聊的时间。看着蜥蜴惊慌失措地挣扎，他觉得很好玩。看到蜥蜴大腿内侧薄薄的皮肤，他似乎也看到了它们正在怦怦乱跳的心脏，觉得这更有趣。他抓了一只雄性蜥蜴，开膛剖肚，挤出睾丸来玩。男孩并不知道是无聊让他做出了如此残忍的举动，他突然觉得放一把火烧死这些蜥蜴会更好玩。帐篷里有一桶汽油，搁在那儿已经好几天了。他跑进帐篷，打开油桶，一股汽油味迎面扑来。他提不动整桶汽油，就用铁饭盒倒了约一升，浇在筋疲力尽、无法动弹的蜥蜴身上，摸了摸口袋，可惜没有火。他不顾炎热跑进帐篷，从父亲的床底下找出一盒火柴，赶紧跑出来划了一根，闭着眼睛扔了过去。他觉得在火海中蠕动的蜥蜴太好玩了。连着它们的细铁丝已被烧得通红，蜥蜴们四处逃窜，身上散发出刺鼻的焦味。有一只皮肤被烧焦、没了尾巴的蜥蜴从火海中逃了出来，在沙地上打了个滚儿，灭了身上的火，准备继续逃跑。这蜥蜴可够狡猾的，男孩又恨又喜，追了上去，用出发前母亲给他买的硬底鞋一脚踩了下去。蜥蜴还在挣扎，于是又踩了一下。这一脚下去，蜥蜴好像没了命，不再动弹。突然，从它的身下跑出一只粉红色的小蜥蜴，不一会儿又爬出一只。小东西在滚烫的沙子上动弹不得，求救似的张着嘴巴。

男孩的后背突然变得凉飕飕的，泪水模糊了他的双眼，现在他好想放声大哭。蜥蜴让他想起了母亲。从火海里咬断自己的尾巴逃出来的一定是一只母蜥蜴，只有母蜥蜴才会这样做。这时，一辆钻井车从远处的蜃景里驶了过来，男孩依然没有停止哭泣。他跟着父亲出来之后，母亲挺着大肚子独自留在家里，这只被踩死的蜥蜴和他的母亲没什么两样。他一遍遍地大声喊着："妈妈，妈妈！"他相信远方的母亲一定能够听得到他的呐喊。这次他流下的眼泪不是因为撒娇，也不是受了委屈。

这眼泪很苦，是不同寻常的眼泪。

青铜心脏

普·巴图胡雅格

　　他的藏品里有不少价值连城的东西。拳头大的金象、宝石做的烟灰缸……如果我这么一直写下去，这个单子会很长。别人都好奇，问他这些古董是哪个时代哪个世纪的，他只会含糊地回答是匈奴时代的，大概他也只知道个匈奴。可是，他的藏品足以让所有的考古学家都嫉妒。我们是在古旧书市上认识的。那天他看了一卷用九种宝物书写的经书，当他拆了包装后不会重新打包时，我帮助了他。为了表示谢意，他让我去家里欣赏他的藏品。原来他的家里还有几卷拆了包的经文。起初，我欣赏的是他收藏的玉制鼻烟壶，问他是哪个朝代的。他说那是圣主成吉思汗时代的古董，我觉得也差不多。后来我看到有大拇指那样大小的青铜心脏，我呆呆地站在那里看了很久，不知道它为什么会那么吸引我。青铜心脏放在众多藏品中很不起眼，因为很中意它，所以我求他卖给我。以为他会直接送我，没想到他说那东西价格不菲。走在回家的路上，我能感受得到拿在手里的青铜心脏开始有了心跳，叫人心生恐惧。

　　从第二天起，无论我到哪儿，手里都拿着那颗青铜心脏。青铜心脏也越来越亮，变得像连胜十次的摔跤手一样风光无限。或许这么比喻不太恰当，可也不是太糟。它总是让我想起身材魁梧的壮汉，朋友们好奇地问我这是什么，后来大家都知道了，便不再问我，但是我有了新的名字，他们都叫我"青铜心脏人"。只要手里拿着青铜心脏，我的工作和生活就格外顺利。有一天我忘了带，出门便摔倒，踝骨都脱臼了。从那天起，我早上戴手表时会顺便拿上青铜心脏，这已成了习惯。冬天戴手套时不好拿在手里，就把它放在衣兜里，那时候我就像多了一颗心脏似的，精力充沛了起来。有一次将它忘在书页里，急急忙忙找了一天才找到，后来觉得把它戴在脖子上才保险。

几个月过去了，我依然舍不得给它打孔。这期间青铜心脏变得光亮无比，我的事业也越来越好，在郊区有了一家属于自己的书店，有好几家出版社都争着要出版我的长篇小说。有一天下班时朋友来电约我去一起喝啤酒，我欣然赴约。我们受不了刺耳的音乐，聚会也没持续多长时间，几瓶啤酒下肚，便醉醺醺地各自回家睡觉了。第二天太阳已高悬，窗外的世界已熙熙攘攘，闹钟连着响了好几下就不再叫唤了。我感觉昏昏沉沉的，想要坐起来，这才想起了我的眼镜和青铜心脏，立即起身找了两个小时也没找到。青铜心脏丢了。问朋友，他说不知道。我穿上衣服按原路走了一遍，一路细细地找也没找到。这下完啦，我浑身立马变得软绵绵的。

我在床上盯着天花板躺了整整一天，感觉心脏一阵一阵地绞痛。晚上梦见自己的胸腔里空了。第二天，我赶紧起来在报纸上刊登了一则寻物启事：寻古董模样的青铜心脏一枚，如有拾到者，必有重谢。

一整天我什么都没干，一直守着电话待在家里。晚上十点，电话终于响起，我飞奔过去接。

"您好！哪位？"

"我捡到了您遗失的青铜心脏，早上在路边捡到的。"电话那端是温柔的女声。

我心中的太阳一下子亮了，直接告诉她我的地址，然后说："老妹你打车过来吧，必有重谢。"

"对不起，今天有点晚了，明天十点您来学校吧。"说完她告诉我校址。

青铜心脏虽已有了下落，但我的心脏还是很难受，总是有一阵一阵地绞痛，好不容易熬到了天亮。去她的学校没有费力，一个中等身材、染着黄色头发的时尚女生正站在教室门口等我，拿着我的青铜心脏。

"你好！你捡到我遗失的青铜心脏了？"

"是啊，在这儿呢。你的酬金马上能给我？"

"什么？当然啦，给。"

"谢谢。"

"不，应该是我谢你，是你救了我。好了，再见。"

她回教室后，我一路狂奔回到家，手里的青铜心脏都被我身上的汗浸湿了。我从床底拽出工具箱，找出电钻。我发誓这回不能再丢了，我决定把它戴在自己的脖子上。我把青铜心脏放在桌上，开了电钻。当电钻转起来，钻进了青铜心脏时，我的眼前突然一片漆黑，浑身变得软绵绵的，没有一点力气。我看到青铜心脏在滴血。我不能呼吸，眼前是白茫茫的一片，我死了。

译后记

这本书的出版，与两件事情脱不开关系：2012 年春天，内蒙古人民出版社副总编辑武连生先生打来电话，说他们策划了一套名为"蒙古族英雄系列"的读物，其中一本《青史演义故事》约我翻译。翻译之前我与先生进行了一次长谈，自然也谈到了我除《青史演义故事》之外的翻译情况。当时我正在给内蒙古大学文研班的文学翻译班讲课，收集了不少蒙古国小说的汉文译本。收集之时多少有些遗憾，蒙古国文学作品如泱泱大海，译介到国内的作品依然停留在二十世纪五六十年代，之后出现的大部分优秀作品便已无人问津了。《青史演义故事》付梓之时中央民族语言文字翻译局的女翻译家哈森先生打来电话，说中国社会科学院外文研究所主办的《世界文学》杂志拟刊发"蒙古国文学小辑"，约我翻译其中的小说部分。那次我译了约四万字，对于有百余年历史的蒙古国现代文学而言，它只是百花丛中的一朵。为弥补遗珠之憾，我想较为系统地译介更多自己熟知并喜欢的作品给国内读者，并把这一想法告诉武连生先生，他果断同意了这一选题，并报到社里，让我静等结果。当然，报这样的选题也有小小的私心，希望自己之前为《世界文学》译过的那几篇也可以选入其中。

2015 年，又是一个春天，选题获得批准，内蒙古人民出版社将它设计成了一个开放的选题，并商定先出一本诗歌精选集和一本小说精选集。诗歌精选集的相关工作交由哈森先生翻译，自己则开始了漫长的小说选编和翻译工作。说漫长，是因为一本 20 万字左右的书，从选编到翻译几乎耗尽了我一年半所有的业余时间，每发现一篇新的小说，都觉得此篇应该入此选集。经过反复筛选，最终只选了 15 位具有代表性作家的 26 篇小说作品，虽是寥寥数篇，却也代表了我心中的蒙古国文学，我喜欢的老中青三代作家依次登场，并用自己的代表作向我们展示了他们的文学魅力。本人虽于几年前断断续续译过《狼窟》《死囚无战友》《月光曲》等篇目，现在早已不放心那些文字，又重新译出，原本为图省事的小心思在这部"自选动作"面前变得难以启齿。功夫高下与天赋有关，认真与否则关系到态度问题，作为年轻的译者，我努力不在态度上输给任何人。

本书选入的作家多达 15 人，版权问题亦成了大事。这一点上，我要感谢哈森女士和蒙古国诗人、学者道·索米雅女士。哈森为版权一事专程赴蒙古国协商，道·索米雅女士也热情地给予帮助，并为我提供了国内读者并不熟悉的几位优秀作家的作品，丰富了这本书的内容。在选编和翻译过程中得到了内蒙古人民出版社副总编辑武连生先生和汉文大众读物出版中心主任朱莽烈先生的帮助和支持；内蒙古人民出版社青年编辑贾睿茹小妹在繁忙的工作和家庭琐事之余帮我通读译稿，并提出了诸多宝贵的修改意见；北京大学博导、教授、诗人陈岗龙先生欣然作序；郝乐、于汇洋两位责任编辑在酷暑中反复编校书稿，在此一并感谢！

文学翻译是替人作嫁衣之举，作品红了，自然是作者的功劳；作品不温不火，译者定会成为替罪羊。明知翻译的"费力不讨好"，却也深爱不止，是因为想要和更多的人分享更为丰富的精神世界。如果这本书能开阔您的文学视野，给您带来不一样的思考，那便是译者的大幸事！

虽然此书已是我蒙译汉的第三本书，翻译过程依然如履薄冰，译者本人才疏学浅，加之蒙古语博大精深，译文中错误难免，欢迎批评指正。

照日格图

2016 年 2 月 1 日于希望·阳光苑小区，是日小年